코코스COCOS

코코스
COCO'S

박청호 소설집

현대문학

차 례

사막의 집

✳

인생에서 참을 수 없는 사실은
나의 바깥에서 나의 삶을 방해하는 사건이 실제로 존재한다는 것이다.

─슬라보예 지젝

0

    수秀가 이라크에서 죽었다는 소식을 들었다. 나는 수가 이라크에 갔으리라고는 꿈에도 생각하지 못했다. 수는 결코 그럴 사람이 아니었다. 수는 그저 여자가 좋아서, 여자를 실컷 찍을 수 있다는 사실 때문에 사진 찍기를 그만둘 수 없다고 생각하는 사람에 불과했다. 수는 누드라면 사족을 못 썼다. 여자의 알몸은 10살이 되기 전부터 그의 화두였다. 이름도 알 수 없는 서양 잡지 속에서 루시나, 엘레나, 카렌 등으로 불리는 금발의 글래머들이 지면 밖의 남자들을 향해 뇌쇄적인 웃음을 흘리고 있는 모습이 평생 그를 사로잡았다. 수는 오로지 여자를 찍기 위해서 사진가가 되었다.

    프랑스에서 유학하는 7년 동안 오직 여자들만 찍었다. 로베르 두아노가 찍은 '시청 앞에서의 키스'도 남자가 아닌 여자 둘이서 격렬하게 키스하는 장면으로 바꾸어 찍었다. 구도와 배경이 똑같았지만 모델만 달랐다. 옛날 사람들 대신 그의 클래스메이트들이 시청 앞을 지

9

나는 모델을 섰다. 지금이라면 간단하게 컴퓨터로 합성하면 그만이었을 테지만 수는 며칠 동안 준비 작업을 철저히 하고 리허설도 수차례한 뒤 로베르 두아노와 똑같은 '시청 앞에서의 키스'의 새로운 버전 '시청 앞 레즈비언의 키스'를 내놓았던 것이다. 수는 그 사진 한 장으로 에콜이마주를 거의 수석으로 졸업할 수 있었다. 물론 담당 교수였던 엘리자베스가 동성애 페미니스트여서 가능한 일이기도 했다.

그는 수많은 사진들을 패러디했다. 그가 숭상하는 앙드레 카르티에 브레송만이 예외였다. 수는 카르티에 브레송의 '결정적 사건' 만큼은 패러디할 수 없다고 떠벌리고 다녔다. 너무나 철저하게 구도가 잡혔고 인물들의 성격이 완고하게 박혀 있기 때문이라는 것이다. 사진 속 인물들은 완벽하게 침묵했고, 인물의 내면은 고요한 바다이면서 땅 밑에 뿌리를 깊이 내린 바위였다. 그런 사진은 훌륭하기보다는 너무나 정태적이어서 패러디를 할 경우 천박하기 이를 데 없어진다는 게 그의 주장이었다.

또한 '내면의 침묵'이 흔들려서 흘러넘칠 경우 인물의 감정과 성격의 과잉으로 사진의 틀이 망가질 수밖에 없다는 것이다. 카르티에 브레송은 너무나 완벽한 구도자構圖者여서 그것을 깨뜨려서는 아무것도 남지 않는다고 말했다. 수는 카르티에 브레송이야말로 형태의 패러디를 거부하는 아주 완고한 늙은이라고 욕을 했다. 그러나 바로 그 점 때문에 그는 앙드레 카르티에 브레송이 최고라고 숭앙했다. 과연 수가 카르티에 브레송을 제대로 이해하고서 그런 말을 했는지는 알 수 없었다. 하지만 창작을 하는 사람에게 다른 작가를 제대로 이해했느냐가 무슨 상관이겠는가. 알고 보면 수는 카르티에 브레송을 똑같이 모방하거나 감쪽같이 패러디할 수 없어서 그를 비난하다 못해 숭배한다고 소리치고 다녔는지도 모른다.

나는 수의 사망 소식을 듣고 정말 그 수가 그 수야? 하고 되물을 수밖에 없었다. 이라크에서 김선일 씨가 납치되었을 때의 충격이 떠올랐다. 결국 김 씨는 목이 달아난 시체로 발견되었다. 그것이 우리나라가 미국이 추는 춤에 박자를 맞추었다가 당한 꼬라지였다. 그 순간 국가는 김선일 씨와 무관했으며 그를 모른다고 부인했다. 김선일 씨가 죽었을 때 국가는 어디에 있었는가. 헌법을 수호하고 국민의 안녕을 보장하겠다는 국가라는 유령은 어디 숨었던가. 그때 테러에 굴복하지 않겠다는 정부(국가가 아닌)의 발언은 테러리스트를 향해서가 아니라 우리 내부를 향해 공허하게 울려 퍼졌다.

수의 경우도 그때와 유사했다. 다른 것이 있다면 그가 죽은 지 한참 동안 사인이 밝혀지지 않았다는 것이다. 수는 이라크에 사진기자로 간 것이 아니었다. 나중에 밝혀진 바로는 터키에 갔다가 우연히 프랑스 여기자를 만나 그녀를 따라 이라크에 밀입국했다가 변을 당했다는 것이었다.

그와 함께 이라크로 들어간 여자의 이름은 프랑수아 마르테였다. 헝가리계 프랑스 여성 사진가로 「르피가로」 사진기자였다. 그녀는 이라크로 가기 전 한 달간 휴가를 받아 그리스와 터키를 여행하던 중 수를 만났다.

프랑수아는 마흔 두 살로 자녀 둘을 둔 유부녀였다. 별거 중이긴 해도 남편은 방송 일을 하는 꽤 유명한 언론인이었다. 수는 대번에 프랑수아가 예사롭지 않다는 것을 느꼈다. 프랑수아는 여행지에서는 카메라를 들고 다니지 않았다. 그녀는 사진을 취미로 하는 여자가 아니라 세계 곳곳의 분쟁 지대를 찾아다니며 끔찍한 살육과 폭력의 현장만을 찍는 베테랑 종군 사진기자였다. 그녀는 여행지에서는 여행을 즐길 뿐 결코 사진을 찍지 않았다. 그러나 그녀의 눈은 쉴 새 없이 먹잇감을 찾고 다니는 사냥매와 같았다.

그녀의 눈꺼풀이 깜빡일 때마다 셔터 소리가 났다. 모든 사람들, 모든 사물들, 모든 풍경들이 그녀의 망막에 와서 박혔다. 카메라를 들지 않았을 뿐 그녀가 사람들의 표정과 사물의 부피감, 풍경의 깊이를 훔쳐가고 있다는 사실을 숨길 수 없었다.

그녀에겐 평온하고 정지한 듯한 관광지의 일상이 모두 흥미진진한 파노라마 사진처럼 보였다. 시장에서 과일이나 작은 물건들을 훔쳐 달아나는 일이라도 벌어질라치면 그녀는 흥분해서 어쩔 줄 몰랐다.

그녀는 평화롭고 고요한 장면이라면 질색을 했다. 항상 시끌벅적하고 생의 열기로 가득 찬 동시에 죽음의 공포가 휩싸고 도는 극한 상황을 즐겼다. 그때야말로 카메라가 이 세상의 단 한 번뿐인 순간을 포착하는 것이다. 그녀는 다시 돌아오지 않는 처음이자 마지막 순간, 결코 연출할 수 없으며, 다시는 구경할 수 없는 시간의 틈을 찍었다.

거창하지는 않지만 프랑수아 마르테는 세계에서 몇 되지 않은 여성 종군 기자였다. 수는 바로 이 여자를 따라 죽음의 사막 깊숙이 걸어 들어갔던 것이다. 이라크까지 가는 데 필요한 서류들은 모두 프랑수아가 맡았다. 프랑스 대사관에 부탁하던 안 되는 일이 거의 없었다. 그녀가 「르피가로」 기자라는 것 자체가 프리패스 라이선스라고 할 수 있었다. 수는 그녀의 보조기사로 등록도 었다. 그리고 필요한 모든 서류는 「르피가로」와 프랑스 대사관에서 임시로 발급해 주었다. 일단 이라크로 들어가기만 하면 그만이었다. 모든 게 임시였다. 수와 프랑수아의 사랑조차도.

이라크에 들어간 두 사람의 행적에 대해서는 알려진 것이 별로 없다. 프랑수아가 이라크 유격대에 납치될 때 수도 함께 있었던 것 같다. 프랑수아를 납치한 게릴라들은 프랑스 정부에 비디오테이프를 보냈다. 「르피가로」지 여성 기자를 잡아두고 있으며 7일 이내에 프랑스가 미군을 돕는 행위를 중단하지 않는다면 죽이겠다는 내용이었다. 그 속에 수에 관한 이야기도 있었는지는 알려지지 않았다. 다만 프랑스 외무부의 정보에 따르면 첫 협상에서는 두 사람이었는데 곧바로 한 사람으로 수정되었다고 한다. 수는 프랑스인이 아니었으므로 프랑스 정부에서는 책임질 필요가 없었던 것이다. 이라크 유격대에서 동양인 한 명도 함께 있다는 통보를 했지만 프랑스 정부는 신원 미상의 남자에 대해서는 그 어떤 답신도 보내지 않았다. 임시 서류를 떼어 줄 때는 언제고, 일이 터지자 본 체 만 체 했다고 그들을 비난할 수 없었다. 수는 분명 대한민국 사람이었고 프랑스는 그의 나라가 아니었다. 그는 프랑스 법 밖에 있었다. 「르피가로」 관계자들은 수를 프랑수아의 현지 애인쯤으로 생각하고 별다른 확인 절차 없이 임시 여권을 내주었을지도 모른다. 말하자면 프랑수아에겐 동양인 애인이 있지만 공식적인 것은 아니었다는 것이다. 「르피가로」 기자에겐 여러 가지 특권이 부여되었고 사생활에 있어서도 어느 정도 적용되었다. 프랑스 정부는 이를 뒷받침하는 데 결코 소홀하지 않았다.

결과적으로 프랑수아는 납치된 지 열흘 만에 석방되었지만 수는 무려 한 달가량 여기저기 끌려 다니다 결국 목숨을 잃었다. 게릴라들은 수를 조사한 뒤 프랑스인이 아니라는 사실을 알았지만 우리 정부에게는 아무런 통보도 하지 않았다. 임시 여권을 보고서는 수를 프랑스인으로밖에 여길 수 없었을 테니까 말이다. 정부에 통보한 것은 프랑스 외무성이었다. 그것도 프랑수아가 석방되고 나서 며칠 후였다. 프랑스 언론인과 함께 한국인으로 추정되는 남자가 억류되어 있는 것 같다는 정보를 입수했다는 것이다. 처음엔 그저 동양인으로 추정되었으므로 확인 작업을 하느라 통보가 늦었다는 말도 덧붙였다. 정부는 수가 이라크에 체류하고 있다는 사실조차 알지 못했으므로 진위 여부를 확인하느라 분주했다. 프랑수아가 석방된 지 열흘이 지나서야 수라는 사진쟁이가 터키를 경유해 이라크에 밀입국한 것 같다는 추정 보고서가 작성됐고 외무부가 게릴라들과 협상에 나섰다. 수가 납치되고 나서 이미 스무날이 지나서였다. 그러나 이미 중요한 협상 건이었던 프랑수아의 문제가 쉽게 해결된 터라 게릴라들은 수에 관해서는 별로 적극적인 태도를 보이지 않았다. 더구나 미군과의 전투가 심각해지자 게릴라들은 아예 협상 자체를 중단했다. 우리 정부는 더 이상 그들과 접촉조차 할 수 없었다.

수는 한 달 동안 끌려 다니다 유격대가 퇴각하면서 포로들을 사살

할 때 같이 죽음을 당했다. 수는 아무런 보상도 받지 못했다. 이라크에 밀입국했다가 변을 당한 것에 대해 국가가 보상할 책임이 없다는 것이다.

2007년 여름, 죽은 지 수개월이 지나 수가 돌아왔다. 도대체 얼마만인지 알 수 없었다. 그가 우리나라를 떠난 지 최소한 3년이 넘었다. 그때까지 우리들 중 누구도 수의 관이 텅 비어 있었다는 사실을 알지 못했다.

0.1

수의 장례가 끝나자 주위에서는 나더러 그의 행장을 쓰라고 막무가내로 떠맡겼다. 나는 수에 대해 잘 모른다. 10년에 걸쳐 서너 번 만나 작은 일을 함께했을 뿐이다.

10년 전 내가 첫 책을 출간하게 됐을 때 나는 환煥을 통해 수에게 연락을 해 프로필 사진 한 컷을 부탁했다. 바로 전해 환과 나는 수와 함께 진眞의 결혼사진을 찍었다. 진은 연예인과 결혼을 했는데 당시 환과 내가 일하는 회사와 에이전시 계약을 맺기 전이었다. 환과 나는 계약을 따내기 위해 서비스 차원에서 진의 웨딩사진을 수에게 부탁했다. 수는 매우 헐값에 웨딩촬영에 동원됐다. 수가 촬영한 사진은 지금까지 내가 본 그 어떤 결혼사진보다 아름다웠다. 나는 수의 실력이 그 정도일 거라고 예상하지 못했다. 다른 사람들도 마찬가지였다. 뮤직

15

비디오나 로맨스 영화의 스틸 컷을 모아 놓은 듯했다.

정지된 포즈를 몇 컷 찍고 난 뒤 수는 신랑 신부를 다짜고짜 달리게 했다. 그리고 수 역시 같이 달렸다. 동시에 수는 셔터를 눌러댔다. 수는 거의 땅바닥에 붙어서 오리걸음으로 달리는데도 신랑 신부와 같은 속도로 달리며 사진을 찍었다. 엄청나게 역동적이면서 동시에 신비로운 분위기를 뿜어내는 멋진 사진이었다.

수는 내가 살던 집 근처 카페에서 프로필 사진을 몇 장 찍어 주었다. 책이 나오자 나는 수에게 우편으로 보내 주었다. 그 뒤로 몇 년 동안 수를 보지 못했다.

수를 다시 만난 것은 2001년 겨울이었고 2002년 봄부터 여름까지 같이 일했다. 그리고 2003년 인천에서 우연히 만난 게 마지막이었다. 그러니까 1995년과 1996년 가을에 본 것까지 합쳐 내가 그를 만난 것은 대여섯 번에 불과했고, 2002년 두어 달 사이에 며칠 동안 같이 일한 것이 전부였던 것이다.

내가 알고 있는 수에 대해 기억을 떠올리려고 했지만 별반 이야깃거리가 없었다. 수에 대해서는 환을 비롯해 수와 개인적으로 가깝게 지낸 친구들이 더 잘 알 것이다. 하지만 내가 글을 쓴다는 이유로 어쩔 수 없이 수에 대해 무어라고 남길 수밖에 없게 되었다. 한 사람의 인생에 대해 이러쿵저러쿵 말한다는 것은 얼마나 무책임한 일인가. 더더구나 그에 대해 도무지 알지 못하면서 말이다.

나는 그에 대해 도대체 무엇을 알고 있는가. 그의 인생에서 기록에 남길 만한 것들은 과연 무엇일까. 내가 고민을 말하자 환이 아무렇지도 않게 말했다.

"야! 너 소설가잖아, 알아서 써."

행장이란 사실을 근거로 씌어져야 한다. 그런데 내가 소설가니까 알아서 쓰라는 말은 수의 인생에 대한 무책임한 방기라고 할 수 있다. 소설가란 모름지기 상상으로 이야기를 꾸며내는 자가 아니던가. 잘 알지 못하는 사실에 대해서는 어느 정도 각색할 수밖에 없지만 평생 그를 본 것이 대여섯 번에 불과한 내가 그의 행장을 쓴다는 것은 정말이지 어처구니없는 일이 아닐 수 없었다. 자료라고는 그의 간단한 이력과 국내에서 찍은 포트폴리오가 전부였다. 그리고 내가 그와 함께 도모했던 작은 일 몇 건이 전부였다. 환은 제가 수에 대해 알고 있는 것은 이미 이런저런 사정을 통해 다 이야기했으므로 더는 꺼내 놓을 게 없다고 지레 토를 달았다.

"모르는 건 자네나 나나 똑같아. 내가 무슨 말을 하든 그걸 눈으로 보기 전에는 내가 뭘 알고 있는지 어떻게 알 수 있냐 말이야."

환은 우리들이 잘 알지 못하는 수에 대해 뭐라고 하든지 내가 글로 써 보여주기 전에는 아무것도 알 수 없노라고 당당하게 선언하고 있었다. 어불성설이 아니라면 적반하장이지만 내가 쓴 글을 보아야 오히려 수에 대해서 알 수 있다고 우기는 데에야 뭐라고 대꾸할 말이 없었다. 할 수 없이 나는 수에 대해 그와는 전혀 상관없는, 그야말로 온전히 나의 상상에 의한 행장을 쓸 수밖에 없었다. 그러므로 이 책은 수의 행장을 가장한 소설일 뿐이다.

그러나 끝없이 뷰파인더 뒤에 숨어서 사진을 통해서만 자신을 드러내고자 했던 그의 인생이야말로 사실이 아닌 철저히 각색된 이야기 속에서 진실을 드러낼지도 모른다. 그러나 이야말로 소설가로서의 변명에 불과하다.

수는 사진에 나타난 모델이나 풍경, 사물과 이미지로서 자기 자신을 표현했다. 나는 그가 사진을 통해 자기 자신을 드러내고자 했던 욕망을 추적해 이야기를 만들어나갈 것이다. 그의 생은 이제 거꾸로 되살아나게 될 것이다. 나는 그의 행장 첫 줄을 이렇게 썼다.

"그는 카메라다."

과연 카메라는 내게 무엇을 말해줄 수 있는가. 그에 대한 나의 행장은 이렇게 시작된다. 나는 카메라가 보았던 그의 세상을 말할 수 있기를 바란다. 그가 카메라를 통해 보았던 세계와 사람들, 그래서 역으로 사진이 보여주는 그의 인생을 기록할 수 있기를 기대한다. 그러나 이 모든 것이 내가 경험하지 못한 삶을 대리보충하는 상상행위에 다름 아니라는 사실 때문에 고통스럽다. 하지만 어쩌면 내가 자기의 삶을 대리보충하게 되리라는 것, 바로 이 자체가 그의 삶의 빈 곳이었다면 어쩌겠는가. 나는 이제부터 그의 인생에 비어 있는 장소로 들어가고자 한다. 그래서 그의 삶에는 부재하는, 또 하나의 그에 대해서 말할 수 있다면 더 바랄 게 없을 것이다. 최소한 내가 이 책을 끝낼 수 있다면 말이다.

1.1

수가 이라크에서 얻은 집은 돌로 지은 백 년쯤 된 것이었다. 그런대로 부유한 사람들이 이 집에서 살았던 것 같았다. 마을에서 유일하게 폭격을 피한 집이었다. 프랑수아는 아침 일찍 일하러 나가고 수는 거의 살림하는 여자처럼 혼자서 집 안을 돌아다녔다. 그러나 하는 일이라고는 먹다 남은 음식들을 치우는 게 전부였고 그늘이 지는 벽에 기대앉아 유학 시절 익혔던 프랑스어를 공부하는 게 유일한 소일거리였다.

프랑수아는 엘렌 식수, 뤼스 이리가라이 같은 페미니스트들의 책을 가방 가득 가지고 있었다. 프랑수아는 이런 책들을 아랍어로 번역하고 싶다는 불가능해 보이는 소망을 갖고 있었다. 그 책들은 번역되는 대신 수의 소일거리로 읽히고 있었다.

집은 세 개의 벽과 통로 사이에 놓인 일곱 개의 공간으로 이루어져 있었다. 어찌 보면 집 세 채가 하나로 엮어진 듯했다. 한 곳은 부부의 거처, 한 곳은 남자 아이들, 다른 곳은 여자 아이들이 잠을 자는 곳 같았다. 부부의 거처에 딸린 주방과 부엌과 욕실, 그리고 마당에 화장실과 욕실이 붙은 공간이 있었다. 이 집은 외벽이 거의 백 년쯤 되었을 뿐 집 안 곳곳에 돌을 들어내고 옮긴 흔적이 많이 남아 있었다. 현대의 삶에 맞도록 여러 차례 개조한 듯했다.

수가 살게 된 타부르 마을은 사막 한복판에 돌로 지은 집들이 듬성듬성 있었다. 도심으로부터 그리 멀리 떨어져 있지는 않았지만 사막

귀퉁이라서 길들여지지 않는 고독이 서려 있는 듯한 느낌이었다.

프랑수아는 보름에 한두 번 먹을거리를 싸가지고 와서 와인을 마시며 실컷 떠들다가 수와 신나게 섹스를 하고는 떠났다. 그것뿐이었다. 간간이 세상 소식을 들었지만 그것은 정말이지 먼 나라 이야기였다. 수는 한창 전쟁을 벌이고 있는 세상 밖에 살고 있었던 것이다.

타부르에는 변변한 폭격이나 전투가 없었지만 집들은 대부분 텅 비어 있었다. 바그다드로부터 80km밖에 떨어져 있지 않았지만 공장도, 농장도, 시장도 없었다. 어쩌다 이런 곳에 마을이 생겼을까 싶을 정도로 아무것도 없었다. 그저 사막과 버려진 집, 여자들과 아이들뿐이었다. 가끔 사내들이 트럭을 타고 와 하루나 이틀 묵었다 떠나는 모습이 보였다. 저 사내들은 어디서 무엇을 하다 여기 오는 것일까. 수는 남자들을 볼 때마다 약간 소스라치며 놀랐다.

"그게 궁금해?"

프랑수아가 물었다.

"이 마을에서는 남자들을 본 적이 없어."

"여긴 사마리아야."

"뭐, 사마리아?"

"응. 예루살렘 외곽 이방인과 혼혈아의 도시지."

"여기가 그렇단 말이야?"

"그래, 남자들이 여자들을 숨겨두는 곳이야. 부유하거나 이방인이거나 너무나 가난해서 결혼을 할 수 없거나 바그다드에서 일을 구할 수 없거나. 여자들도 이방인이거나 가난뱅이에 심지어 유태인, 흑인도 있어."

타부르는 바그다드에 들어갈 수 없는 사람들의 집합소였다. 하지만 예전엔 꽤나 부유한 마을이었다고 했다.

프랑수아는 사막을 움직이는 생물과 같다고 말했다.

"사막이 옮겨 다닌다는 거 알아?"

그가 눈을 크게 뜨고 바라보자 프랑수아는 씩 웃었다.

"이곳도 예전에 풀과 물이 있었고 사람들이 살았어. 탄지하르도 지금은 도시지만 예전엔 돌밭이었어. 사막이 살아서 움직인다는 증거야. 보이지는 않지만…… 마치 유령 같지!"

프랑수아는 카프카의 『성』에 나오는 K의 직업을 따서 그를 측량기사라고 불렀는데 그것은 그녀가 말로서는 그를 더 이상 무엇으로 규정할 수 없었기 때문이었다. 수는 나중에 그 말뜻을 이해했다. 성으로 들어가고자 했지만 죽는 순간까지 성 밖에 머물 수밖에 없는 사람을 일컫는 말이었다. 그것은 사막이란 말과 같은 말이었다.

프랑수아는 가끔 수를 세례 요한이라고도 불렀다. 그는 사막 속에서 불쑥 나타나 말을 하는 예언자였다. 광야에서 메뚜기를 잡아먹으며 고행하면서 메시아의 강림을 기다렸던 사람이었다. 수는 프랑수아처럼 현실적인 실용주의자와는 최소한의 심리적인 관계조차 이룰 수 없었다. 그는 이제 아무도 살지 않는 사막의 유일한 사람이었다.

수는 지금 자신이 그런 여자들 가운데 하나로 이곳에 살고 있다는 걸 다시 한 번 깨달았다. 이라크에서 그는 한국인도 프랑스인도 아랍인도 아니었다. 심지어 남자도 아니었다. 그는 신원 불명의 여자였다.

프랑수아만이 프랑스인이자 남자 노릇을 할 수 있었다. 그녀만이 전쟁터 한복판에 있었다.

프랑수아는 바그다드에서 일을 보고 가끔씩 수를 만나기 위해 이곳 타부르에 왔다. 수는 프랑수아 없이는 단 한 발짝도 밖으로 나갈 수 없었다. 마을 밖에서 전쟁이 벌어지고 있다고 한들 미국인과 남자들 사이의 전쟁이었다.

이라크에서조차 이방인들인 여성은 '살아갈 수 없음'을 받아들이는 여자들이었다. 그래서 그들은 지독하게 소란스러웠다. 아무리 시끄럽다고 입을 닥치라고 소리쳐도 멈추지 않았다. 차도르를 입은 여성들은 그토록 검었다. 그녀들의 내면은 깊이를 알 수 없는 컴컴한 동공과 같았다. 그녀들이 무엇을 원하고 무엇을 바라보는지 도저히 알 수 없었다. 끊임없이 절규했지만 내용은 알 수 없는 침묵 그 자체였다.

1.2

수는 사진 촬영이 결코 즐겁지 않았다. 지금 진행하고 있는 작업 자체가 즐겁지 않다는 이야기가 아니다. 이 작업의 내용이 결코 유쾌하지 않았기 때문이다.

사진들은 모두 '절멸'의 인상을 풍기고 있었다. 비누처럼 매끄러운 여인들의 몸이 모두 시체처럼 느껴졌다. 생의 관능성 따위는 존재하지 않았다. 그가 여인들을 배치한 곳에는 아무도 없었다. 벽과 골목 사이에는 텅 빈 것들밖에 없었다. 여자들이 모두 지워지고 없었다. 여자들은 풍경과 어울리지 않고 자기 자신 외에 그 어떤 것으로도 존재하지 않았다. 그들은 결코 모델이 되지 못했다. 그들은 그냥 여자로서 있거나 누워 있었다. 울거나 잠들거나 버려졌거나 아니면 그것 모두였다. 그러니까 사진에는 여자들이 없었다. 그가 찍은 사진에는 모델이 없었다. 그들은 그냥 대상일 뿐이었다. 사진으로 매개된 여자들은 하나도 없었다. 그녀들은 모두 사진 이전이거나 이후였다. 그의 사진에는 사건이 없었고 아무런 변화도 없었다. 그의 사진은 텅 비어 있었다.

그러나 죽은 여자들의 시체는 눈부시게 희었다. 검은 차도르 아래 흰 빛의 덩어리가 숨어 있었다. 하지만 그것들은 한 번도 빛을 뿜은 적이 없었다. 죽어서야 흰 빛을 획득했다. 그는 공동묘지에서 뿜어져 나오는 푸르고 흰, 둥근 빛이 바로 이것이었구나 하고 새삼 깨달았다. 그들의 몸은 한없이 늘어지고 그들의 눈은 아득하게 풀어져 생의 저 너머에 머물고 있었다. 하지만 미래를 보고 있다고는 말할 수 없고 먼 과거, 더 먼 자신의 근원을 향하고 있다고 말해야 할 것이다. 어쩌면 죽음이라기보다는 생의 이전으로 돌아간 듯했다. 그러니 어찌 태어나지 않은 존재들을 찍을 수 있단 말인가.

이 모든 것들이 그의 착각이었는지도 몰랐다. 단순한 눈의 착란. 그녀들은 단지 죽음을 가장했는지도 모른다. 사는 것 자체가 죽음과의 대면이었으니까 말이다. 그러니까 죽은 척 눕고 엎드리는 것쯤 아무것도 아니었으리라. 짐짓 죽음을 꾸미는 것은 여자들만의 특성이었는지도 모른다. 언제나 살기등등한 남자들의 전쟁 사이에서 그녀들은 숨죽여 살았다. 너무 깊이 들이마신 탓에 더 이상 숨을 내뱉을 여력이 남아 있지 않았다. 속으로 숨 쉬는 습관이 배어 이제 숨을 쉬는지조차 분간할 수 없게 된 것이다. 숨을 멈추고 온몸의 기운을 뺀 채 그녀들은 널브러져 있었다. 흰자위가 점점 커지고 검은 눈동자는 차츰 지워졌다.

그렇게 여자들은 수많은 시간을 죽은 척 살아냈다. 죽음을 받아들이고 삶을 멈춘 채 견뎌낸 것이다. 기막히고 지독한 수동성 앞에서 질식할 것 같았다. 새로운 작업을 앞두고 그는 프랑수아에게 음악을 들을 수 있게 도와달라고 부탁했다.

프랑수아는 3대의 애플 스피커와 2대의 컴포넌트와 CD플레이어와 앰프까지 빌려왔다. 미군 부대 주변 암시장에서는 싼값에 얻을 수 있는 물건이었다. 음악을 틀자 시체들이 살아났다. 여자들 몸속에 리듬이 흘러들어갔다. 선율은 여자들을 한 바퀴 돌고 나와서도 몸을 흔들었다.

그녀들은 서로 스치듯 몸을 부딪치면서 춤을 추었다. 그는 그녀들의 흐름 속으로 빨려들어가 춤에 어울렸다. 춤과 춤 사이, 동작과 동작의 틈에서 그는 셔터를 눌렀다. 그녀들은 몸이 가는 대로 자신을 내맡겼다.

서로가 서로에게 무엇인가를 말하는 듯했지만 정작 그 내용을 알 수 없었다. 그는 그녀들의 춤에 무르녹아 들고 싶었다. 그녀들의 대화에

끼고 싶었다. 몸이 나누는 아주 기분 좋은 대화를 느끼고 싶었다.

"음악을 찍을 수는 없을까?"

그는 문득 생각하였다.

프랑수아가 가져다 놓은 낡은 축음기에서 재즈가 흘러나오고 있었다. 아랍의 여자들이 미국 니그로의 음악에 맞춰 몸을 흔들고 있었다. 음악 속에는 혈액 순환이나 교통의 흐름처럼 서로 연결되는 아주 자연스런 어떤 것이 있었다. 그것은 몸을 완벽하게 자유로운 상태로 만들어주었다. 그리고 카메라가 총을 쏘듯 셔터 소리를 내면서 박자를 맞추었다.

여자들의 몸과 춤이 카메라 속으로 들어왔다. 그리고 그녀들을 품고 있는 사막의 풍경도 고스란히 빨려들었다. 그런데 음악은? 음악은 어디 있지? 음악은 배경 속으로 끼어들었고 춤과 몸 사이로 파고들었다.

음악은 시간을 분할했고 여자들이 그려내는 춤이라는 사건을 더 풍부하게 만들었다. 그러나 음악은 카메라 바깥에 있었다. 음악은 손마디 사이를 빠져나가는 날랜 물고기였다. 음악은 오로지 자기만의 시간을 즐길 뿐이었다. 결코 카메라 속으로 들어오지 않았다. 카메라는 음악이 지나간 텅 빈 공간만을 향해 울부짖듯 사진을 찍었다. 그것은 마치 떠나는 님을 향해 외치는 초혼 같았다.

1.3

여인들이 춤을 마치자 볕이 들기 시작했다. 그는 모델들에게 춤을 추는 시늉만 내라고 말했다. 촬영하기에 적당한 어둠 속의 빛이었다. 햇빛의 위치가 시시각각 바뀌었다. 춤은 멈추듯 계속되었고 끊기듯 이어졌다. 거의 정지된 채 토막토막 분절된 틈 사이에서 그는 사진을 찍었다. 여자들은 자기들만을 위한 춤이 아니라 오히려 보여주기 위하여 자신들의 몸을 사용하고 있다는 데 묘한 흥분을 느꼈다. 개들이 짖었다. 여자들이 따라 웃었다. 한 여자의 소리 죽이고 웃는 웃음, 그 뒤로 목젖이 보일 정도로 하늘을 찢을 듯한 다른 여자의 숭고한 웃음 그리고 나중에 바다 소리가 들렸다.

수는 항상 바다가 가까이에 있다는 생각을 떨쳐버릴 수가 없었다. 바다는 사막 한 귀퉁이에, 포탄이 떨어진 커다란 웅덩이에 스며들었다. 바다는 사막으로 스며들면서 모래를 집어삼켰다. 그러나 결국 상상의 바다는 모래를 토해 놓고 순식간에 소멸하고 말았다. 수는 촬영하는 내내 푸른 바다가 사막 위를 비단처럼 둘러 싸매고 있는 듯한 착각에 휩싸였다. 사막 속의 바다야말로 장소의 고독이었다. 고독한 장소가 아니라 '장소'라는 어떤 공간이 지니는 절대적인 것으로서의 고독. 그것이 거기 있다는 것으로만, 아니 그냥 '거기'라는 것 때문에 고독한 것.

바다는 미국적인 것인지도 몰랐다. 사막이 포격에 흩어진 뒤 거기 남은 공허, 빈 곳 그것 자체가 바다였다. 포격에 흉측하게 텅 비어버린 장소야말로 바다만이 메울 수 있었다. 사막의 표면에 드러난 얼룩 같은 심연을 어찌 메울 수 있단 말인가. 심연의 풍경은 무심하게 상처를 다 드러낸 채 죽어가고 있었다. 사막은 바다를 품으며 더 황폐하고 고독하게 변하고 있었다.

그는 새벽에 사진 찍는 것을 좋아했다. 희미하게 시작하는 빛의 발아를 느끼면서 서서히 밝아오는 세상의 모퉁이에 서 있는 인간의 모습을 카메라에 담는 순간, 그는 장대한 우주와 만났다. 세상이 온전히 다 밝아질 때까지 카메라와 함께 어슴푸레한 터널을 통과해 나갔다. 그는 자신이 19세기 프랑스를 누볐던 인상주의 화가라도 된 듯한 착각에 빠져 뷰파인더에 비치는 새벽빛을 좇아 순례를 떠났다.

그는 그곳에 사는 사람의 시선으로 사진을 찍고 싶었다. 아니 그렇게 찍었다. 그곳이란 바로 여자들의 생의 장소였다. 그가 장소를 선택할 수 없었지만 이미 그 공간으로 들어온 이상 거기를 상상적으로 살아낼 수 있었다. 그곳은 그의 집이 아니었지만 그는 상상 속에서 집을 새로 지을 수 있었다.

카메라는 장소를 재발견했으며 그는 순상의 시선으로 그 장소를 복원할 수 있었다. 그는 자신이 여기에서 오래전부터 살고 있었다고 믿게 되었고 그 상상은 가면처럼 그의 얼굴에서 떨어지지 않았다. 그는 사진 찍는 동안 여기 살고 있었다. 여인들은 그의 머리를 쓰다듬었고 그의 몸을 물고 빨고 핥았다. 마치 암컷이 자기 영역을 지키는 수컷을 정성스레 애무하듯이. 그는 상상의 쾌락 속에서 카메라를 마구 쏘아댔다.

사막에선 한 점 빛도 찾을 수 없었다. 그는 인공적으로 흰 빛을 만들어냈다. 사람들끼리 사막의 어둠에 맞서 빛을 이끌어내야만 할 것 같았다. 여자들은 흰 빛에 조응했다. 이미 몸에 어둠이 잔뜩 물들어 있었으므로 오히려 빛을 반겼다.

사막에 어둠이 내리면 온통 흰색이었다. 그는 모델에게 흰 옷을 걸치게 했다. 얼굴에도 흰 분을 발랐다. 프랑수아에게 부탁해서 발전기와 조명기를 있는 대로 들여왔다. 그의 집은 어둠 속에서 흰 빛을 내뿜었다. 수는 어둠이 무서웠던 것이다. 그러나 밤에 촬영할 때면 죽음의 공포에 휩싸였다. 그가 켜놓은 조명은 미군의 폭격 목표물이 될 수 있었다. 그는 오히려 기를 쓰고 불을 켰다. 그에겐 미군의 폭격보다 사막의 어둠이 더 끔찍했던 것이다. 인간은 자연을 이길 수 없었다.

여자들은 흰 빛으로 치장을 했고 그의 두려움을 달래주었다. 그는 빛의 환상 속에서 눈부셨고 날이 밝을 때까지 행복했다. 하지만 인화된 사진 속에서 느낄 수 있었던 것은 흰 빛에 대한 공포뿐이었다. 텅 빈 백색의 무無.

그는 이라크 사막의 집에서 여자를 촬영하면서 또 다른 여성에 눈을 떴다. 사물에 대한 직관을 넘어 살아 있는 그 자체로서 에로틱한 감각을 고스란히 지닌 여자의 몸을 다시 보게 된 것이다. 그 몸은 호흡으로 떨리는 가슴을 지니고 있었고 곧이어 들이닥칠 죽음까지도 이미 그 속에 배고 있었다. 인생의 아름다움과 운명과 사랑 그리고 소멸에 대한 막연한 기대까지 지닌, 불안에 떨면서도 살아 있음에 당당하게 노출된 육체. 물이라고는 한 방울도 없는 사막에서 그는 생명 그 자체만이 보여줄 수 있는 에로스를 엿보고 있었다.

1.4

수가 처음 이 집을 얻었을 때 벽에는 온통 거미줄뿐이었다. 아무것도 없는 돌벽뿐인데도 거미들은 그 틈에 집을 지었다. 핵전쟁으로 지구가 멸망한다고 해도 거미들만은 살아남을 것이다. 수는 한동안 자기가 쓸 거처만 빗자루로 쓸어 거미줄을 치웠다. 다른 벽과 방들엔 여전히 거미들이 살았다. 수는 거미들을 바라보는 것이 흥미로웠다. 수가 방으로 들어가면 거미들은 매우 빠르게 이동해 모습을 감추었다. 처음엔 거미들의 민첩한 행동을 따라잡을 수 없었지만 곧 익숙해졌다. 거미들은 가장 촘촘하게 짜인 거미줄 한복판으로 들어가 숨었다. 거미집은 벽 모서리부터 시작되어 방사선 형태로 뻗어나왔다. 거미줄은 그물과 같았다. 맨 앞머리는 매우 촘촘하고 입이 좁은 듯하지만 끝으로 갈수록 넓게 퍼져 그 속에 들어오는 먹잇감을 포획한다. 거미집은 사방으로 퍼져 끈끈하게 숨어서 기다린다. 무심코 집을 방문하는 낯선 침입자를 안으로 깊이 끌어들인 뒤 숨통을 조인다. 거미집에 들어온 이상 더 이상 살아서 빠져나가지 못한다. 아마도 수 역시 막연하게나마 그런 상상을 했을지도 모른다. 낡고 흰 집에서, 타부르에서, 이라크에서 그리고 이 사막에서 결코 빠져나갈 수 없다고.

그 뒤로 수는 이 집에서 지내는 것이 편해졌다. 자신이 거미집에 사는 시한부 희생자처럼 느껴졌다. 그의 생은 거미의 식사 때가 어느 시점인가에 달렸다. 거미가 가장 배고플 때 인간이라는 거대한 먹이를 덮칠 것이다. 수는 자신을 사냥하는 무기가 총일지 칼일지 포탄일지 아니면 거미의 독일지 무척 궁금했다.

사막의 집에는 창문이 없었다. 벽에 구멍이 뚫려 있을 뿐이었다. 그곳에 여러 겹의 천을 묶은 가리개가 걸려 있을 뿐이었다. 아침에 가리개를 열고 저녁에 닫았다. 낮에도 모래 바람이 불 때면 가리개를 내렸다. 지붕도 가죽으로 엮은 카펫과 같았다. 비가 자주 오지 않았기 때문에 그것으로도 충분했다. 물은 바그다드와 연결되는 수도관을 통해 마을 한복판에 있는 수도꼭지에서 나왔다. 매일 아침과 저녁에 한 번씩 30분에서 1시간가량 물이 나왔다. 여자들이 집에 있는 가장 큰 항아리를 이고 나와 물을 받았다. 박수근의 그림에서 볼 수 있었던 여자들이 떼를 지어 집을 나왔다. 그는 멀리서 사진을 찍었다. 가까이 다가가 여자들을 놀라게 하고 싶지 않았다.

바그다드의 수도水道를 우리나라 사내들이 와서 놓았다고 했던가. 프랑수아는 그 이야기를 하면서 코리아 남자들은 강하고 의지가 대단한 것 같다며 웃었다. 왠지 놀리는 듯한 기분이 들었다.

햇빛은 하늘 한복판에서 쏟아졌다. 그런데도 집은 어두컴컴했다. 창문도 없었고 지붕은 의외로 공고했다. 가죽으로 벽을 싸매는 덮개였으므로 바람을 막아줄 뿐 아니라 빛도 완벽하게 차단했다. 그는 햇볕을 가리는 가죽 천으로 그늘에 숨어서 나른한 안락을 즐겼다. 죽음이 너무 가까이 있기에 수는 오히려 평화를 누렸던 것일까.

수는 사막에서 해가 지는 모습을 찍기 위해 몇 날 며칠을 고통스럽게 작업했다. 우선은 해가 질 때를 하루 종일 기다려야만 했다. 집에서 유일하게 돌로 막은 지붕 한켠에 올라가 카메라를 설치하고 일몰을 기다렸다. 해가 지기 시작하면 10분도 안 되는 시간 동안 촬영을 해야만 했다.

하루에 단 10분만 노을을 찍을 수 있었다. 때로는 그보다 훨씬 더 짧았다. 구름이 깊고 짙게 드리운 날이나 바람이 몹시 세게 부는 날은 노을을 향해 셔터를 누르기가 거의 불가능했다. 극도의 긴장감과 함께 10분이라는 한계 시간. 자신이 원하는 것을 획득하기 위해 자기가 가진 모든 열정과 에너지를 한꺼번에 쏟아야 했고, 그 순간이 지나면 완전히 탈진해 쓰러졌다. 목숨이 단 10분 남은 시한부 인생처럼 그는 10분 이후를 생각조차 못한 채 셔터를 눌렀다.

해는 낮 동안 중천에 떠서 이글거렸다. 그러나 이제는 어둠 속으로 숨어들고 있었다. 맹렬하게 타오르던 태양도 시간과의 전투에서 패하고 피를 흘리며 어둠 저편으로 물러가는 것이다. 패배가 이토록 아름다운 순간은 지금뿐이리라. 10분 동안 그가 눌러댄 셔터 수는 오히려 적었다. 물론 처음엔 1분에 100번 가깝게 셔터를 눌렀다. 1/2초마다 붉은 기운을 잃는 태양의 빛깔을 찍어두고 싶었다.

그러나 사흘쯤 그렇게 찍은 뒤 문득 깨닫게 되었다. 그가 찍는 사진은 시간의 파노라마가 아니었다. 그저 한순간의 숭고한 아름다움. 아니 그저 한 장의 사진. 빛과 어둠 사이에 놓인 아름다운 순간의 멈춤. 그리고 그것을 영원토록 지속하기. 그는 자신이 사진가일 뿐이라는 사실을 다시 한 번 떠올렸다.

그는 서둘러 셔터를 누르지 않고 숨을 멈추고 기다렸다. 빛이 한풀씩 꺾이는 타이밍이 있었다. 처음엔 3분 20초쯤, 이후엔 2분 10초, 1분 5초 정도에서 태양은 급격히 빛을 잃었다. 그 뒤로는 30초, 20초, 그리고 수초 간격으로 어두워졌다. 태양은 사라지는 것이 아니라 검게 물드는 것이다. 붉은 빛을 잃고 검은 먹이 든다.

어둠이 물들어오자 그는 두려웠다. 숭고한 아름다움의 끝이 무엇이라는 것을 그는 어렴풋이 느끼고 있었다. 그는 절정으로 몸을 떨었다. 고통과 행복감이 한꺼번에 밀려들었다. 알베르 카뮈의 「간녀姦女」에 나오는 여자 주인공이 느꼈던 쾌감도 이런 종류였을까. 수가 입만 열면 자신은 저녁이 하루 중 가장 좋다고 말했던 것이 기억난다. 이유를 알 수 없는 막연한 불안이 밀려들면 가슴이 아릿하지만 말할 수 없는 도취감이 밀려온다는 것이었다.

수는 이미 노을을 찍은 사진을 수천 장 지니고 있었다. 어쩌면 일몰 광경이 담긴 엽서나 달력에서 흔히 볼 수 있는 테마에 불과할지도 모른다. 그러나 꽃이 지는 모습이 그러하듯 빛을 잃고 소멸하는 해의 모습은 숭고하다. 심오한 고통과 황홀한 불안을 맛보게 한다. 노을을 촬영하고 난 밤이면 프랑수아가 가져다 놓은 질 좋은 와인을 마시며 밤을 새웠다.

그는 지붕 위에서 어두운 하늘에 별이 떠오르는 모습을 보며 잠들곤 했다. 엑스터시의 순간이 지나고 밀려드는 기분 좋은 피로에 몸을 푹 빠뜨린 채 잠에 취했다. 그는 새벽에 깨어 사막을 바라보았다. 사막은 푸른 어둠에 잠겨 아직 잠들어 있었다. 그는 사막이 꾸고 있는 악몽을 따라 사막 한복판으로 빨려드는 느낌을 즐겼다. 그리고 천천히 지붕에서 내려와 모래 위를 거닐었다. 맨발로 느끼는 차가운 사막의 기운이 너무 좋았다. 인어공주가 처음 땅에 두 발을 내딛었을 때 느끼던, 모래알이 살 속으로 파고드는 쾌감과 통증이 바로 이런 느낌이었을까. 그는 마약에 취한 듯 발바닥이 얼얼해질 때까지 걸었다.

1.5

그는 카메라로 수많은 사물들을 찍었다. 그러나 자기 자신을 대상으로 찍지 못했다. 셀프포토레이트를 찍지 않은 것은 아니지만 그것은 극히 부분적일 뿐 전부가 아니었다. 카메라는 결코 사진가를 사진에 담을 수 없었다. 카메라는 스스로 사진을 찍지 못했다. 늘 사진가의 손을 빌렸다. 다른 모든 것들을 찍었지만 사진가는 찍을 수 없었다. 또 하나, 카메라는 대상을 찍었지만 그 대상의 표면을 찍을 뿐 결코 속을 볼 수는 없었다. 그리고 그 대상이 인간일 때는 더욱 심했다. 사람의 얼굴 표정을 찍고 그것이 그 사람의 내면이라고 우길 수 있지만 이를 증명할 수는 없었다. 사진은 스스로에게 묻는다. 과연 인간에게 내면이 있는가.

수는 카메라와 함께 전 인생을 살았다. 아홉 살 때 처음으로 카메라를 구경한 뒤 단 한 번도 카메라를 잊은 적이 없었다. 열세 살 때 초등

학교 졸업 선물로 카메라를 받았을 때 인생에서 가장 기뻤노라고 말하곤 했었다. 하지만 그는 한 번도 자기 자신의 진정한 내면이 어린 사진을 찍지 못했다. 모델의 내면이 아니라 사진가 자신의 내면.

그러나 사막에 와서 수는 왠지 대상을 찍고 있다기보다 자신의 무의식을 탐사하고 있다는 느낌이 들었다. 무의식을 산책하며 향락을 느끼는 듯했다. 왜 이런 기분을 일상에서는 느끼지 못했던 것일까. 아니면 일상에서도 수없이 느꼈지만 그것이 어떤 것인지 음미할 기회가 없었던 것일까. 일상에서 멀리 떨어져 낯선 공간에 속한다는 것이 이런 경험을 하게 하는가. 그는 카메라만 있으면 무엇이든 할 수 있었고 모든 것을 느낄 수 있었다. 물론 그 무엇이, 그 모든 것들이 결국 사진 찍는 것 외에 아무것도 아니었지만 말이다. 하지만 사진 찍기란 아무것도 아닌 것이 아니라 아무것도 아닌 것을 찍는 것이 아니었던가. 인간의 내면이나 무의식, 사실 그것이야말로 있다고 말할 수조차 없는 아무것도 아닌 것, 텅 빈 것이 아닌가. 그래서 사막은 텅 빈 내면의 모습처럼 아무것도 지니지 않는 것인지도 모른다. 그는 처음에 사막을 향해 카메라를 들이댔다. 그리고 그 다음엔 자기 속을 향해 셔터를 눌렀다. 끝도 없는 우물의 아가리만 검게 찍혀 나왔다.

사막에 와서 수는 새로운 억압에 시달렸다. 전부터 몸에 밴 기술적인 테크닉이 과연 무슨 소용인가 회의에 빠진 것이다. 사막을 찍으려 들 때마다 과연 내가 무엇을 찍고자 하는가, 사람들은 사진을 통해 무엇을 보는가 따위의 사진 본연의 주제가 앞을 가로막았다. 이런 의문은 사진을 배우는 초짜들이나 품는 생각이었다. 30년 가까이 사진을 찍어온 프로에게는 있을 수 없는 일이었다. 프로 사진가들은 대상을 포착하는 순간 아무런 생각도 없이 셔터를 누른다. 소위 무의식이 모든 사진의 구조를 미리 만들어놓기 때문이다.

그러나 사막은 사진에 담기에 너무 크거나 아니면 찍을 만한 아무것도 없기에 셔터를 누르는 순간 몸을 뒤척인다. 사진의 형태와 구조가 망가지고 금방이라도 바람에 다 날아갈 듯 흩어졌다. 한 번도 겪어보지 못한 일이었다. 그것은 그가 배운 적이 없는 상황이었다. 그는 자기 자신에게 화가 났다. 이전에 배웠던 빛과 형태들이 모두 사라졌다. 그토록 익숙하던 카메라가 배신하고 있는 듯한 느낌이었다. 필름에는 무언가 찍히기 마련이다. 그러나 정녕 아무것도 없었다. 몇 날 며칠을 찍고 또 찍었지만 모래도 한 줌 없는 텅 빈 장소뿐이었다. 어떻게 사진 속에 아무것도 담기지 않을 수 있단 말인가. 수개월을 허송세월하다가 문득 깨달았다. 그가 원했던 사진이 바로 이것이었다는 것을. 그가 찍고 싶었던 것은 바로 '아무것도 아닌 것'이란 사실을. 그는 지금까지 사진에 대해 익힌 모든 것을 잊었다. 그가 지금부터 찍어야 할 사진은 '사진에 없는 것들'이었다.

그는 이곳이 지금이 아니라 먼 과거에 속한 것처럼 느껴졌다. 자기 자신도 역시 2006년에 있는 것이 아니라 40여 년 전 그가 태어나기 이전의 역사 속에 있는 것 같았다. 지금은 멸망해버린 나라에서 벌어지는 사건 속에 들어와 있는 것 같았다.

이제 더 이상 되돌아갈 수 없고 거의 모든 사람들이 학살당했고, 아이들조차 살지 않는 그곳. 지금 이곳은 먼 과거의 그곳이었다. 여기엔 멸망한 나라의 흔적만 남아 있었다. 폐허라는 기억 속의 장소만 텅 빈 채 널브러져 있었다. 사진만이 망각을 견딜 수 있었다. 사진 속에서 폐허는 영속했다. 사진이 기억을 일깨우는 것이 아니라 사진만이 망각을 찍을 수 있었다. 앞으로도 사람들은 폐허를 기억하지 못할 것이다. 그저 망각을 한 번 더 바라다볼 뿐이다.

그는 사진을 찍으며 자기 속으로 계속 걸어 들어갔다. 심연은 바닥이 없었다. 언제까지나 깊이 빠져들 뿐 본모습을 드러내지 않았다. 그래서 그는 심연의 표면을 찍고자 애썼다. 그러나 심연에는 오로지 '깊이'만 존재할 뿐 겉도 속도 내용도 형식도 없었다. 없는 것으로서 심연이 존재했다.

2.1

나는 이라크에 갈 수 있는 방법을 강구했다. 내가 국립대 교수라는 게 긍정적인 역할을 할 수도 있지 않을까 내심 기대했다. 나는 주한 이라크 대사관과 외무부에 편지를 썼다. 나는 수가 그랬던 것처럼 몰래 이라크로 들어갈 생각이 없었고 여행객으로나 사업차 가고 싶지 않았다. 나는 해외에서 피살된 한국인의 의문사를 조사하는 민간인 자격으로 이라크에 들어가 수의 행적을 찾고자 했다. 나는 오랫동안 회신을 받지 못했다. 어디에서도 사적인 편지 한 통에 반응하지 않았다. 나는 겨울 방학을 맞아 혼자서 이라크를 여행하기로 마음먹었다.

수의 죽음 앞에서 아무런 조치를 취하지 않았던 정부가 그것을 조사하겠다는 나의 요청을 받아들일 리가 만무했다. 나는 기독교 단체에 협조를 구했다. 이라크와 주변 국가에 선교사를 파견하는 아랍복음선교회에서 나의 이라크 입국을 주선해 주었다.

이라크에 도착했을 때 나는 그가 느꼈던 것과 같은 착각에 빠졌다. 마치 과거의 한 부분에 있다가 금방 다시 그곳으로 회귀하는, 동어반복과 같은, 그가 살았던 과거에 내가 살다가 지금 막 다시 그 땅에 발을 딛는. 나는 바그다드에 내리는 순간 과거에 여기 살았던 기억을 회복하고 동시에 지금 그 과거 속에 들어와 있음을 깨달았다. 당연히 그럴 수밖에 없었다. 그는 나였으므로.

사막은 모든 것을 되돌아오게 했다. 그는 더 이상 여기 살지 않지만 마치 과거처럼 다시 여기에 와 있었던 것이다. 그는 나의 눈으로 자신의 과거를 보았다. 두 겹의 층으로 쌓인 시간의 퇴적층을 손으로 짚었다. 사진에는 없는, 그러나 사진이 찍은 망각으로 현현하는 생의 시간들을 만지고 느끼는 것이다.

"잃어버린 기억을 되찾기 위해 글을 쓰는 거니?"

그가 물었던 기억이 났다.

"글을 쓴다는 건 기억하는 것이 아니라 기억을 상상하는 것이지. 기억이란 망각되지 않고 남아 있는 게 아니라 망각한 것을 되살리는 거야. 하지만 어떤 이미지들은 망각되지도 않고 기억할 수도 없는 것으로 존재해."

내가 대답했다. 그때 내겐 그에게 빌린 낡은 카메라가 들려 있었다.

헥사였다.

어설프게 그를 따라 사진 찍기 여행을 떠난 적이 있었다. 소설과 사진을, 텍스트와 이미지를 하나로 엮어 책으로 펴내겠다는 생각에서였다.

"너는 아무도 하려고 하지 않는 것들을 오랫동안 포기하지 않고 끝내 해보겠다고 덤벼드는구나."

그렇게 말하면서도 그는 나와 동행해 주었다. 여자도 있었다. 막 서른이 된 서글서글한 성격을 지닌 여자였다. 두 사람은 자유분방한 사람들이었지만 나는 여행 내내 불편했다. 삼각형이 지닌 안정이나 평온 따위는 찾을 수 없었다. 나는 그저 어떻게 해서든 이 작업을 빨리 끝내야겠다는 생각 외엔 없었다. 다른 어떤 것도 챙길 만한 여유가 없었다. 나는 내 곁에 있는 사람들을 늘 놓쳤다. 그들이 분명 존재하는데 내겐 내가 추구하는 것 외에 아무것도 보이지 않았다. 내 삶에는 타자가 없었다. 나에겐 내가 바라보는 대상이 있을 뿐 함께 있는 타자가 부재했다. 그들은 도대체 어디에 있단 말인가. 정녕 그들이 존재하기나 했던 것일까. 나는 언제나 내 곁의 타자들을 잊었다.

모델을 섰던 여자는 몇 년 뒤 시집을 갔다. 아주 늦게 소식을 들었다. 여자가 결혼하려고 마음먹은 때는 어떤 생각을 하기 때문인지 궁금했다. 나는 그 모델을 욕망했었던가. 분명 그랬을 것이다. 그러나 너무나 욕망했기 때문에 그 욕망을 넘어서지 못했다. 아직까지 그 욕망은 자꾸만 연기되고 있다. 물론 이제는 불가능한 것이 되고 말았지만 손에 닿을 듯했던 그때도 내겐 결코 이룰 수 없는 어떤 것이었을 뿐이다.

그라면 어땠을까. 모델을 선 여자들과는 거의 다 잠을 잤다고 말하고 다니는 수라면 서른 살의 익을 대로 익은 그녀를 그냥 지나쳤을까. 나는 왜 욕망할 뿐 행동하지 못했을까.

2.2

일본인들이 살다가 떠난 진해에서 촬영을 했었다. 철도 종사자들이 살았던 관사에 들어갔다. 집은 부서지고 망가졌지만 햇살 속에서 빛나고 있었다. 그 빈 집들이 좋았다. 더는 아무도 살지 않지만 사람이 살았던 흔적을 지닌 채 지금도 부서져 있는 집들은 아름다웠다. 여자 모델은 벽에 곰팡이 자국이 가득한 방바닥에 드러누웠다. 이끼가 말라붙은 욕조에 들어가 앉았다. 낡고 찌그러진 장롱에 숨었다.

수는 여자를 찍었다. 그의 등 뒤에 숨어 나도 사진을 찍었다. 그의 시선을 흉내 내며 나도 모델을 쫓았다. 그가 보는 것을 보았고 그가 찍는 것을 찍었다. 나는 그를 모방하는 것이 좋았다. 점점 똑같아져서 내가 그를 대신할 수 있었으면 좋겠다고 바랐다. 어쩌면 그가 있었기에 내게 모델은 닿을 수 없는 불가능한 어떤 것으로 아직까지 남아 있는지도 모른다.

"이미지만이 망각 너머에 있단 말이니?"

그가 또 물었다.

"이미지는 늘 언어 바깥에 남아 있는 무엇이 아닐까."

내가 되묻는 것으로 대답했다.

"이미지라는 게 남아도는 것인 양 말하는구나."

"이미지 자체가 언제나 과잉 아닐까. 이미지는 늘 존재해. 과거에도, 기억에도, 망각에도, 언제나 이미지만 있고, 이미지만 남아. 심지어 이미지가 부재할 때도 부재에 대한 이미지가 존재하니까 말이야."

"그래, 이미지를 찾아 헤맬 때에도, 이미지가 떠오르지 않을 때에도, 백지 상태의 어떤 이미지가 우리를 괴롭히지."

"배고프지도 않아요?"

여자 모델이 불쑥 대화에 끼어들면 그 순간 그와 나는 말을 멈추고 급작스럽게 허기를 느끼며 허둥댔다. 이미지가 아무리 차고 넘쳐도 배고픔을 해결해 주지는 못했다.

하루 종일 걸으며 촬영을 끝내면 정말 녹초가 되고 만다. 음식점에서 여자 모델은 거의 방바닥에 들러붙어서 떨어질 줄 몰랐지만 밥상이 들어오면 벌떡 일어나 볼이 터지도록 먹었다. 두 남자보다 식욕이 더 왕성했다. 그녀는 덜 성숙한 어린아이처럼 서른 살 먹도록 볼에 젖살을 지니고 있었고 하늘을 향해 코를 벌리고 있었다. 고개를 약간 숙이면 그녀의 얼굴은 슬퍼보이는 관능성을 띠었다. 코가 입술을 내려다보며 벌렁거릴 때 또 다른 구멍의 이미지를 만들었다. 숨 쉬는 구멍, 빠져들고 싶은 숭고한 심연의 동굴. 나는 여자 모델을 찍는 그에게서 비켜선 채 셔터를 눌렀다. 이때만이 내가 그를 모방하지 않는 순간이었다. 내가 대상을 비켜볼 때 나는 대상의 옆, 대상의 다른 이미지와 만났다. 그때 혼자서 얼마나 황홀해했던가. 두 다리 사이를 가리고 선 비너스의 손을 들추고 살짝 벌어진 틈새로 붉은 속살을 엿보는 자들. 눈이 느끼는 쾌락으로 손끝이 떨렸다. 그녀는 그의 카메라 앞에서 무방비로 노출되었지만 늘 당당했다. 하지만 내가 비켜선 채 들이미는 카메라엔 자기 자신을 들키고 말았다. 그녀는 그의 카메라를 마주 볼 수 있었지만 숨어서 훔쳐보는 나의 카메라에는 속수무책이었다. 카메라가 인간의 관음 욕구를 충족시키는 기계이기도 했지만 엿보는 자 뒤에서 엿보는 쾌감은 두 배로 컸다. 모르긴 해도 그녀 역시 내가 그의 등 뒤에 숨어 수줍게 바라보고 있다는 것을 알았을 것이다. 두 남자가 서로 겹쳐서 훔쳐보고 있다는 생각에 그녀도 흥분했을까. 그녀는 남자들을 유혹했던가.

2.3

남자 둘, 여자 하나가 시작한 여행은 마산, 진해, 안동, 그리고 울산과 포항으로 이어졌다. 사진은 거의 엉망이었다. 낡고 촌스럽기 짝이 없는 싸구려 여관에서 찍은 모델의 벌거벗은 몸은 추악했다. 여자 모델은 170cm가 넘는 키에 봉긋한 젖가슴. 잘록한 허리, 탄력 있는 허벅지를 지녔다. 그러나 그녀가 입은 흰 팬티와 검정 스타킹, 누렇게 변색이 시작되는 벽지와 때가 낀 커튼, 오래된 검정 텔레비전, 귀퉁이가 닳아빠진 고동색 나무로 짠 틀에 박힌 모서리가 깨진 거울, 천장 한복판에 버둥거리고 있는 길지도 짧지도 않은 형광등 따위가 그녀의 몸을 너무나 조악하게 만들었다. 그녀가 바다에 드러누운 사진은 바다의 푸른빛과 입고 있는 흰 블라우스가 잘 어울렸지만 구도가 완벽하지 않았다. 오히려 지나치게 구도를 잡아서 찍는 탓에 아무런 느낌도 없었다.

여행은 지루했다. 빈 집에서 찍은 사진들은 맨바닥에 드러누울 수 없어 돗자리를 까는 바람에 단 한 장도 쓸 수 없었다. 최소한 여자 모델을 맨바닥에 눕힐 수 있어야 했다. 폐허에 맨몸으로 널브러지지 못하고 뭔가를 덧댄 흔적은 정말이지 추악했다. 기껏 풀이 무성한 마당에서 쭈그리고 앉은 모습으로 찍은 사진은 외설스러웠지만 꽤나 고독하고 쓸쓸해 보였다.

"겨우 한 장 건졌군."

수는 심드렁하게 그러나 자책하지는 않으면서 한 마디 툭 던지고는 짐을 챙겼다.

차라리 서울로 돌아가서 스튜디오 촬영을 해야 할 것 같았다. 그러나 그토록 완벽해 보이는 여자 모델이 코가 약간 들렸다는 점 때문에 수와 나 모두 망설였다. 스튜디오의 밝은 조명 앞에서는 그 어떤 것도 감출 수 없었기 때문이었다. 나는 아직도 그녀가 예전에 빈 집에 살았던 사람들이 버리고 간 장롱 속에 웅크리고 앉아 있는 모습을 찍은 사진을 간직하고 있다. 내가 수를 따라 다니며 몰래 찍은 것이다. 그는 내게 구도를 잡는 탁월한 감각이 있다고 칭찬했다.

나는 장롱에 무릎을 맞대고 쭈그리고 앉아 사람이 만든 꽃을 떨어뜨릴 듯 들고 있는 소녀를 보았다. 덩치는 크고 나이도 서른이었지만 아직 소녀인 여자를 찍었다. 나는 그 소녀가 순결하지도 어리지도 않아서 좋았다. 그녀가 소녀가 아니어서 더 좋았다. 그러나 내가 셔터를 눌렀을 때만큼은 잠시 동안 슬프고 외로운 소녀여서 더욱 좋았다. 나는 마음속으로 몇 번씩 그녀를 범했다. 나는 그것이 좋았다. 그냥 숨어서 그녀에게 들키지 않고 그녀를 욕보이는 것이 좋았다. 내가 만난 가장 아름다운 여자 가운데 하나였다. 나는 그녀가 수와 잤는지 궁금했다. 남자들 사이에선 늘 그런 게 문제였다.

여행이 끝나갈 무렵 나는 더 이상 견딜 수 없어 서울로 돌아오고 말았다. 나는 사진가와 모델 사이의 긴장을 견딜 수 없었다. 수는 대충 대충 작업하고 있었지만 나는 극도로 긴장했다. 나는 사진에 대해서는 정말이지 초보였지만 구도 하나 하나에 미칠 듯이 신경을 썼다. 사진은 모두 수가 찍는 것이지만 나는 그 결과물들을 미리 상상했다. 앙리 카르티에 브레송이 말한 결정적 순간이라도 나타날 것처럼 뷰파인더에 코를 박았다. 하지만 아무런 사건도 일어나지 않았다. 나는 수의 조수도 아닌 그저 반쯤 구경꾼처럼 그들 뒤를 따라다닐 뿐이었다. 그러나 동시에 매순간 수의 사진이 어떻게 나올까 상상하며 내 카메라를 들여다보는 것이다. 나는 그를 대신해 상상의 사진을 찍어댔다. 수의 사진을 미리 보려는 욕망에 미쳐 날뛰었다.

내가 먼저 떠나는 날 바다 앞에서 셋이서 사진을 찍었다. 삼각대를 가지고 오지 않아서 나뭇가지에 카메라를 매달고 찍었다. 두 장을 찍었는데 모두 흔들려서 형체를 알아볼 수 없었다. 좀 나은 사진 속에서 셋은 어색하게 웃고 있었다. 나는 좀 찡그리듯 웃고 있었고 수는 싱긋, 여자 모델은 늘 그렇듯 경쾌하게 활짝 웃고 있었다. 그러나 셋의 웃음을 한꺼번에 보면 어색하기 짝이 없었다. 나는 왜 자유롭지 못했을까. 내가 좀 더 능동적이었다면 그녀와 자는 데 성공했을지도 몰랐다. 그랬다면 더 이상 긴장감 따위는 존재하지 않았을 것이다. 욕망이 아름다울 때는 그 욕망이 성취되지 않고 오래도록 살아 꿈틀댈 때이다. 그러나 욕망이 쾌락으로 바뀌는 순간이야말로 인간이 경험하고픈 극한 지점이 아닌가. 하지만 나는 거기서 달아났다. 미美란 쾌락으로부터 도피함으로써 성취된단 말인가.

내가 서울로 돌아오고 나서 일주일쯤 지났을까. 수가 전화를 걸어왔다. 사진이 나왔으니 보러 오라는 것이었다. 나는 사진을 보러 가기가 두려웠다. 내 상상의 사진이 현실로 나타날 때 얼마나 추악할까 지레 겁을 먹은 것이다. 바쁘단 핑계로 며칠을 미루다가 사진을 택배로 받았다. 정작 수는 슬라이드 필름을 현상만 했을 뿐 인화하지 않은 채 보냈다. 나는 곧바로 디지털스캔을 의뢰했다. 인화된 사진을 보기가 두려웠는지 모른다. 그 뒤로 스튜디오에서 아파트 뒤 공원에서 몇 차례 더 촬영을 했다. 그녀가 좀 나이 들어 보여서 어린 모델을 테스트하기도 했다. 그러나 수와 나 모두 그녀만을 찍고 싶어 했다. 어린 모델들은 그저 모델 외에 아무것도 아니었다. 그러나 그녀는 스스로를 표현했다. 어쩌면 수의 사진이 그토록 엉망이었던 것은 그녀의 욕망에 압도되었기 때문이 아닐까. 그것은 나에게도, 아니 나야말로 그녀에게 눌려 내 욕망을 드러낼 기회조차 얻지 못했다. 그토록 여러 날 함께 지내면서도 섹스를 하지 않은 여자는 정말 손에 꼽을 정도니까 말이다.

서울에서 밤샘 작업을 끝내고 수는 스튜디오 소파에 쓰러져 잠들었고 나는 그녀를 아파트까지 배웅했다. 그녀가 혼자 사는 아파트에서 커피를 마시며 그녀의 섹스 스타일에 대해 자세한 이야기를 듣기도 했지만 나는 키스조차 하지 않았다. 몇 시간 동안 이야기를 나누면서도 나는 앉은 자리에서 꼼짝도 하지 않았다. 그녀가 나의 행동을 기다리다 지쳐서 이제 그만 자야겠다고 말했을 때 나는 두 말 않고 집을 나왔다. 아마도 그런 일이 세 번쯤 반복되었을 것이다. 그녀는 나를 어떻게 생각했을까. 그녀는 나를 원했던가. 혼자 사는 집에 남자를 들이면서 그녀는 무엇을 바랐을까. 아무런 제스처도 없이 집을 나가는 남자를 어리석다고 비난했을까. 아니면 왜 그러는지 궁금해 했을까. 그도 아니면 거절당했다고 느끼고 속상해 했을까. 내가 그녀를 정복하지 못했던 이유는 아마도 내가 그녀에 대해, 보다 정확히 말해 그녀의 욕망에 대해 아무것도 알지 못했기 때문이리라.

모델이 된다는 것은 어떤 느낌일까. 수를 비롯해 몇몇 사진가 앞에서 사진을 찍은 적이 있지만 나는 모델이 된다고 느낀 적이 없었다. 일부러 누군가의 욕망의 시선 앞에 자기 자신을 드러내놓는 것은 어떤 심리일까. 욕망의 대상이 되고자 하는 욕망은 어느 때 정점에 도달하는가. 내가 욕망하는 대상이 나를 욕망하고 있다고 확신하게 되는 때는 언제일까. 과연 그때 그녀는 내 욕망에 응답했는가. 그런데 내가 못 본 척했던 것은 아니었을까. 나는 결코 여자의 욕망을 알지 못했다. 그래서 늘 여자가 두렵다. 내가 그녀를 욕망할 때 그녀는 무엇을 느꼈을까. 나의 욕망의 대상이 된 것을 즐겼는가, 아니면 그녀도 나를 욕망했는가. 그 순간 그녀는 내가 아닌 다른 어떤 것을 욕망했는가.

2.4

내가 서울로 떠나고 수는 여자 모델과 함께 이곳저곳을 돌아다녔다. 강릉과 속초 등지였다. 그런데 두 사람은 사진에도 없고 내게도 말하지 않은 곳에 다녀왔던 모양이었다. 수는 몇 년 뒤 내게 짧은 편지 한 통을 보내왔는데 그들이 하룻밤을 보낸 곳이 남해였다는 것이다. 나는 푸른 바다와 그 위를 가로지르는 남해대교가 떠올랐다. 그곳에 갔다면 멋진 풍경을 담아왔거나 풍경 속에 여자를 박아놓을 수 있었을 텐데 남해 사진은 한 장도 없었다.

"왠지 그때만큼은 사진을 찍을 수 없다는 생각이 들었네."

편지는 그렇게 시작됐다. 남해로 가서 푸른 바다를 배경으로 홀로 고독한 시간을 보내고 있는 여자의 내면을 찍고 싶었는데 그렇게 되지 않았다는 것이다.

"아마도 그녀에 대한 욕정에 시달렸던 것 같네. 카메라 뒤에서 엿보는 것만으로 만족할 수 없었는지도 모르지. 예전에는 그럴 때마다 사진 찍는 것과 욕정을 발산하는 걸 동시에 할 수 있었는데 이번엔 그게 잘 되지 않았네. 그녀를 짓뭉개놓고 싶었네. 알다시피 그녀는 카메라에 담기엔 좀 컸지. 그리고 어딘지 모르게 모델 스스로 자기가 하고 싶은 것을 거리낌 없이 드러냈어. 나는 그런 식으로 뻔뻔하게 구는 태도를 용납할 수 없었지. 모델은 자기 속에 뭐가 있는지 모를수록 좋아. 그때 사진가가 모델의 내면을 표면으로 끌어올리는 거야. 그런데 그녀는 자기 욕망을 한 치의 부끄럼도 없이 마구 드러냈던 거야. 내가 끼어들 여지가 없었어. 그녀 스스로 다 까발리는 데에야……. 물론 자네도 이미 알고 있을 테지만."

수는 몇 년 뒤 다시 남해로 갔다. 어쩌면 여러 차례 되풀이해서 다녀왔는지도 모른다. 수는 처음에 바다를 찍기 위해 그곳에 갔다. 바다와 여자, 그가 마르세이유와 베니스에 있을 때 즐겨 찍던 테마였다.

「새들은 모두 페루에 가서 죽는다」라는 소설을 읽었을 때는 페루까지 간 적도 있었다. 바다를 가로질러 날아와 모래 속에 곤두박질쳐서 죽는 새들을 찍기 위해서였다. 아니, 그 바닷가를 마치 죽음을 기다리는 사람처럼 고독하게 거닐고 있는 여자를 만나고 싶다는 욕망 때문인지도 몰랐다. 거기엔 널찍한 모래사장과 끝이 보이지 않는 바다뿐이었다. 새들도 여자도 바다로 와서 죽지 않았다. 텅 빈 바다와 모래 위에서 수는 상상적인 죽음을 찍었다.

모래의 냄새 위로 바다의 냄새가 번졌다. 냄새는 콧구멍을 타고 들어 정수리까지 퍼졌다. 텅 빈 심연의 냄새였다. 바람이 강하게 불어오면 비릿하게 여자가 월경하는 냄새가 풍겼다. 수는 무용하는 여자를 찍었을 때를 떠올렸다. 갑자기 스튜디오에서 옷을 홀딱 벗고 발레리나가 그를 덮쳐왔다. 그녀의 다리 사이를 빨기엔 냄새가 역했다. 어쩔 수 없이 엎드리게 하고 뒤에서 들어갔다. 한 번 코에 밴 지린 냄새는 가시지 않았다. 그의 성기가 쪼그라들었다. 여자는 손으로 자기의 그곳을 만졌다.

"오늘은 바다 냄새가 심하네."

수는 그 뒤로 바다 냄새가 나는 여자를 경멸했다.

겨울이었다. 이순신 장군이 최후를 맞았다는 노량 가까운 곳에서 회를 떴다. 감성돔 철이었다. 방금 죽어서 살이 투명한 생선의 시체를 씹었다. 물고기는 반쯤 죽은 상태에서 인간의 입을 즐겁게 하며 춤을 추었다. 수는 상상하던 바다가 현실로 펼쳐진 바다보다 더 아름다웠는지 생각해보았다. 잘 가늠할 수 없었다. 상상의 바다가 더 바다에 가까웠는지 모른다. 그러나 상상이 매너리즘에 빠져 허우적거릴 때 바다는 이미 죽은 바다의 이미지만을 반복할 뿐이었다. 어항에는 줄돔이 헤엄치고 있었다. 물고기의 줄무늬는 나이를 가리키는 것일까, 문신처럼 타자를 위협하려는 것일까.

바람이 심하게 불었다. 바다는 출렁거렸다. 고요한 바다는 바람에 응답했다. 비록 표면만 일렁였을 뿐이지만 사람들은 바다를 파도로 기억한다. 파도치는 바다. 강릉에는 낡고 더러운 파도여관이라는 이름의 여관이 있었다. 밤새 파도치는 소리와 생리하는 여자의 지독한 질 냄새를 맛볼 수 있다. 파도여관이 가장 바다에 가까웠다. 그래서 더 빠르게 낡고 더러워졌는지도 모른다. 소금물은 기계를 썩게 했다.

파도여관은 자살하기엔 딱 좋은 장소였다. 쇠락과 소멸이 적당히 섞여 파도에 쓸려 들고났다. 수는 바다에 갔지만 한 번도 물에 들어간

적이 없었다. 그저 바다가 거기 잘 있나 보러 간 사람처럼 굴었다. 도시에는 바다가 없었다. 그것이 수가 바다에 가는 이유였다.

수는 도시를 사랑했다. 도시가 아닌 곳에선 늘 불안했다. 자연은 한없이 낯선 장소였다. 수는 붐비는 도시에 있을 때 평온했다. 도시의 불빛 아래서 싸돌아다니거나 술을 마시거나 여자를 꼬시는 것이 좋았다. 마천루 꼭대기에서 강물에 비친 야경을 내려다보는 게 가끔 즐기는 사치였다.

인공적인 것이 그를 매혹했다. 문화란 인간이 일부러 만들어낸 것 아니었던가. 왕궁이었다가 박물관이 된 루브르야말로 인간이 만들어낸 가장 위대한 인공물이었다. 수는 인간이 손질해서 내놓은 자연이 좋았다. 날것으로서 드러나는 자연은 그를 겁먹게 했다. 그때의 자연은 공포스러웠다. 화산 폭발이나 지진, 토네이도나 허리케인 앞에서 인간은 감히 자연의 아름다움을 노래할 수 없었다. 자연은 인간이 조절할 수 있을 만큼만 아름답다. 그 경계를 넘으면 자연은 숭고한 공포의 대상이었다.

수가 남해에 갈 때 누가 동행했는지 알 수 없다. 그때 나와 함께 촬영했던 여자 모델은 그 뒤로 행방을 알 수 없었다. 수는 아마 다른 여자와 동행했을 것이다. 수의 여자들에 더해서 잘 알지 못한다. 그의 인생이 여자로 점철되었어도 그의 여자에 대해 알려진 것은 별로 없었다. 아, 이제야 기억이 난다. 수는 한때 50대 여가수와 사랑에 빠진 적이 있었다. 인천에서 우연히 만났을 때도 수는 여자와 함께였다. 꽤 나이 들어 보이는 여자였다. 예전에 만나던 50대 가수는 아닌 것 같았다. 그때 그는 50대 여자가 진짜 여자야, 하고 농담 같은 속마음을 이야기한 적이 있었다. 나는 50대 여자를 경험한 적이 없어 잘 모르겠다. 인천에서 봤을 때도 그는 카메라를 들고 있었다.

수는 내가 신원을 알 수 없는 여자와 함께 남해로 갔다. 범죄자가 범행 장소를 다시 찾듯 남해로 간 것이다. 그것이 두 번째로 남해에 간 것인지 그 이상인지 알 수 없다. 그는 바다까지 가지 않고 금산에 올랐다. 산이 저기 있으니 그저 올라갔다 내려오자는 심산이었다.

한 여자 돌 속에 묻혀 있었네.
그 여자 사랑에 나도 돌 속에 들어갔네.*

시인이 노래했듯이 금산은 돌무더기 산이었다. 차를 주차장에 세우고 미니버스를 탔다. 25인승 버스에서 수는 여자와 멀찍이 떨어져 앉아 있다가 승객들이 계속해서 들어오는 바람에 결국 여자 곁에 앉아서 산을 오를 수밖에 없었다.

산이 가팔랐다. 군데군데 길을 넓히느라 산등성이를 파헤쳐놓았다. 쌓여 있는 흙보다 돌덩이가 더 많았다. 산은 바위로 쌓아놓은 듯했다. 나무들은 바위틈을 비집고 듬성듬성 자라고 있었다. 바위들은 단단한 위용을 펼치며 하늘을 향해 불끈 솟은 형상이었다. 산꼭대기까지 바위에 바위가 올라타고 있었다. 버스는 바위를 돌고 돌아 엔진 소리를 내며 비탈을 기어오르고 있었다. 산 중턱에 이르러 차가 멈췄다. 수는 여자의 손을 잡고 있었다. 여자보다 수가 더 떨고 있었는지도 모른다.

수는 높은 곳에 서면 자기도 모르게 가슴이 떨려왔다. 차가 정차하자 여자는 손을 풀고 일어섰다.

승객들은 차에서 내려 삼삼오오 산을 올랐다. 정상으로 가는 길은 육상 경기장 트랙처럼 널찍하게 닦여 있었다. 수는 사람들과 섞이는 게 싫어서 성큼성큼 걸었다. 여자도 발걸음이 빨랐다. 두 사람이 함께 차를 타고 올라온 사람들 중에서 가장 앞섰다. 한 고개를 넘었을까. 산꼭대기 바위들이 눈에 들어왔다.

바위들은 소나무 몇 그루의 호위를 받으며 웅장하게 솟아 있었다. 좀 더 가까이 가자 바위 아래엔 암자가 있었고 바위들과 나란히 남근석이 서 있었다. 자연적으로 생긴 것인지 사람들이 두 개의 바위를 맞대 놓은 것인지 원통형의 바위 위에 귀두 모양의 돌덩이가 올라타 있었다. 많은 여인네들이 산을 오르는 게 다 이 때문일까 싶었다.

암자 아래로 대나무 숲길이 나 있었다. 수는 좁은 비탈길이 어디로 이어졌는지 보고 싶었다. 여자가 앞장을 서고 수가 비탈길을 내려갔다. 키가 낮지만 빽빽하게 심긴 대나무 숲이 꼬불꼬불 이어졌다. 그는 숨을 헐떡이며 여자를 쫓았다. 여자는 수에게 잡히지 않으려는 듯 잰걸음으로 걸었다. 대나무 길은 건너편 산등성이에 또 다른 암자로 이어져 있었다. 오래전 나라를 세운 임금이 수도했다는 곳이었다. 그곳에서는 산 전체가 한눈에 들어왔다. 계곡과 능선이 펼쳐진 모습이 장관이었다. 모름지기 천하를 경영하기 위해서는 산수 좋은 곳에서 먼저 수련을 쌓아야 하는 모양이다. 많은 사람들은 암자만 둘러본 채 산을 내려갔다. 대나무 숲길을 따라 내려와 산의 비켜선 모습을 보지는 못했다.

수는 다시 대나무 길을 되돌아 나왔다. 대나무가 터널처럼 빽빽하게 선 곳에서 여자에게 키스를 하려고 덤볐다. 여자는 그의 손을 뿌리치며 달려나갔다. 수는 잠시 동안 의아해했다. 서울에서 여기까지 함께 와서는 키스를 거부한다는 걸 이해할 수 없었다. 금산에 오르자고 했던 게 여자가 아니었던가. 이런 절경에서 서로 입맞춤을 한다는 건 오히려 정해진 수순이 아닐까.

암자를 지나쳐 갈림길로 나왔다. 한쪽은 산 정상으로 가는 오르막 길이었고 다른 쪽은 그들이 올라온 길이었다. 그는 산 정상 쪽으로 향했다. 여자는 숨이 턱밑까지 차 더 이상 못 오르겠다고 버텼다. 수는 여자 혼자 두고 정상을 향해 발을 내딛었다. 정상까지는 불과 몇 킬로미터 되지 않았다. 온통 돌길이었다. 드문드문 통나무로 발 디딜 만한 곳에 발판을 놓았다. 수는 다리를 한껏 벌려 바위를 두세 개씩 건너뛰며 산을 올랐다. 바위 틈 사이로 대나무들이 빼곡하게 들어차 있었다. 수는 언젠가 대나무 숲 한복판에 섰을 때를 기억해냈다.

2.4.1

수는 나와 함께 안동에서 고택을 뒤지고 다녔다. 우리가 찍고자 하는 장면은 도시 여자가 바다로 왔다가 오래된 집들을 구경하며 돌아다니는 모습이었다. 고택들은 수몰 지역에 있던 것들을 다른 장소로 옮겨온 것들이 많았다. 안동에 댐이 들어섰기 때문이었다. 댐이 건설되면서 부근에 있던 옛집들은 모두 물에 잠겼다. 새로 옮긴 집들은 문화나 역사를 지니고 있지 않았다. 원래 지었을 때 그대로 땅에 뿌리를 내리고 있어야 기념할 가치가 있는 것이다. 박물관에 놓인 기념품처럼 고택들은 땅을 잃고 새 장소에 옮겨져 전시될 뿐이었다. 집을 떠받치고 있던 땅은 어디로 꺼져버렸단 말인가. 비록 집은 옮겨왔지만 울타리나 벽 대신 집의 경계를 알리는 대나무들은 여전했다. 제법 울창한 대숲을 지닌 고택들이 꽤 있었다. 여자 모델은 대나무들 사이로 들어가 섰다. 검은 옷을 입은 여자는 마치 상복을 입은 젊은 과부 같았다. 다시 흰 옷을 입자 마치 금방 무덤에서 걸어나온 듯한 느낌이었다.

수는 여자에게 얼굴을 가리라고 말했다. 미모의 모델에게 얼굴을 가리라면 무엇하러 여기까지 데려왔단 말인가. 여자는 아무 말 않고 가늘고 긴 손으로 얼굴을 가렸다. 여자가 얼굴을 가리는 것은 어떤 의미일까? 부끄러움, 복종, 민망함, 눈물과 설움, 슬픔과 복수, 원한, 도피, 두려움과 떨림. 수는 왜 여자에게 얼굴을 가리라고 말했을까. 나는 수의 행동을 이해할 수 없었지만 여자가 얼굴을 가리자 어떤 고상함이랄까 예부터 이 집에 깃든 여인의 숨결 같은 것을 느꼈다. 대숲에 바람이 불고 여자의 치마가 흩날렸다. 얼굴을 가린 손이 파르르 떨렸다. 여자는 추운가. 촬영이 끝났을 때 팔에 오소소 소름이 돋았던가. 잘 기억이 나질 않는다.

수는 등에 소름이 끼쳤다. 벌써 몇 년 전 일인데도 생생하게 되살아

났다. 여자가 얼굴을 가리고 선 대숲, 바람이 일렁이며 대나무 가지를 흔들고 우우우 죽은 자들의 울음소리가 들렸던가. 유령을 볼까봐 여자더러 눈을 가리라고 소리쳤던가. 느낌은 생생한데 사건은 기억나지 않았다.

2.4.2

수는 바위를 타넘으며 꼭대기까지 한달음에 올랐다. 바위뿐이었다. 돌들을 쌓아 봉화대를 세워놓았다. 전쟁이 나면 적의 침입을 알리고 군사를 일으키기 위해 붉게 타올랐던 곳이다. 수는 봉화대 위에 올라섰다. 바위 능선이 펼쳐졌다. 남해 금산. 섬 한복판의 산. 바위와 돌과 나무와 흙 그리고 물이 뒤섞인 산. 돌과 바위가 으뜸인 산. 돌이 비단처럼 파도치는 산. 수는 여자가 조바심을 내며 산마루에 서 있는 모습을 보았다.

여자를 부르고 싶었지만 소리쳐도 들을 수 없는 거리였다. 여자는 그를 기다리고 있었다. 함께 산을 내려가기 위해서였다. 수는 봉화대 위에서 아래를 향해 오줌을 눴다. 세상을 향해서 싼 것은 아니었다. 그저 산꼭대기 오르면 오줌을 누리라 처음부터 생각했었다. 어쩌면 아주 어렸을 때부터, 아니 태어나기 전부터 그래왔던 것 같다.

수는 배에 힘을 주고 오줌을 눴다. 봉화대를 넘어 계곡 아래까지 오줌 줄기가 퍼지도록 엉덩이를 뒤로 빼고 고추를 쭉 내밀었다. 오줌은

멀리 나간다 싶더니 이내 줄기가 곧장 아래로 내리꽂혔다. 금방 찔찔
거리며 발 앞에 떨어졌다. 산의 기세에 눌렸을까. 변강쇠처럼 산이 떠
나갈 듯 세차게 오줌을 뿌렸으면 좋았으련만 그저 가뭄 끝에 비친 여
우비처럼 찔끔찔끔 떨어지고 말았다. 수는 옷을 여미고 여자가 기다
리고 있는 곳까지 달려 내려갔다. 수학여행 온 까까머리 중학생처럼
까불고 있는 게 아닌가 민망했다. 여자는 그가 돌아오자 안도하는 낯
빛이었다.

"어서 내려가요. 같이 차를 타고 왔던 사람들은 다 내려갔어요."

여자는 서둘렀다. 산으로부터 달아나려는 것인지 수에게서 벗어나
려는 것인지 알 수 없었다. 대숲 길에서 여자가 입맞춤을 거부하고 달
아난 것은 산의 경건성 때문일까. 차라리 그는 경건한 관능성에 이끌
려 여자를 품고 싶었는데 말이다.

갑자기 까마귀 떼가 소리치기 시작했다. 거의 난리를 치고 있었다.
시끄러워 미칠 지경이었다. 산을 내려가는 수의 뒤통수에 대고 까악
까악 고함을 질러댔다. 수는 고개를 돌려 산을 올려다보았다. 바위 꼭
대기에 수십 마리의 까마귀 떼가 몰려 앉아 푸드득거리며 소리치고
있었다. 여자도 수와 같이 고개를 치켜들고 산꼭대기를 향해 눈길을
보냈다.

"왜 까마귀들이 저토록 울죠?"

여자가 물었다.

수는 순간 목이 메었다. 그는 심호흡을 한번 크게 하고는 얼굴 표정
을 바꾸고 여자를 향해 씨익 웃었다.

"내가 좀 전에 산꼭대기에다 오줌을 갈겼거든. 불경을 저질렀다고 저 난리들이야."

여자도 피식 웃었다. 자기가 무슨 임금이나 되는 줄 아느냐고 비난하는 것 같았다. 산 중턱을 내려오는데 웬 노파가 그들을 불러 세웠다.

"젊은이들 이 전화 좀 봐주소. 시간이 안 보여서 말이우."

노파는 휴대전화를 수에게 건넸다. 폴더를 열었다 닫으니 시간 표시가 나타났다.

"아우, 이제야 보이네. 젊은이들 마음씨가 고우니 형통하게들."

노파는 산사람 같은 모습에 휴대전화를 들고 환하게 웃었다. 마흔을 훌쩍 넘긴 수에게 젊은이라고 부른 것이 우습다며 여자가 놀렸다. 수가 동행한 여자는 과연 몇 살이었을까. 쉰을 넘긴 가수하던 여자는 수가 없는 지금도 살아남아서 노래 부르고 있을까.

2.5

산수유가 노랗게 피었던가. 그때까지 수는 산수유가 붉은 꽃인 줄 알았었다. 매화보다 하루 이틀 먼저 핀다는 꽃이었다. 구례 화엄사를 조금 지나 지리산 중턱 산수유 군락지가 있다. 사람들이 사는 집들 사이사이로 계곡을 따라 듬성듬성 피어 있는 게 전부다. 대여섯 그루씩 띄엄띄엄 자리를 잡고 노란 꽃봉오리를 터트렸다. 꽃잎이 새의 혀만큼이나 할까. 서른 개 남짓 자잘한 꽃잎이 모여 하나의 꽃대에 피어났다. 그렇지만 꽃들이 무리지어 피어날 때면 군락지 전체가 노랗고 둥근 점을 찍은 점묘파 화가의 그림처럼 변했다.

환의 여자가 수에게 산수유를 보러 가자고 말했을 때 수는 약간 놀랐지만 그러마고 쉽게 대답했다. 환의 여자가 오래전부터 수에게 눈길을 보내왔기 때문이었다. 환의 동문회에서 1박 2일로 섬진강 일대로 촬영 여행을 다녀온 직후였다. 수는 환의 동문이 아니었지만 가끔씩 몇몇 친분 있는 사진가들과 동행한 적이 있어 이번에도 그들 무리에 끼었다. 각자 주차장에서 차를 빼느라 정신이 없는 틈에 환의 여자가 수에게 다가와 기름이 얼마 남지 않았는데 차를 좀 얻어 탈 수 있느냐고 물었다. 환은 다른 동문을 따라온 20대 여자 모델의 뒤꽁무니를 쫓아 떠나고 없었다. 그 동문이란 작자는 인도에 들락거리면서 배낭여행 온 여대생들을 꼬시는 데 일가견이 있었다. 환이 자기 여자를 두고 다른 여자를 쫓아다니는 것은 예삿일이었고 환의 동문 역시 적절한 타이밍에 자기 여자를 환에게 물려주거나 공유하곤 했다. 외국생활을 오래 했던 그들에겐 그런 일쯤은 별반 대수롭지 않았다.

환의 여자는 이틀 동안 환이 다른 여자에게 열중하는 꼴을 보느라 배알이 꼴렸고 여행이 끝나자마자 환이 다른 여자와 달아나자 자포자기한 심정으로 수에게 접근했는지도 모른다. 환보다 수가 외모에서는 한참 떨어지는 게 분명했고 당연히 여자들에게도 환의 인기가 더 높았다. 아무튼 수의 차를 얻어 탄 여자가 느닷없이 산수유를 보러 가자고 했을 때 수는 거절하지 못했다. 환의 여자는 이제 서른을 갓 넘겼다. 수는 마흔이 지난 지도 꽤 되었다. 마흔이 넘자 수는 자기 나이 세기를 그만두었다. 그저 마흔 몇쯤 됐다고 여길 뿐이었다.

수는 그때 처음으로 제대로 핀 산수유를 보았다. 붉은 빛인 줄 알았던 노란 꽃을 두 눈 가까이서 똑바로 볼 수 있었다. 산수유는 이끼 긴 돌무더기 사이사이로 그리 크지 않지만 꽤나 가지를 뻗친 고목들에서 피어났다. 산수유나무의 나이가 제법 많은 모양이었다. 나무의 빛깔이 거무튀튀하게 마치 불에 탄 듯 검은 고목일수록 일찍 꽃을 피우고 있었다. 노란 꽃잎의 빛깔도 더 짙고 무성했다. 죽어가듯 몸뚱어리가 검게 변한 나무가 더욱 선명한 빛깔로 꽃을 피울 수 있다니 신비로웠다. 죽음에 가까이 갈수록 생이 더 찬란히 빛날 수 있단 말인가. 수는 절정에 다다른 꽃을 볼 때마다 텅 빈 현기증을 느꼈다. 공空과 허虛라고 말할 수밖에 없는 아찔함.

환의 여자가 꽃과 잘 어울렸던가. 환의 여자는 환의 스튜디오에서 가끔 서브로 일하기도 했고 A급 광고가 아니라면 모델 일도 했다. 매우 가냘픈 몸매를 지닌 키 큰 여자였다. 수도 환도 그런 몸매를 별로 달가워하지 않았다. 패션 광고가 아니라면 비쩍 마른 여자를 쓸 이유가 전혀 없었다. 더욱이 거의 대부분의 모델과 즐기는 그들로서는 빈약한 몸을 지닌 여자는 딱 질색이었다. 수와 환은 살집이 풍만한 여자를 품을 때 느끼는 부피감을 즐겼다. 여자는 예부터 실팍한 몸을 자랑할 수 있어야 했다.

그런데 수는 산수유나무 앞에 서 있는 비쩍 마른 여자에게 현혹되고 말았다. 여자의 가냘픈 몸은 나무와 흡사했다. 여자의 몸 위로 꽃이 핀 듯했다. 여자의 야윈 팔다리가 움직일 때마다 꽃이 하나 둘씩 새로 피어나는 것만 같았다. 여자는 조용하게 걸음을 떼며 꽃들 사이를 빠져나갔다. 나무 한 그루가 땅에서 뿌리를 뽑고 나무들을 스치며 지나갔다. 여자는 점점 더 피어나는 꽃들로 몸을 치장하고 말라 죽어가는 뼈를 감싸고 있는 피부를 숨긴 채 나무들 곁을 그림자처럼 스며들었다. 나무 같은 여자. 여자가 걸친 청재킷과 스판 바지 속에 받쳐 입은 붉은 티셔츠. 수는 여자의 각질을 벗기고 야윈 몸뚱어리를 핥고 싶었다. 세상에서 가장 얇고 투명한 몸에서 수액을 빨아먹고 싶었다.

수의 손이 저절로 카메라로 옮겨가 셔터를 눌러댔다. 노란 꽃, 푸른 재킷, 붉은 셔츠, 투명한 피부, 검은 머리칼, 거무튀튀한 빛을 내는 나무의 몸뚱어리. 죽음과 생명의 뒤바뀜. 에로틱한 시선과 관능을 넘어서는 몸. 쇠라의 점묘 화폭에 모네의 무너진 선이 지나갔다. 꽃도 나무도 여자도 한데 버무려져 분간할 수 없었다. 꽃이 날리고 나무가 걸어가고 여자가 누웠다.

"옷을 벗어."

수가 명령했다.

환의 여자는 수의 시선에 복종했다. 카메라의 시선을 느낄 때 모델은 더 이상 저항할 수 없다. 굴욕을 참고 어떤 포즈라도 취할 수 있어야 했다. 모델은 카메라 앞에서 모델 이상의 인격이나 정체성 따위를 잃었다. 여자는 멈칫멈칫 옷을 벗었다. 나무의 각질이 벗겨지고 속살이 조금씩 드러났다. 여자는 민소매였다. 목을 반쯤 가리는 붉은 티셔츠에는 팔이 없었다. 나무의 두 팔은 발가벗은 채 덜렁거렸다. 여자가 티셔츠를 들어 올려 머리 위로 벗었다. 검은색 브래지어를 풀자 빈약

한 가슴이 평면 그림처럼 드러났다. 손으로 쓸어봐야 가슴이 달려 있
는지 알 수 있을 것 같았다. 복숭앗빛 젖꼭지만 거기 가슴이 그려져
있다는 걸 말하고 있었다. 여자는 엉덩이에 착 달라붙은 스판 바지를
돌돌 말듯이 쓸어내렸다. 빨간 끈으로 엮은 팬티가 사타구니를 가로
지르고 있었다.

수는 셔터 누르기를 멈추지 않았다. 여자가 약간 뜸을 들이더니 끈
을 풀고 헝클어진 음모와 불두덩을 드러냈다. 나무 한가운데 생채기
가 나 있었다. 붉은 생채기를 감추기 위해 불두덩 위로 검은 털들이
숲을 이루었다. 여자는 나무 사이에 나무처럼 섰다. 나무를 휘감고 몸
을 휘었을 때는 뱀의 형상으로 보이기도 했다. 여자의 몸은 나무와 어
울리면서 나무였다가 꽃이었다가 뱀이었다가를 반복했다. 사람의 몸
은 동물과 식물의 속성을 모두 품을 수 있는 모양이었다.

여자는 꽃가지 사이로 뛰어다녔다. 발에는 아직 하이힐을 신은 채
였다. 굽이 돌멩이에 걸려 여자의 몸이 휘청하더니 붕 떠올랐다. 여자
는 팔을 휘저으며 균형을 잡으려고 발버둥쳤다. 팔 하나가 나뭇가지
에 세게 부딪혀 피부가 찢어졌다. 여자의 몸은 연속적으로 나무에 긁
히며 바닥에 굴러 떨어졌다. 여자의 한쪽 팔에서 붉은 피가 흘러나왔
다. 여자는 잠시 쓰러져 누웠다가 비틀거리며 몸을 일으켰다. 피는 팔
뚝을 타고 흘러내려 땅에 떨어졌다. 여자가 산수유나무를 손으로 짚
고 몸을 바로 세웠다. 처음에 산수유 꽃이 붉다고 착각한 것은 이 때
문이었을까. 산수유나무 아래서 여자들이 피를 쏟기 때문에?

"사진만 찍을 거예요?"

여자가 소리를 질렀다. 수는 당분간 여자를 도울 생각이 없었다. 수는 계속해서 셔터를 누르고 서 있었다. 여자가 눈물을 흘렸다.

3.1

프랑수아는 누군가를 기다리는 듯한 모습이었다. 눈을 뜨자마자 뭔가 서두르는 눈치였다. 지난 밤 미처 치우지 못한 식탁을 손수 깨끗하게 닦았다. 식탁을 치우는 일이나 설거지 따위는 늘 수의 몫이었다. 음식도 그가 만들기 일쑤였지만 프랑수아가 도착한 당일에는 그녀가 직접 했다.

지난 새벽 프랑수아는 모래 바람을 덮어쓴 채 수의 집으로 들어왔다. 그리고 10시간 넘게 자더니 오후에 눈을 뜨고는 자리에서 뒹굴었다. 수는 그녀 곁에서 책을 읽었다. 그동안 그녀에게 커피와 비스킷을 건넸지만 거의 먹지도 마시지도 않았다. 저물녘 프랑수아가 자리를 털고 일어나더니 잔뜩 들고 온 재료들을 꺼내서 음식을 만들기 시작했다. 마치 마지막 만찬이라도 열듯 유럽식 풀코스 요리로 식탁을 가득 채웠다. 카탈루냐식 콩 요리와 카망베르 치즈, 달팽이 라구를 곁들인 닭, 심지어 캡드크루식 성게 요리까지 있었다.

"좀 어울리지는 않지만 그럴싸하지?"

프랑수아는 자신이 생각해도 대견스러운 듯 허리에 손을 얹고 웃음을 띠었다.

"사막의 만찬이라고 불러야겠네."

수가 말했다.

프랑수아는 그의 약간 벗겨진 이마에 키스했다.

"멋진 말이야. 자 이제 먹어."

수는 프랑수아가 먹는 모습을 카메라에 담았다. 처음엔 식사 땐 먹기만 해야 한다며 인상을 찌푸리더니 곧 활짝 웃으며 포즈를 취했다. 수는 프랑수아와 함께 있으면 늘 유쾌했다. 프랑수아는 쉴 새 없이 떠들었고 줄곧 마셨다. 음식을 먹을 땐 저토록 날씬한 몸 어디에 그렇게 큰 밥통을 숨기고 있나 싶을 정도였다. 프랑수아가 와서 함께 식사를 하며 술을 마시거나 침대에 누워서 세상에는 없는 평화를 즐기는 시간이 수에겐 가장 절박한 한때였다. 그럴 때마다 살아 있다는 느낌보다는 죽음이 목까지 차오르는 느낌이었다. 그래서 절정, 바로 그것으로 충만했다. 지지부진한 삶 따위는 생각할 수조차 없게 만드는 안락이 밀려드는 것이었다.

사막의 겨울이 시작되고 있었다. 하루에 몇 대 보일까 말까한 자동차도 눈에 띄게 줄었다. 새벽에 프랑수아가 낡은 지프를 타고 도착했을 때 잠들지 못하고 서성거리던 수는 이산가족 상봉을 하듯 눈가에 물이 맺혔다. 사흘째 차 한 대도 구경할 수 없었다. 프랑수아는 보름도 더 지나서 나타난 것이었다.

"와, 살아 있었네, 수!"

수는 웃지 못했다. 과연 내가 살아 있기나 한 것일까. 순간 수는 자신이 허깨비처럼 느껴졌다.

"난 사막의 유령이야."

수가 씁쓸하게 웃으며 말했다.

"멋진 말이야. 자, 한 컷."

프랑수아는 목에 걸린 폴라로이드 카메라로 수를 찍었다. 전쟁 통에 현상을 못할 때를 대비해 폴라로이드를 휴대하는 것은 종군 기자의 첫 번째 임무였다. 사진이 나오자 프랑수아는 굵은 유성펜으로 '사막의 유령'이라고 썼다.

검게 변한 모래사막 한가운데 머리가 벗겨지고 배가 툭 튀어나온, 팔다리 야윈 사내가 서 있었고 언덕 뒤편으로 푸른빛이 서서히 올라오고 있었다. 그 사진이 수의 모습이 담긴 마지막 사진이었다.

후에 프랑수아는 주한 프랑스대사관을 통해 사진을 내게 보내왔다. 나는 수의 행장을 쓰기 전에 프랑수아가 일하는 「르피가로」에 편지를 보내 수에 관한 자료를 얻을 수 있는지 알아보았다. 프랑수아는 수에 대해 말하기를 거부했고, 수의 유품을 하나도 가지고 있지 않다는 사실을 밝히고 간단한 쪽지와 함께 이 사진을 동봉했다. 냉정한 여자군. 나는 몹시 기분이 나빴다. 수에 대해서라면 마지막 순간까지 함께 있었던 그녀가 가장 잘 알 수 있을 것이다. 그러나 그녀는 수에 대해 증언하기를 거부했다. 프랑스 여자 프랑수아에게 한국 남자 수는 과연 존재한 사람이었을까.

식탁과 침대를 대충 정리한 뒤 프랑수아는 사막을 바라보았다. 사막에도 길이 있었다. 그 끝에서 누군가가 나타나기를 기다리는 것이었다. 드디어 모래 너머로 트럭 한 대가 모습을 드러냈다. 수는 직감적으로 그것이 그녀가 기다리고 있는 것이라는 걸 깨달았다.

트럭은 모래의 길을 뚫고 몽유병적인 속도로 달려왔다. 트럭은 앞으로 달려가는 동시에 잠에 빠져들고 있는 듯했다. 트럭은 몹시 흔들렸고 바퀴가 모래에 빠졌다가 나오면서 춤을 추었다. 짐칸은 푸른 안개로 덮여 있었고 덮개를 열면 이 세상의 모든 불길한 사건들이 슬그머니 흘러내릴 것만 같았다. 수는 트럭이 멈추지 않고 그냥 지나가 버렸으면 싶었다. 그러나 그런 일은 벌어지지 않았다. 이미 수보다 먼저 트럭을 발견한 프랑수아가 앞으로 튀어나가며 손을 흔들었다. 처음엔 한쪽 팔만 들고 흔들더니 나중엔 양팔을 세게 흔들었다. 지나가려던 차도 멈추지 않고는 못 배길 것 같았다.

트럭은 툴툴거리며 모래 바람을 잔뜩 일으키면서 수의 집 앞에 멈춰 섰다. 아니 프랑수아의 거처에 멈추었다고 해야 옳을지도 모른다. 트럭 소리가 들릴 때부터 수는 카메라를 들고 촬영을 시작했다. 파노라마 방식으로 찍히도록 했다. 트럭이 달려오는 모습이 하나의 사건처럼 보이도록 하고 싶었다. 아니 트럭 자체가 사건이었다. 이곳에 처음 오는 방문자였다. 수는 트럭이 가까이 올 때까지 운전자를 알 수 없었다. 다만 낯선 사내일 거라는 예감이 처음부터 일었다. 트럭이 점점 다가오자 운전석에 앉은 남자가 보였다. 이라크 청년이었다. 짐칸에는 살인 무기가 잔뜩 들어 있을 것이다. 자살 테러를 위한 폭탄과 미군을 습격할 중화기, 소총이나 수류탄 따위가. 그러나 운전석에서 내린 남자는 이라크 청년도 테러리스트도 아니었다. 그는 「르몽드」기자였다.

"사막 한가운데 이런 비밀의 집을 숨기고 있다니."

기자증을 목에 걸고 있는 사내가 소리쳤다.

"숨을 곳이 필요해. 바그다드는 너무 노출되어 있잖아."

프랑수아가 사내를 껴안으며 말했다.

"동양인 애인까지 두고, 멋진데!"

프랑수아는 수에게 사내를 소개했다. 수는 그때까지 계속해서 셔터를 눌러댔다.

"수, 가까이 와. 장이야."

수는 그제야 카메라를 내리고 사내와 악수했다. 수는 프랑스어로 장에게 인사를 했다. 장은 약간 놀라며 반가운 표정으로 맞잡은 손을 흔들었다.

"열흘 정도 프랑수아를 빌려도 괜찮을까요?"

드디어 불길한 사건의 막이 오르는 것일까. 수가 미처 생각을 마치기도 전에 프랑수아가 트럭에 올라탔다.

"전투가 다시 시작될 거래. 가까운 곳에 가서 볼 거야. 군용 트럭을 타고 가야 진짜 전쟁에 참전하는 것 같잖아."

프랑수아는 떠났다. 낡은 트럭은 기우뚱하며 모래 언덕을 기어올랐다. 프랑수아의 몸에는 피 냄새를 쫓아 흥분하는 기운이 들끓고 있는 모양이었다. 프랑수아는 사막에 부는 바람이었다. 모래 먼지를 일으키며 달려왔다가는 모래 폭풍 속으로 딸려 들어갔다. 그녀를 휩싼 모래 바람은 이스라엘 민족을 이끌었던 구름 기둥과 같이 사막 한복판을 가로질렀다. 그 속에서 트럭이 산산조각날 것만 같았다. 장이라는 사내는 프랑수아를 죽음으로 이끌기 위해 나타난 저승사자인지도 몰랐다. 트럭의 방문은 수와 그녀를 또다시 단절 상태로 만들었다. 이제는 트럭이 다시 돌아와 이곳에 프랑수아를 부려놓기만을 기다려야 했다. 사막에서 그가 할 수 있는 일은 그저 프랑수아의 귀환을 기다리는 것뿐이었다. 수는 메시아를 기다리듯 그녀를 기다렸다.

열흘 뒤 트럭은 오지 않았다. 하지만 프랑수아는 돌아왔다.

"장이 죽었어. 오늘 저녁 헬기로 알제리로 갔어. 거기서 태어났으니까."

프랑수아가 취해서 중얼거렸다.

"왜 사람들은 태어난 곳에 묻히려는 것일까?"

수가 혼잣말처럼 물었다.

"달리 묻힐 곳이 없잖아."

프랑수아가 만난 뒤 처음으로 자포자기하는 투로 대꾸했다.

"여기서 죽어 묻히면 사막이 받아줄까?"

수는 프랑수아의 눈물 어린 표정을 카메라에 담았다.

"넌 카메라가 없으면 아무것도 보이지 않니?"

프랑수아가 시비조로 물었다.

"미안해. 장을 위해서 같이 울 수가 없어서 말야. 너의 슬픔이라도 찍어두려고. 네가 장을 위해 울었다는 기록을 남겨두어야지."

수가 변명했다.

"제발 죽지 마, 수. 또 울고 싶지 않아. 이런 기분은 정말 더러워."

프랑수아가 절망적으로 내뱉었다.

"내가 하고 싶은 말이야. 여긴 적들이 쳐들어오지 않아. 사방에 적들로 둘러싸여 있는 건 바로 너니까."

"장이 총을 맞았을 때 나는 바로 옆에 쭈그리고 앉아 있었어. 신발끈을 묶으려고. 하필 왜 그때 그걸 묶고 싶어졌을까?"

"그 총알이 너를 향하지 않았을 뿐이야. 아마 너를 향한 총알은 앞으로도 너를 기다리고 있겠지."

"분쟁 지역에 올 때마다 나는 왜 늘 그걸 피할 수 있을 거라고 생각했을까. 왜 내겐 아무런 두려움이 없는 거니?"

"신께서 그런 감정을 넣어주시는 걸 깜빡 잊으신 모양이지."

"그럴지도 몰라. 하지만 이건 분명해. 친구가 죽는 걸 보면 슬퍼서 어떻게 할 줄 몰라 한다는 것. 그게 슬픔이란 걸. 두려움 대신 슬픔의 양을 좀 더 많이 주신 것 같아."

"적의 죽음도 슬프니?"

"응, 조금."

"하지만 죽음이 그토록 슬프다면 왜 살육 현장만 찾아서 다니지?"

"모르겠어. 그게 어떤 욕망일까 나도 궁금해. 죽음에 대한 갈망 같은 것. 전쟁은 죽음에 가장 가까운 곳이지만 오히려 죽음에 대한 두려움을 싹 가시게 해. 그래서 가끔은 평온하기까지 해. 난 이런 곳이 좋아."

"넌 죽음과 슬픔을 즐기는 거야."

"그럴지도 몰라. 가장 싫어하는 것을 향유하는 게 인간이란 존재일까."

프랑수아가 수의 가슴에 얼굴을 파묻었다.

"죽음과 슬픔이 주는 고통을 견디는 게 인간의 유일한 쾌락일지도 모르지. 너의 얼굴이 활짝 웃을 때는 바로 지금처럼 울고 있을 때를 대비한 방어책일 거야. 네가 웃는 모습은 숭고하고 네 슬픔은 심오해."

"너의 비쩍 마른 몸뚱어리는 숭고하고 벗겨진 이마는 심오해."

프랑수아가 맞장구를 쳤다.

"너의 전쟁터는 숭고하고 벗의 죽음은 심오해."

"삶은 심오하고 죽음은 숭고해."

"사랑은 숭고하고 배신은 심오해."

"술 마시자."

프랑수아가 드러누우며 소리쳤다. 수는 벽에 세워둔 와인 박스에서 한 병을 꺼내와 프랑수아의 얼굴을 향해 들이부었다. 프랑수아는 술에 얼굴을 묻고 잠들었다. 프랑수아의 푸른 눈동자가 붉게 젖었다. 눈은 푸르고 또 붉다. 그녀의 뺨은 숭고하고 턱은 심오했다. 수는 셔터 누르는 것을 멈출 수 없다. 사막에 있는 동안 셔터 소리는 그의 심장 박동 소리를 대신했다. 그는 잠들지 못하고 새벽까지 기다렸다. 마치 평화의 아침이라도 올 것처럼.

3.2

프랑수아의 가방에는 프랑스로 보내지 않은 사진들이 가득 들어 있었다. 「르피가로」에는 실릴 수 있는 사진들만 실렸기 때문에 진실을 찍은 사진은 그녀의 가방에 보존되어 있었다. 프랑수아가 프랑스로 보낸 사진엔 폐허뿐이었다. 죽음과 폭력은 보이지 않고 아름다운 슬픔만 빛을 뿜어내고 있었다. 팔다리가 떨어져 나간 군인의 살아 있는 시체 따위는 결코 잡지에 실릴 수 없었다. 미국의 폭격에 임산부가 터진 배를 움켜쥐고 집의 울타리가 다 날아간 빈방에서 눈을 껌벅이고 비스듬히 누운 사진도 가방 속에서 잠들어 있었다.

"여긴 무덤이군."

수가 두통을 호소하며 덧붙였다. 정말이지 머리가 터질 것 같았다.

"빨리 침대로 와. 섹스하자."

프랑수아는 수를 침대로 끌고 와 미친 듯이 섹스에 몰입했다. 프랑수아는 늘 보름 뒤에 이곳에 올 수 없으리라는 생각에 시달렸다. 내일 죽을지도 모른다는 식의 공포는 섹스를 더 황홀하게 만들었다. 하룻밤에 몇 번씩 해도 계속해서 갈증에 시달렸고 죽을 것 같은 오르가슴에 떨면서도 더, 더 하고 외쳤다.

장례식이 끝나고 사람들이 하는 행위 가운데 가장 대표적인 것이 섹스라는 것은 그렇게 놀랄 만한 사실도 아니었다. 검은색 복장 아래 뭔가 치밀어 오르는 것을 이박삼일쯤 꾹꾹 누르고 있었기 때문이다. 답답하고, 지루하고, 재촉당하고 있다는 느낌에 시달리면서 타자의 죽음을 애도하다 보면 문득 누군가를 미치도록 갈망하게 되는지도 모른다. 혹은 다른 누군가를 죽이고 싶다는 충동에 휩싸이거나. 일상에는 없었던 자기도 몰랐던 욕구에 내몰리며 자기 자신이 관 속에 누워 있는 듯한 밀폐공포증을 경험하는지도 모른다. 진짜로 슬프거나 혹은 슬픔을 가장하거나 상관없이 죽은 자를 애도하고 있으면 차라리 죽은 자의 평온에 이끌리면서 살아 있다는 사실이 끔찍해지고 느닷없이 두려워진다.

장례식은 죽은 자와 산 자를 명백하게 갈라놓지만 앞으로도 계속 살아야 한다는 것은 산 자에게 압박으로 다가온다. 장례식은 자기 자신의 미래의 죽음을 미리 상연하기 때문이다. 장례식이 끝나면 알 수 없는 해방감을 느끼며 집으로 돌아온다. 그리고 섹스한다. 그것 외에 할 게 없다는 듯이. 살아 있다는 사실에 대한 확인사살. 몸은 스스로 자기 확인을 해보고 싶은 것이다. 시체들은 결코 섹스할 수 없으니까 말이다.

"공포에 질려 집을 버리고 떠나는 피난민의 얼굴들이 카메라를 바라볼 때 내가 사진을 찍는 게 아니라 그들이 내 사진 속으로 도피하는 것 같아."

현실을 버리고 이미지 속으로 망명하는 사람들. 그러므로 프랑수아의 사진은 실재가 아니라 환영이었다.

"진짜 제대로 아름답게 만들어진 사진들만 파리로 갈 수 있어. 조금이라도 현실적이면 안 돼. 완벽한 환영만이 완벽한 전쟁의 이미지를 만들 수 있으니까. 지나치게 현실적인 것들은 포르노그래피와 같으니까. 사람들은 그것을 부끄러워해. 전쟁도 예술로 승화돼야 해. 그래야 사람들은 안락해질 수 있어. 직접 경험하지 않는 한 아무리 비참한 전쟁도 아름다운 환영이어야만 해."

사실 프랑수아는 사막의 집에서 수와 섹스하는 것을 더 이상 갈망하지 않았다. 좀 더 강렬한 엑스터시에 몸을 내던지고 싶어 했다. 차라리 포탄이 퍼붓는 참호 아래서 섹스를 하고 싶었다. 시가전이 벌어지고 있는 거리 한복판, 탱크의 포를 맞고 벽이 깨지고 뭉개진 시멘트와 벽돌더미 한구석에서 미친년처럼 가랑이를 벌리고 싶었다. 벽에 기대 엉덩이를 뒤로 빼고 소총 같은 남자의 성기에 몸이 뚫리고 싶었다.

　"날 관통해줘."

　프랑수아가 절정에 올랐을 때 소리 질렀다.

　프랑수아는 장의 트럭을 타고 자기 욕망을 현실로 옮기기 위해 전투 한복판으로 달려들었다. 장과 프랑수아는 며칠 동안 전투가 벌어지는 장소 한가운데 서 있었다. 며칠 동안 거의 실신 상태에서 총알이 빗발치는 사이를 유령처럼 빠져나갔다. 자신들이 살아 있다는 사실조차 믿기지 않았다. 일주일쯤 지났을까.

　"아마 그때 배란기였나 봐. 정말 섹스하고 싶어서 미칠 지경이었어. 그래서 장에게 도발한 거야."

　나중에 프랑수아가 수에게 말했다.

　"장, 포르노그래피 찍은 적 있어?"

　"무슨 소리야?"

　장이 약간 놀라서 멈칫하며 되물었다.

　"솔직하게 말해봐."

　"파리에 있을 때 동급생들과 벌인 파르튀즈를 찍은 적이 있었지."

"멋지네. 다시 또 그런 걸 찍고 싶은 욕망이 있어?"

"글쎄. 가끔은."

"그럼 내가 하는 걸 찍어줘."

"그 수라는 동양인과 섹스하는 걸 찍으란 말이야?"

"아니, 내가 욕망하는 걸 찍어줘. 내 환상을."

"뭐라고?"

"자, 가자."

프랑수아는 총알이 빗발치는 거리 한복판으로 뛰쳐나갔다. 장도 죽으라고 달렸다. 건물과 건물 사이를 지그재그로 뛰었다. 몇 발짝 앞에서 총탄이 튀어 올랐다. 프랑수아가 무너진 건물 속으로 뛰어 들어갔다. 장도 숨어들었다. 시체가 발에 걸렸다. 게릴라들이 숨어 있던 곳 같았다. 민간인들로 보이는 사람들도 널브러져 있었다. 온통 피투성이 천지였다. 아직 숨이 끊어지지 않은 사람들이 고통에 소리를 질러 댔다. 장은 서둘러 피투성이 사람들을 향해 셔터를 눌렀다. 몇은 살아 있고 몇은 죽었다. 그러나 남은 몇도 곧 죽을 것이며 그들은 이미 죽어 있는 것이다. 그들은 한참 무너진 건물 속에서 헤매 다녔다. 대낮인데도 유독 이곳만 캄캄했다.

가까운 곳에서 총소리가 났다. 그림자 하나가 건물 속으로 뛰어 들어왔다. 연이어 총소리가 나고 건물 벽에 총알이 와 박히며 시멘트 먼지를 일으켰다. 몇 분 동안 쉬지 않고 밖에서 총알이 날아왔다. 그러다 잠잠해졌다. 프랑수아와 장은 바닥에 바짝 엎드렸다. 고개를 들면 누군가 머리를 날려버릴 것만 같았다.

얼마쯤 지나자 총알이 날아들지도 않고 총소리도 그쳤다. 장이 먼저 고개를 들고 몸을 일으켰다. 그 순간 노리쇠 당기는 소리가 철컥났다. 소리 나는 쪽으로 고개를 돌리자 이라크 병사 하나가 소총을 겨누고 있었다. 앳돼 보이기는 했지만 이미 짙은 수염을 기르고 있었다. 눈망울이 유독 깊고 맑게 빛났다. 프랑수아도 고개를 들고 이라크 병사를 바라보았다. 이라크 병사가 총구를 프랑수아 쪽으로 돌렸다. 그녀는 환하게 웃었다. 장은 메고 있던 카메라를 들어보였다. 총도 없고 군인이 아니라는 소리였다. 프랑수아도 목에 걸고 있던 기자증을 꺼내 보였다. 무슨 뜻인지 알아먹었는지 병사는 방아쇠를 당기지 않았다. 다만 불안에 초점을 잃은 눈동자로 그들과 밖을 번갈아 둘러볼 뿐이었다.

프랑수아는 가슴을 풀어헤쳤다. 그리고 바지를 벗었다. 그녀의 엉덩이가 어둠 속에 하얗게 드러났다. 그녀의 엉덩이는 펑퍼짐한 밀가루 반죽 같았다. 프랑수아는 벽을 기대고 몸을 뒤로 뺀 채 엉거주춤 섰다.

"Fuck! Fuck!"

그녀가 외쳤다.

이라크 병사는 너무 순식간에 일어난 일이라 그저 눈앞의 상황에 어쩔 줄 몰라 했다.

"장, 날 찍어."

장은 프랑수아를 향해 셔터를 눌렀다.

"Fuck! Fuck!"

프랑수아가 다시 이라크 병사를 향해 소리쳤다.

병사는 장을 바라보았다. 장은 프랑수아를 가리키며 앞섶을 여는 시늉을 했다. 병사는 그제야 무슨 소리인지 알아듣는 것 같았지만 딱딱하게 굳은 채 꼼짝하지 못했다. 프랑수아는 양쪽 엉덩이를 잡고 벌렸다. 그녀의 음문이 활짝 열렸다. 어둠 속에서도 벌겋게 헐떡이는 그녀의 속이 다 보였다.

이라크 병사가 놀란 듯 몸을 움찔했다. 병사가 반응을 보이자 프랑수아가 기어와 병사의 허리띠를 풀고 지퍼를 내렸다. 그리고 젊은 병사의 부풀어 오르는 성기를 입에 물고 빨았다. 장은 미친 듯이 셔터를 눌렀다. 밖에서 총소리와 포탄 터지는 소리가 요란했지만 오히려 공포 때문에 사진 찍기를 멈출 수 없었다. 프랑수아가 벽을 짚고 엎드렸다. 이라크 병사가 뒤쪽에서 그녀를 향해 돌진했다. 병사는 한쪽 손으로 소총 손잡이를 쥐고 손가락을 방아쇠에 건 채 한쪽 손만으로 프랑수아의 허리를 움켜쥐고 몸을 부딪쳤다. 프랑수아는 아픔인지 쾌락인지 모를 만큼 얼굴을 찌푸린 채 소리를 내질렀다.

장은 자동소총을 쏘듯 셔터를 눌렀다. 이라크 병사는 얼마 버티지 못했다. 사정하는 순간 병사는 더 이상 참지 못하고 방아쇠를 당겼다. 총알이 불꽃을 내며 시멘트 바닥을 튀어올라 벽에 흔적을 남겼다.

그때였다. 한발의 예리한 총성이 울려 퍼졌고 총알이 어린 이라크 병사의 관자놀이를 꿰뚫었다. 머리에서 피가 솟구치는 순간 병사의 몸이 앞으로 고꾸라졌다. 그는 마지막 순간 다시 손가락에 힘을 주어 방아쇠를 당겼다. 병사의 몸이 기우뚱하더니 총구가 위로 들리며 총알이 사방으로 튀었다. 장과 프랑수아는 본능적으로 바닥에 엎드렸다. 그 위로 기총소사가 쏟아졌다. 밖에서부터 총알 세례가 퍼부어졌다. 프랑수아는 바닥을 기며 바지를 주워 다리에 끼우면서 쉬지 않고 욕을 해댔다.

"Fuck! Fuck! Fuck!"

미친 듯이 소리쳤지만 아까와는 전혀 다른 의미였다.

프랑수아는 빛이 보이는 쪽을 향해 뱀처럼 기어갔다. 여기서 빠져나가고 싶었다. 나중엔 몰라도 지금은 살고 싶었다. 쾌락 다음에 오는 나른한 허무를 느낄 틈도 없이 다시 살고 싶다는 욕구가 치밀어 올랐다. 또다시 죽음에의 공포가 온몸을 떨리게 했다. 장이 뒤에서 쫓아오고 있는지 돌아볼 여유조차 없었다. 밝은 데로 나오자 프랑수아는 두 팔을 번쩍 들고 항복했다. 미군들이 그녀를 향해 소리를 질렀다. 곧이어 제발 쏘지 말라며 소리치면서 장이 기어 나왔다. 프랑수아는 손을 높이 쳐들고 장에게 지껄였다.

"아마도 저격수는 모든 걸 다 보았을 거야. 내가 이라크 병사와 섹스하는 걸 말이야. 다 보고 있다가 마지막에 쏜 거야. 개자식! 죽이는 걸 즐긴 거야. 실컷 즐기다 마지막에 쐈어."

"그래, 엿보는 시선엔 국경이 없어. 즐기는 시선은 때와 장소를 가리지 않지."

장도 거품을 물고 자기가 뭐라고 지껄이고 있는지조차 모르면서 떠벌렸다.

프랑수아가 보여준 사진은 추악했고 동시에 참혹했다. 수십 구의 시체 앞에서 섹스를 하고 있는 남녀의 모습은 아름답지도 슬프지도 않았다. 그렇다고 분노를 일으키지도 않았다. 인간이 그 자체로 적나라하게 드러날 때 그것을 바라보는 인간에게는 아무런 느낌도, 감정도 일어나지 않았다. 추악하다거나 참혹하다는 것은 느낌이나 감정이 아니었다. 그것은 인간의 존재 상황 그 자체였다.

죽음과 공포로 뒤덮인 구역에서 남자와 여자가 교접하는 장면은 두통과 구토를 불러일으켰다. 그러나 그것은 윤리적인 어떤 것을 발생시키지는 않았다. 윤리는 제도나 시스템을 벗어났을 때 즉 벌거벗은 인간의 실체 앞에서는 잠시 효력을 정지했다.

"이때도 쾌락을 느낀 거니?"

수가 프랑수아에게 물었다.

"응. 말할 수 없이."

프랑수아가 몽롱한 눈빛으로 대꾸했다.

잠시 후 그녀는 그런 짓을 언제라도 다시 저지르고야 말겠다는 표정으로 수를 향해 씩 웃었다. 수는 무서웠다. 전쟁은 인간에게 무시무시한 쾌락을 제공하고 있었다. 그것은 붉은 피의 색깔과 바다 냄새를 짙게 풍겼다.

3.3

사막에 도로를 내고 수로를 뚫고 기찻길을 놓은 것은 모두 한국인이었다. 프랑수아는 이를 두고 한국인들은 못하는 일이 없다며 놀렸다. 사막에서도 일을 할 수 있는 사람들이라면 아마도 피라미드를 세운 이집트의 후손일지도 모른다며 웃어댔다.

기차역 주변에는 유곽이 있었다. 이슬람권에서는 성을 사고파는 것을 금지하고 있었지만 암시장에서는 은밀하게 거래되었다. 세상 어느 곳이나 기차역에는 유곽이 가까이 자리 잡고 있었다. 남자들이 떠나고 돌아오는 곳에는 그들을 보내고 맞는 여자들이 있었다. 모두 전쟁에서 사내를 잃은 여자들이었다. 이라크에는 여자들을 살 수 있는 곳이 없었다. 그러나 몸을 파는 여자들은 어디엔가 숨어서 손님들을 기다리고 있었다. 아무도 찾지 못하지만 여자들은 손님들을 맞는다.

기차역 뒤로 빈민촌이 있고 골목 깊숙한 곳에 여자들이 있다. 모래 위를 기차가 달릴 수 있다는 것은 기적에 가깝다. 그리고 사막에서 여자와 교접할 수 있다는 것은 신의 축복이다. 빈민촌에는 나이 많은 여자들이 수도 없이 많았다. 그 한복판에 아주 어린 십대 소녀들이 몇 있었다. 그녀들만이 몸을 돈으로 바꿀 수 있었다. 그녀들이 몸을 팔아 번 돈으로 어머니와 할머니들을 먹여 살렸다.

사막으로 나가서 사내를 기다리는 것은 늙은 여자들이다. 사내들은 유혹당하지 않는다. 늙수그레한 여자들을 사려는 남자들은 거의 없다. 그러나 몇 분 동안 계속해서 사내를 바라보는 나이 든 여자들의 눈빛을 거부할 수는 없다. 늙은 여자를 따라 빈민촌 한복판으로 이끌린 사내들은 뜻밖의 행운에 놀라 신에게 감사한다. 정작 그들을 맞이하는 것은 고향에 두고 온 딸이나 막내 누이와 같은 어린 소녀들이기 때문이다. 이곳에 한번쯤 왔던 사내들이 두 번 다시 여기를 찾는 경우는 단 한 번도 없었다. 아무리 찾으려 해도 찾을 수 없기 때문이다. 늙은 여자들은 검은 차도르 아래 검은 눈으로 어딘가를 바라볼 뿐이다. 검은 눈빛은 사내들과 마주치지 않는다. 사내들은 여자들 사이에서 길을 잃는다. 어린 소녀를 품을 수 있는 신의 은총은 단 한 번뿐이었다.

수는 거기서 에블린을 만났다. 에블린의 이름이 이전에 무엇이었는지는 그도 알 수 없었다. 다만 그곳에 처음 도착했을 때 에블린의 책상 위에 프랑스어로 된 가톨릭 성서가 놓여 있었다. 수가 성경을 집어들자 그녀가 봉주르하고 인사를 했다. 수는 그녀와 프랑스어로 몇 마디 말을 나눴다. 그녀의 할아버지는 프랑스계 유대인이었다. 어떻게 그럴 수 있을까 싶었다. 그러나 그녀는 분명 아랍인이기도 했다. 피와 사랑은 국가와 민족의 경계를 넘었다.

에블린은 가장 비싼 여자였다. 수는 에블린과 한 달 동안 같이 지내기로 마음먹었다. 나이 든 여자에게 5,000달러와 카메라 한 대를 건네자 에블린을 내주었다. 에블린에게 사진을 찍고 싶으냐고 물었다. 에블린이 웃자 수는 폴라로이드로 찍어서 금방 보여주었다. 김이 채 가시지 않아 따뜻한 온기를 지닌 사진 속에서 가난한 이방 여자가 슬픈 미소를 띠며 웃고 있었다. 아주 활짝 웃고 있었다. 다만 그녀의 얼굴 한가운데 슬픔이 지나가고 있었을 뿐이다.

그녀의 방은 검은색의 반투명 베일로 사방을 막았지만 결코 벽이 아니었다. 언제든 베일을 걷으면 밖을 볼 수 있었다. 동시에 누구든 그녀의 방에 침입할 수 있었다. 거기서 에블린은 알몸 위에 검은 천을 두르고 있었다. 두 다리를 벌리면 사내들이 그 속으로 기어들었다. 늙은 여자들이 반투명 막 뒤에서 그녀가 하는 짓을 지켜보고 있었다. 늙은 여자들은 무엇을 욕망하는 것일까.

수는 그녀를 에블린이라고 불렀다. 왜 그런 이름이 떠올랐는지 알 수 없었다. 그냥 그 이름이 떠올랐고 그녀를 그렇게 부르자 너무 잘 어울렸다. '슬픈 에블린'. 그것이 사진의 제목이었다. 그녀는 사진을 성경 사이에 꽂았다. 그리고 수를 따라 나섰다. 수는 에블린을 찍고 싶었다. 빈민촌 속에서 몸을 파는 어린 창녀가 아니라 사막에서 혼자 거닐고 있는 이방 여자로서 찍고 싶었다. 이라크에 와서 처음으로 찍고 싶은 여자 모델을 발견한 것이다. 에블린을 만나기 위해 그토록 많은 여자들을 찍었던 것은 아닐까. 수는 어린 여자들은 카메라에 담을 만큼 매력을 갖고 있지 않다고 생각해왔다. 그녀들은 사내를 알지 못하고 궁극적으로는 여자가 아니었다. 사내의 욕망의 눈에 비친 여자는 순수한 여자가 아니라 오히려 사내를 알기에 사내를 갈구하는 여자였기 때문이다.

에블린은 어린 창녀였다. 에블린은 사내들의 욕망을 알았다. 에블린은 그 욕망의 시선을 남자들에게 돌려주었다. 수의 카메라에 비친 에블린은 어린 소녀만큼 순수했고 나이 든 여자만큼 탐욕스러웠다. 에블린은 카메라를 향해 자기 자신을 드러낼 수 있었고 또 대부분을 감출 줄 알았다. 그녀는 자기 욕망을 알지 못하는 순수한 정신의 소유자였고 본능으로 떨고 있는 무방비 상태의 살덩어리였다. 소녀는 아무엇도 욕망하지 않았지만 그녀의 몸은 이미 욕망을 행위했다. 그녀는 그것을 원하지 않았다. 그러나 이미 그것을 하고 있었다. 그리고 꼭 그것을 해야만 한다고 믿고 있었다. 그것은 어머니들이 바라는 것이었으니까. 대개의 어머니들이 딸에게 조신하게 지내다 시집가라고 명령하는 것과 정반대 방식으로 말이다. 어머니가 명령했다.

"에블린, 즐겨!"

그러나 그것은 너무나 과다한 즐김이었으므로 결코 즐김이 아니었다. 그래서 에블린은 '즐기라'는 명령 때문에 고통스러웠다.

수는 에블린을 찍는 동안 행복했다. 사진 촬영 중간 중간 그는 에블린의 몸속에 들어가곤 했다. 에블린이 그것을 원했다. 촬영이 지겨워진다 싶으면 그녀는 으레 웃으며 다리를 벌렸다. 하지만 정작 섹스가 시작되면 에블린은 아무것도 하지 않은 채 가만히 누워 있기만 했다. 창녀는 욕망의 도구였으므로 스스로 행위하지 않았다.

그가 버둥거리는 걸 보며 에블린이 웃었다. 다양한 체위를 할 수 조차 없었다. 에블린은 아무것도 하지 않고 가만히 누워 있으라고 교육받은 모양이었다. 그가 다른 체위를 유도했지만 요지부동이었다. 사진을 찍을 때도 마찬가지였다. 그녀는 그저 가만히 있었다. 어떤 포즈를 취하게 할 수 없었다.

처음엔 그저 에블린이 있는 것만으로도 사진을 찍을 수 있었다. 그녀가 잠든 모습, 반쯤 깬 모습, 얼굴을 씻거나 밥을 먹는 모습, 설거지나 청소를 하고 식탁에 앉아 성경을 읽는 모습, 그리고 벽과 벽 사이를 거닐고 집 밖으로 나가 해가 뜨거나 노을이 지는 걸 멍하니 바라보는 모습. 일주일쯤 지나자 수는 일상적인 에블린의 모습에 질렸다. 뭔가 새로운 걸 찍고 싶었다. 심지어 다시 빈민촌으로 데려가 그녀가 사내들과 섹스를 하는 모습을 찍고 싶다는 욕망까지 일었다.

수는 자신을 저주했다. 처음엔 창녀가 아닌 어린 여자의 모습 그대로를 찍고 싶었는데 이제는 에블린 자신이 아닌 다른 걸 찍고 싶어 하는 것이었다. 에블린을 두고 연출된 사진을 찍는다는 게 가능한 일일까. 그는 사진 찍는 걸 포기했다. 에블린은 그냥 여기 있는 것으로 족했다. 사진은 충분히 찍었다. 사진을 찍으면서 이토록 행복했던 적이 없었다. 이런 사진을 평생 몇 번이나 찍을 수 있을까. 그는 더 이상 에블린에게 무언가를 바라지 않았다. 다시 일주일이 지났다.

3.4

에블린은 사람들 눈에 띄었다. 멀리 떨어진 집에서 여자들이 찾아와 에블린과 이야기를 나누었다. 에블린은 그녀들에게 사진 찍는 것에 대해 이야기했다. 여자들은 에블린을 경의에 찬 눈빛으로 바라보았다. 에블린은 자기가 창녀라고 말했다. 여자들은 오래도록 남자와 섹스를 하지 못했다고 고백했다. 에블린은 여자들에게 수를 소개했다. 수가 영문을 몰라 어리둥절하자 에틀린이 가랑이를 벌렸다. 여자들은 얼굴을 붉히며 집으로 돌아갔다.

여자들이 가끔 수의 집에 놀러왔다. 에블린은 차를 대접했다. 어느 날은 와인을 꺼내놓았다. 여자들은 술에 취해 떠들었고 크게 웃었다. 그리고 노래 같은 것을 흥얼거렸다. 에블린 때문에 수의 집은 고독하지 않았다. 텅 빈 집에 손님이 찾아왔다. 에블린은 손님을 끌어들이는 재주가 있었다. 수 혼자서 밤마다 벽과 벽 사이를 걸어다니던 유령의 집에 여자들의 웃음소리가 들렸다. 수는 자신이 살아 있다는 게 신기하게 느껴졌다.

프랑수아는 에블린이 자고 있을 때 한 번 다녀갔다. 그녀는 수에게 여자가 생겼다는 걸 반겼다. 프랑수아는 점점 뜸하게 수의 집을 찾았다. 그녀는 여기가 마음에 들지 않았다. 자신에겐 총성이 울려 퍼지는 바그다드가 어울렸다. 프랑수아는 자신을 로버트 카파 혹은 게르다 타로로 여겼다. 그녀는 예전의 게르다가 그랬듯 여자이기 때문에 오히려 숱한 로버트 카파들을 능가할 수 있었다. 카파에 비해 애송이에 불과한 종군 기자 사내들을 맘껏 조롱하고 실컷 부려먹을 수 있었다. 게르다가 그랬듯 프랑수아도 이라크에서 전설이 되어가고 있었다. 그녀의 글과 사진은 카파의 잡지였던 「라이프」지에도 실렸다. 물론 「뉴스위크」와 「뉴욕타임즈」, 「워싱턴 포스트」지도 그녀의 이름을 전 세계에 알렸다. 그녀는 교전지마다 빠지지 않고 참전해 글을 쓰고 사진을 찍었다. 총탄은 그녀를 피해서 날아다닌다! 이것이 그녀에게 바치는 최고의 헌사였다.

그녀의 강점은 적진 깊숙이 들어가 게릴라들의 사진을 찍고 인터뷰까지 한다는 것이었다. 그녀는 이라크 내 무장단체들이 서방에 알리고 싶은 메시지를 전달하는 창구였다. 그녀는 무비 카메라로 전투 장면을 찍는 것에 반대했으며 게릴라들이 포로들을 찍어 경고 메시지를 보내는 것도 거부했다. 그녀는 전투 장면을 찍기는 했지만 학살 장면을 찍지는 않았다. 물론 찍기는 했지만 내보내지 않았다. 메시지는 언어로 전달하고 전쟁의 비극적 현장을 고발하는 사진만 찍었다. 그녀는 TV로 생중계되는 전쟁을 게임처럼 향유하는 모든 인간들을 저주했다.

그녀는 그 어떤 동영상도 거부했다. 동영상은 전쟁을 현실이 아닌 스너프 이미지로 만들었다. 심지어 사진도 살육을 볼거리로 만들 수 있다며 전쟁터에서 찍은 사진들을 신문이나 잡지에 게재하는 걸 매우 조심스럽게 진행했다. 그래서 더욱 그녀의 사진을 원하는 사람들이 점점 더 많아졌다. 사진과 동영상 자료가 넘쳐났지만 절대적인 희소성 때문에 그녀의 이름은 더욱 유명해졌다.

프랑수아는 점점 수를 잊었다. 그러나 수에게 정기적으로 보급품을 보내는 것까지 잊지는 않았다. 식량과 약간의 돈 그리고 자신에게 무한대로 공급되는 필름을 수에게 나누어 주었다. 동료가 쓰던 디지털 카메라가 배달된 적도 있었다. 수가 받은 카메라엔 배터리 덮개에 홈이 파였고 핏자국이 어려 있었다. 카메라의 주인이 사망했음을 알리는 흔적이었다.

수는 종군 사진가란 어떤 것일까 생각하곤 했다. 그러나 좀처럼 감을 잡을 수 없었다. 그는 단 한 번도 연출하지 않은 사진을 찍은 적이 없었다. 평범한 일상의 모습조차 그가 의도한 대로 카메라에 잡혔다. 그러나 전쟁 상황에서는 아무것도 의도할 수 없다. 숨 돌릴 틈 없이 사건이 터지는 순간 순간을 따라 잡기도 벅찰 것이다. 총탄이 어디서 날아와 누구를 쓰러뜨릴지 아무도 몰랐다. 카메라에 무엇이 잡힐지도 모른다. 그저 느낌이 가는 대로 셔터를 누를 뿐이며 어쩌면 눈을 감고 찍을 수도 있을 것이다. 결코 우연이 아닌 사건들의 연속이지만 사진은 우연히 찍힌 것들의 행렬일 것이다. 수는 그런 우연을 견딜 수 없을 것만 같았다. 그는 우연히 결정적 순간을 포착하게 될지도 모른다는 두려움에 시달리며 평생 사진을 찍어왔는지도 모른다. 그는 그런 순간이 도래하는 것을 지독하게 피했다. 자신의 사진은 결코 우연의 다큐멘터리가 될 수 없었다.

수는 자기의 욕망의 시선으로 사진을 찍고 싶을 뿐이었다. 우연히 잡힌 세상의 멋진 한순간이란 자기와는 아무런 상관이 없었다. 그에게 사진이란 세상의 모습을 보여주거나 왜곡된 진실을 밝히거나 숨겨진 악을 고발하는 것이 아니었다. 그저 자기 자신이 상상으로 본 세계를 눈으로 확인하고 싶을 뿐이었다. 수는 여자들을 찍는 것 말고는 자기가 할 수 있는 게 아무것도 없다는 것을 아주 오래전부터 느끼고 있었다. 에블린은 이제 그의 유일한 테마였다. 어리고, 순수하고 그리고 창녀.

"나는 아무것도 아니에요. 이 식민지의 하수구가 바로 나예요."

에블린의 마음은 나병에 걸려 부석거리고 있었다.

수는 자기 자신도 에블린처럼 아무런 정체성도 없는 존재라는 것을 느끼고 있었다. 국가와 민족, 심지어 가족이나 자기 성性으로부터도 배제된 채 제3자로 존재하는 그런 상태. 그러나 왠지 사막에서 나가고 싶다는 생각이 들지 않았다. 그는 킨민촌으로 들어갔던 날을 떠올렸다.

그녀의 집은 흰 빛이 얼룩덜룩 비치고 있었다. 애초엔 흰 돌들을 쌓아올려 지은 집이었지만 불에 탄 듯 검게 그을려 빛깔이 없었다. 집 뒤편 벽에는 낡고 칠이 벗겨져 녹물이 번진 푸른색 자전거가 비스듬히 놓여 있었다. 그 순간 그는 자동차와 섹스를 하는 영화의 한 장면처럼 하나의 성적 도구인 자전거―그녀의 엉덩이가 닿은 안장과 발끝에서 움직이는 페달 등―, 성애화한 자전거로부터 말로 표현할 수 없는 희열을 경험했다. 수의 집으로 오는 동안 에블린은 한 마디도 하지 않았다. 그녀는 목소리는 지니지 않고 오로지 숨 막힐 듯한 이미지만을 뿜어내고 있었다.

프랑스 남자가 뿌린 씨가 대가 끊이지 않은 채 아직까지 이어져 오고 있었다. 한때 테러리스트였던 그녀의 어머니는 이제 거지에 불과했다. 검은 차도르를 걸친 누더기 여자일 뿐이었다. 그래서 그녀는 비극의 한복판에서 태어났지만 비극 너머로 건너갈 수 있었다. 에블린은 자기가 바라보고 있는 세상이 아무것도 아닌 양 모른 체할 수 있었다. 그녀는 실제로 존재하지 않는 것처럼 보였다.

수의 집에 와서 며칠 지나자 에블린이 무어라고 중얼거리거나 노래했다. 매일매일 반복했다. 수는 침묵으로 일관하던 그녀가 입을 열고 중얼거리는 것을 보자 오히려 마음이 평온했지만 동시에 그녀의 말에 대꾸할 수 없어서 속이 상했다. 그녀는 오직 자기 자신에게만 말을 거는 거울의 입을 지녔다. 그것은 신성한 주문처럼 들렸고 그녀는 일종의 금기와 같은 존재가 되었다. 그녀가 말하거나 노래를 부를 때 그녀가 횡설수설 거품을 물고 중얼거릴 때 수는 철저한 침묵 속으로 빠져드는 느낌이었다. 그녀는 자기 속으로 들어가 도저히 밖으로 나올 것 같지 않았다.

그녀에겐 자신의 운명을 불러내 대화를 나눌 만한 능력을 지닌 것처럼 보였다. 그녀는 하루 종일 방에 처박혀 꼼짝도 하지 않았지만 오히려 그것이 그녀의 행동을 모방할 수 없는, 어떤 극단적인 것으로 보이게 만들었다. 꼼짝하지 않음으로써 절절하게 행위하는 것이었다. 침묵이 말하는 것과도 같았다.

수는 가만히 정지한 채 숨을 깊이 들이마시기만 하는 에블린을 카메라에 담았다. 그 누구도 그녀와 동일할 수 없었다. 그녀에게선 어떤 상냥함도 찾을 수 없었다. 오직 열정만이 불타올랐다. 물론 그것은 밖으로 드러나지 않았다. 하지만 그녀의 눈빛은 그녀의 몸속에 얼마나 차가운 불꽃이 타고 있는지 보여주었다. 드라이아이스보다 더 차가운 불꽃이었다. 그녀는 모든 것에 정면으로 대항하는 듯 보였다.

3.5

"넌 어디서 왔니?"

수가 에블린에게 물었다.

"예루살렘."

에블린이 거짓말처럼 대꾸했다.

"아, 그곳이 팔레스타인의 고향인가?"

"사막의 모든 사람들은 그곳에서 왔어요. 예루살렘은 기원이에요. 태어난 곳이자 신분이 증명되는 곳이지요."

여자들은 에블린과 함께 먹고 마셨다. 전쟁 통에 먹을 것이 풍부한 집을 발견하더니 거의 매일 찾아왔다. 수는 프랑수아가 왔을 때 군대 식량을 부탁했다. 미군 트럭이 와서 일개 부대가 먹을 만큼 식량을 부려놓고 갔다. 그것을 먹어야 할 부대가 폭탄 테러로 전멸했기 때문이었다. 죽은 부대의 식량을 다른 부대에게 먹일 수 없다는 것이었다. 죽은 군대의 먹을 것을 이라크 여자들이 주워먹는 꼴이었다.

전쟁은 인간을 추악하게 만들었다. 둘자는 풍부했고 시간은 한가했고 전쟁은 멀리 떨어져 있었다. 하지만 인간들의 생존 투쟁과 거리가 멀수록 수의 집은 유령들의 장소로 변해갔다. 여자들도 유령처럼 떠돌았다. 여자들은 수가 에블린을 촬영하는 것을 보고 부러워했다. 수가 카메라를 들이대자 수줍어서 웃었다 수는 폴라로이드로 여자들을 몇 장 찍어 사진을 나누어주었다. 여자들은 생전 처음 사진을 찍는 듯 황홀해했다. 수는 그녀들을 찍었다. 새로운 모델들이었다. 수는 그 가운데 두 명을 골라 에블린과 함께 본격적으로 찍었다.

여자 둘을 함께 찍기 시작했을 때 수는 놀라운 사실을 발견했다. 거미 때문이었다. 그날 밤 검은 거미 두 마리가 교미를 하고 있었다. 어느 것이 수컷인지 암컷인지 알 수 없었다. 그저 두 마리의 거미였다. 여자 둘이 뒤엉켰을 때 수는 수컷, 암컷을 구별할 수 없었다. 여자 둘이었지만 그것은 이미 암컷이라는 경계를 넘어서고 있었다.

앙리 카르티에 브레송이 '사랑의 거미 L' Araignee d' amour'를 찍었을 때도 그랬을까. 수는 점점 황홀경에 빠져들어 사진을 찍는 것인지 여자들의 교접에 참여하고 있는 것인지 구분할 수 없었다. 어느 날 앙리 카르티에 브레송은 우연히 반쯤 열린 문밖에서 검은 피부의 여자 둘이서 사랑을 나누는 모습을 보았다. 기적 같은 우연이었다. 친구가 등불을 비췄고 그는 카메라 셔터를 눌렀다. 사진가가 아무리 애원해도 얻을 수 없는 기막힌 포즈였다. '사랑의 거미'는 수가 카르티에 브레송의 작품 가운데 가장 사랑하는 작품이었다. 이제 수는 자기가 브레송을 완전히 복사할 수 있는 기회를 얻었다는 것이 믿기지 않았다. 수는 아랍의 여자들을 통해 브레송을 반복할 수 있었다.

수는 여자들과 사진 찍는 일을 반복했지만 고단한 줄 몰랐다. 밤 새워 사진을 찍어도 전혀 피곤하지 않았다. 서울에서는 여러 명의 여자를 한꺼번에 자연 상태로 찍을 수 없었다. 특별한 광고 콘셉트가 없고서는 여자를 둘 이상 찍어본 적이 없었다. 여기 여자들은 그저 자기네들끼리 웃고 떠들고 먹고 마셨다. 그리고 함께 뒤엉켜 잠들었다. 무방비 상태로 그의 카메라 앞에 존재 자체를 드러냈다. 일상 그대로였지만 이미 일상을 벗어나 신화의 한때를 연출하고 있었다. 레스보스 섬의 처녀들이 그랬을까. 피카소가 아비뇽의 목욕하는 처녀들을 그렸을 때 그러했을까. 그저 일상의 한 장면이 고스란히 의도된 예술 작품 속으로 옮겨왔다. 결정적 순간이란 이런 것일까. 일상의 한순간이 영원의 신화를 만드는 것. 수는 여인들의 자연 그대로의 모습 앞에서 점점 눈이 멀었다. 눈부신 두려움과 상상을 넘어서는 찰나, 불안이 밀려왔다. 냉정을 잃지 않는 것은 그의 카메라뿐이었다. 그에게 속해 있으나 그를 벗어난 또 하나의 눈. 카메라는 기계의 눈으로 여자들을 포획했다. 그와 여자들 사이에 카메라가 없었다면 그는 결코 작업할 수 없었을 것이다.

그는 화가들이 무서웠다. 인간의 눈만으로 존재의 무방비 상태를 정면으로 견딜 수 있었을까. 그에겐 사진기라는 기계가 방어막이었다. 그는 항상 카메라 렌즈 뒤에 두 개의 눈을 숨김으로써 실명을 피할 수 있었다. 그는 두 눈을 꼭 감고 끔찍한 현실을 환상으로 바꿀 수 있었지만 실재가 환상 속으로 들어오는 것을 거부했다. 그가 가진 눈은 자기 환상을 넘을 수 없었으나 오히려 카메라의 눈은 실재를 보고도 끔찍도 하지 않았다. 카메라는 늘 현실의 표면만 찍었지만 그것은 언제나 실재 그대로였다. 그는 카메라의 뷰파인더가 그의 눈을 가리는 스크린 역할을 하는 것을 기뻐했다. 그는 카메라를 들지 않고서는 세상과 마주할 수 없었다.

수에게 카메라는 세상 앞에서 자기를 가리는 방어막이었다. 사진가는 그 뒤에 숨는 대신 대상에게는 존재를 고스란히 드러내라고 명령했다. 그리고 그 타자의 실재를 나의 것인 양 엿보며 즐겼다. 그러나 자기 자신은 단 한 번도 자기 카메라 앞에 서지 못했다. 그는 자화상을 미친 듯이 그린 네덜란드 화가들을 위대하다고 생각해왔다. 렘브란트, 빈센트 반 고흐. 그들은 타자와 함께 자기 자신을 모델로 세웠다. 단지 그 모델을 모방했는지 아니면 자기의 실재와 마주했는지 알

길이 없지만 자기 자신과 대면할 용기를 지닌 자들이야말로 정녕 예술가라고 말할 수 있으리라.

그는 카메라 뒤에 숨는 자기 자신을 사랑했다. 그는 위대하지도 용감하지도 훌륭하지도 않았다. 그는 뒤에 숨어서 카메라가 보여주는 실재를 엿보는 것으로 만족했다. 물론 카메라에 실재가 비칠 경우에만 거울이며 영사막일 수 있었다. 그는 관객이면서 동시에 영사기를 돌리는 엔지니어였다. 카메라가 인간의 시선을 대신하는 기계인 바에야 관객이든 무엇이든 무슨 상관이란 말인가.

3.6

수는 자신의 사진이 점점 더 회화에 가까워지는 것을 느꼈다. 여인은 점점 더 또렷하게 보이는 반면 그녀를 둘러싼 배경들은 하나 둘씩 흐릿하게 지워졌다.

제일 먼저 그녀들이 마셨던 술잔과 게걸스럽게 먹던 음식 그릇과 접시들, 그의 시선이 닿은 곳마다 점점 사물들이 없어졌다. 배경이 점점 여인들로부터 떨어져나갔다. 가장 나중에 집의 벽들이 사라졌다. 그래서 그의 사진은 안과 밖이 없는 무중력 상태처럼 보였다. 내부와 외부가 하나의 감각 질서 속에 들어와 있었다. 세계에는 경계가 없고 오직 여인만 있었다.

여자들은 모두 사막 한가운데, 아무것도 없는 텅 빈 장소에 무방비 상태로 서 있었다. 어쩌면 사막의 모래조차 바람에 휩쓸려 다 날아가 버린 것만 같았다. 이제 그녀들은 텅 빈 장소조차 없는, 그야말로 비어 있음 그 자체, 시작도 끝도 없는 구멍 속에, 허공 한복판에 붕 떠 있는 형상이었다. 무無의 한복판을 떠다니는 유령의 현시와도 같았다.

하지만 매번 그런 사진들만 찍히는 것은 아니었다. 그의 사진에는 자기가 살고 있는 집이 고스란히 찍혔고 그곳에서 그와 일상을 같이 하는 세간과 그 사이를 지나가는 여인의 모습이 담겨 있었다. 그리고 나중에서야 발견한 것이지만 집 밖의 풍경들이 뚜렷한 경계 밖에 펼쳐져 있었다. 내부와 외부가 구별되는 동시에 한 장면 속에 나란히 들어와 있었다. 언제나 그랬다. 열린 문과 창을 통해 바깥은 온전히 집 안으로 들어와 있었다.

그때 여인의 모습과 사물들은 푸른색 그림자를 걸치고 있었다. 그것은 마치 죽음 말고는 더 이상 그를 매혹하는 것이 없음을 알리는 우울의 빛깔이었다.

그는 이러한 죽음으로부터 도피하고 싶었던가. 수는 프랑수아에게 방 하나를 비출 수 있는 큼지막한 거울을 보내달라고 부탁했다. 프랑수아는 그렇게 큰 거울을 구할 수는 없다고 하면서 전신 거울 두 개를 보내왔다. 하나는 멀쩡했지만 다른 거울은 1/3가량 아랫부분부터 두 갈래로 금이 가 있었다. 금이 간 부분에 사물이 비치는 순간 거울의 표면이 일렁거리며 사물이 두 개의 층을 이루었다. 사물은 거울의 깨진 부분에 부딪혀 겹겹으로 접히며 주름을 만들었다. 거울은 사물의 왼편 오른편을 뒤집었고 각도와 방향에 따라 사물의 비틀림을 보여주었고 크기를 변형시켰다. 거울은 거울 속의 거울을 보여주었으며 거울에 비친 상을 찍으면 그림 속의 그림처럼 또 하나의 장면을 반복했다.

거울을 통해 공간이 확장되었다. 거울에 비치는 장소가 두 배로 늘어났다. 두 배의 깊이를 지닐 수 있었다. 장소 속에 또 다른 장소가 있었다. 같지만 결코 똑같지 않은. 그러나 두 개 중에 어느 것이 현실의 상이며 다른 것이 반복하는 상인지 알 수 없었다. 수는 자기가 거울에 비친 사진을 통해서 점점 확장되어가는 듯한 착각에 빠져 두 개의 자기를 즐겼다. 똑같지만 하나는 현실의 여인이고, 다른 하나는 확장된 장소에 있는 여인, 그는 이 두 여인을 동시에 즐겼다.

수는 두 개의 거울을 마주 보도록 놓았다. 에블린은 샤워기에서 약하게 떨어지는 물 아래 고개를 숙이고 머리를 감고 있었다. 거울 하나는 에블린의 가슴과 배와 사타구니와 허벅지를 보여주었다. 마주 보는 거울에서는 에블린의 등과 엉덩이와 뒷다리가 비쳤다. 수의 카메라에는 동시에 세 개의 에블린이 있었다. 앞을 보는 에블린, 등을 돌린 에블린, 그냥 에블린. 수는 거울을 통해 증식하는 에블린을 따라 오로라 끝까지 걸어 들어갔다.

수는 어느 날부터 욕조에 들어가 있는 에블린을 찍기 시작했다. 사막에서는 자기 집 정원에 오아시스를 두지 않고서는 욕조에 몸을 담그고 목욕을 즐길 만한 물을 얻을 수 없었다. 욕조는 그저 텅 빈 그릇에 불과했다. 에블린은 옷을 입은 채 들어가 앉아 있었다. 처음엔 수가 자꾸 들어가 누우라고 요구했기 때문에 생전 처음 보는 서양식 욕조에 억지로 들어가 있었지만 차츰 그것을 즐기기 시작했다. 옷을 벗고 알몸으로 들어가 누울 때도 많았다. 그러나 차츰 옷을 입은 채 물이 없는 욕조에 오랫동안 들어가 있기를 즐겼다. 턱을 무릎에 대고 곰곰이 생각에 잠긴 듯한 얼굴. 혹은 뺨을 욕조에 대고 땅바닥을 물끄러미 바라보는 얼굴. 아예 고개를 무릎에 파묻고 우는 듯한 뒤통수. 에블린은 욕조에 앉아서 그 모든 슬픔들에 대해 몸짓으로 말했다.

수는 자기가 카메라를 들게 된 것은 자신의 탄생이 궁금했기 때문이라고 말했다. 지금이라면 아이가 만들어진 날 밤의 장면을 찍어둘 수 있을지도 모른다. 그랬다면 테크놀로지가 인간 탄생의 신비를 완전히 걷어낼지도 모른다. 수는 자기 자신의 원초적 장면을 찍고 싶었다고 쓸쓸하게 말했다. 그래서 수가 사진가가 된다는 것은 자신의 어린 시절을 배신하지 않는다는 것이었고 자기 욕망을 이미지를 통해 재구성한다는 것을 의미했다.

인간은 정말이지 우연의 산물이다. 어느 날 밤 미래의 부모가 나를 만든 것이다. 어떤 계획도 예측도 없는 불가항력적인 매혹에 이끌려 섹스를 한 결과물인 것이다. 그래서 인간은 자기 탄생의 순간을 엿보고자 하는 충동에 휩싸인다. 자기 자신이 탄생하는 순간이지만 자기 자신은 존재하지 않는 시간을 품은 장소를 들여다보고 싶은 것이다. 부모의 성교를 엿보는 시선의 구멍. 그 구멍을 통해 원초적 장면을 다시 엿본다. 하지만 아무것도 없다. 오직 자기 자신의 결여만을 응시할 수 있을 뿐이다. 다시 엿보고, 또 들여다본다. 그러나 구멍에 대한 이끌림뿐이다.

4.1

전쟁이 계속되었다. 바그다드 시내에서는 총성이 끊이지 않았다. 타부르만 조용했다. 아무도 사막을 점령하려는 욕심이 나지 않았을까. 한때는 이곳도 극심한 포화에 휩싸였던 적이 있었다. 1990년 미국의 1차 이라크 침공 때였다. 타부르에 탈레반의 본거지가 있다는 허위 정보 때문이었다. 타부르란 이름이 탈레반을 불러들였을까. 40일 동안 폭탄 세례를 받았고 그 사이에 살아남은 사람은 40명도 채 되지 않았다. 도처에서 악행이 저질러지고 있었다. 시체들 위로 또 다른 시체들이 쌓였다. 사막이 그 시체들을 먹어치우고 살찌고 영양이 풍부한 땅으로 변모할 것처럼 무덤이 천지사방에 널렸다. 악은 이제 흔해빠진 테마였다. 너무나 평범한 행위에 불과했다. 그래서 사람들은 악에 대해서는 무지했다. 무참하게 침략당한 그들은 강제적으로 선했다. 오로지 악에 대해서만 무방비 상태였다.

연일 총소리와 포격 소리가 들려왔다. 마치 도시를 파괴하는 것이 새로운 창조나 역사적 진보라는 듯이. 수는 프랑수아를 따라 바그다드로 왔다. 수는 철저하게 도시가 파괴되는 것을 지켜보았다. 사막에서 혼자 살았던 수에겐 전쟁에 대한 개념조차 없었다. 심지어 CNN 뉴스로 생중계되는 전쟁 게임도 구경한 적이 없었다. 어쩌면 수만 빼놓고 세상 모든 사람들이 생중계되는 전쟁 장면에 열광했었는지도 모른다. 살육과 폭력이 펼쳐지는 상황을 지켜보면서 끔찍해하며 몸을 떨지만 뒤돌아서서는 잔혹한 영상을 다시 떠올리며 쾌감에 휩싸이는 것이다. 초고속으로 비행하는 전투기와 블꽃을 튀며 날아가는 미사일을 보면서 기계와 테크놀로지가 제공하는 금속성의 감각에 입맛을 다셨다. 동시에 폭력을 외면하기 위해 고개를 돌리고 마치 자기 혼자만은 끔찍한 전쟁으로부터 달아날 수 있다는 환상을 즐겼던 것이다. 그러나 일상에서는 결코 일어나지 않으리라고 믿었던 일들이 눈앞에서 일어나는 것이 바로 인간의 존재 상황이 아니었던가.

"수, 장 대신 며칠 동안 장비를 옮기는 일 좀 도와줘. 사진을 찍고 싶으면 알아서 찍어도 좋아."

프랑수아는 본국으로 돌아오라는 명령을 받았지만 묵살하고 다시 전투지로 나아가려 하고 있었다. 프랑스 정부는 전투가 점점 치열해지고 「르몽드」 기자가 총에 맞아 사망하자 기자들을 향해 일시 귀국할 것을 종용했다. 그러나 프랑수아는 닥무가내로 전투가 벌어지는 곳 가장 깊숙이 들어가겠노라고 떼를 썼던 것이다. 프랑수아는 미국 기자들과 연대해 기자들을 호위할 수 있는 특수부대를 꾸리도록 미국 정부에 압력을 넣었다. 미국 정부는 민간인 희생을 막기 위해 전투 지역에 들어가는 것을 불허했지만 CNN을 비롯한 메이저 언론사들의 로비 때문에 비공식으로 기자를 보호하고 취재를 돕는 소대급 부대를 만들 수밖에 없었다.

프랑수아는 미군에게 수의 신분을 확인시킬 수 없었기 때문에 장의 기자증을 수의 목에 걸어주었다. 이상하게도 장의 사진은 수와 닮아 보였다. 늘 모자를 쓰고 있던 장의 탈모한 모습은 앞머리가 심하게 벗겨져 있어서 수의 이마와 너무나 닮았다. 더욱이 미군은 장이 죽었는지 살았는지 확인하지 않았다. 수는 죽은 사람의 이름을 달고 생전 처음 전투에 참가했다. 수는 약간 흥분되는 느낌이었다. 그것이 죽음에 대한 공포로 떨리는 것인지 전투에 임하는 병사가 느끼는 야릇한 흥분 때문인지 알 수 없었다.

아마도 그것은 늘 연출한 장면만 찍던 사진가가 다큐멘터리 사진을 찍기 위해 가장 극적인 다큐멘터리 현장인 전투 속으로 들어갈 때 느끼는 막연한 불안, 기대와 설렘이 반반씩 섞인 감정이랄 수 있을 것이다. 수는 자신이 다큐멘터리 사진을 찍는다는 게 과연 가능할 것인가 의문스러웠다. 앙리 카르티에 브레송이 찍었다는 결정적 순간이 곳곳에서 펼쳐질 것이다. 그리고 로버트 카파의 카메라가 보았던 상황들이 순간순간 자기 카메라 앞에도 나타날 것이다. 수는 과연 이런 순간과 대면하는 것을 자신이 견딜 수 있을지 불안했다.

모든 장비를 싣고 프랑수아를 찾아가자 그녀는 진한 프렌치 커피를 내밀었다. 2차 대전을 배경으로 찍은 영화에서 전투가 잠시 멈추고 참호 속에서 뜨거운 커피를 마시던 병사의 모습이 떠올랐다. 수는 이십여 년 만에 다시 군에 입대해 전투에 참여하고 있는 것 같은 착각에 사로잡혔다. 이것이 마지막 커피가 아닐까 문득 그런 생각이 들었다.

"자, 출발할까?"

프랑수아가 지프차에 올랐다. 그녀는 운전석 옆에 앉았고 수는 뒷자리에 탔다. 미군 병사가 운전을 했다. 목표 지점은 바그다드에서 서남쪽으로 85km 떨어진 탄지하르였다. 가는 길은 사막 지형이 대부분이었지만 곳곳에 돌무더기 산이 여러 군데 있었다. 돌 언덕 사이에

게릴라들이 숨어 있을 가능성이 있었기 때문에 헬기 10여 대가 호위했다.

30분가량 달렸지만 별 이상이 없었다. 주위가 너무나 조용하다는 것이 문제라면 문제였다. 곧이어 뭔가 불길한 일이 터질 것만 같은 폭풍전야의 고요. 돌산을 몇 개 지났지만 게릴라들의 공격은 없었다. 갑자기 지프차가 멈췄다. 바퀴가 모래 구멍 사이에 빠졌다는 얘기였다. 지프차로는 더 이상 갈 수가 없었다. 앞에서 달리던 트럭을 불러 세워 장비를 옮겨 실었다. 간신히 장비를 다 옮기고 트럭에 올라타 출발했지만 앞선 부대와의 거리가 꽤 멀었다. 후미를 살피던 헬기가 와서 트럭이 무사한지 확인하고는 공격을 위해 앞으로 날아갔다.

탄지하르에 점점 가까워질수록 총소리가 더 크게 들렸다. 시가지 곳곳에서 화염이 치솟고 있었다. 전투가 한창인 거리로 진입하려는 순간이었다. 지뢰가 터졌다. 연이어 로켓포가 날아들었다. 트럭이 공중으로 붕 떠올랐다가 떨어졌다. 그 위로 총알 세례가 퍼부어졌다.

"프랑수아!"

수가 소리쳤다.

프랑수아는 운전석 옆에 탔고 수는 미군 병사들 몇과 함께 장비를 싣는 뒷칸에 탔었다. 미군들은 총기를 칭겨들고 총알이 빗발치는 거리로 기어나갔다. 수는 트럭 깊숙이 몸을 숨기고 바닥에 고개를 처박고 계속해서 프랑수아를 불렀다. 가까운 곳에서 다시 포탄이 터졌다. 굉음이 울리며 땅이 흔들렸다. 수는 트럭 모서리에 머리를 부딪히고 정신을 잃었다.

누군가 발로 옆구리를 걷어찼다. 눈을 떴지만 앞이 보이지 않았다. 손은 뒤로 묶였고 얼굴에는 두건이 덮어씌워져 있었다.

"프랑수아!"

수가 소리쳤다. 갑자기 누가 등을 발로 세게 밟았다. 숨이 턱 막히고 말할 수 없는 통증이 그를 짓눌렀다. 바닥에 얼굴을 대고 그는 신음 소리 끝에 프랑수아를 반복해서 불렀다. 지금 수는 오로지 그녀의 이름을 부를 수밖에 없었다. 자기를 이라크로, 사막 한복판으로, 전쟁터로 데리고 온 인도자의 이름을 어린아이처럼 불렀다. 프랑수아, 프랑수아. 마치 어머니를 부르듯, 메시아를 부르듯.

그때였다. 철문이 열리고 닫히는 소리가 들렸다.

"프랑수아?"

수가 소리쳤다.

"으응."

여자 목소리가 들렸다.

"프랑수아!"

그가 소리치자 다시 발길질이 날아왔다.

"으응…… 으응……"

저편에서는 신음 소리만 들려왔다. 아마도 프랑수아의 입에 재갈을 물린 듯했다. 아랍어가 시끄럽게 들려왔다. 그리고 프랑수아가 비명을 질렀다. 재갈이 풀린 모양이었다.

"난 프랑스 기자야. 날 가만 내버려둬. 난 미국인이 아니라고."

다시 아랍어가 시끄럽게 들리고 프랑수아가 더듬더듬 아랍어 몇 마디를 주워섬겼다. 그리고 철문이 열리고 닫히는 소리가 들렸다.

"프랑수아, 프랑수아!"

수는 발악을 하며 소리쳤다. 이번엔 발길질이 날아오지 않았다. 그는 지쳐서 눈을 감았다. 어차피 검은 어둠밖에 보이지 않았지만 눈을 감자 세상과 단절된 느낌이 들면서 긴장이 풀리고 다시 잠이 쏟아졌다.

감자 비슷한 걸 먹고 하루를 버텼다. 다음 날 프랑수아가 와서 수에게 말했다.

"프랑스 정부가 내가 여기에 피랍되어 있다는 걸 알고 있어. 곧 풀려나게 될 거야. 걱정 마, 수."

"과연 그럴까. 난 프랑스인이 아닌데."

수가 약간 절망적인 어조로 대답했다.

"아니야, 당신 여권은 프랑스에서 발급한 거야."

"난 대한민국에서 발행한 것도 가지고 있어."

프랑수아는 별말하지 않고 수의 옆에 가만히 앉았다. 게릴라들에게 아랍어로 뭐라고 요구하자 그들은 좀 투덜거리는 듯한 말들을 재빠르게 나눈 뒤 얼굴에 덧씌운 검은 천을 걷어냈다. 수는 프랑수아의 얼굴을 마지막으로 보았다. 그는 이것이 마지막이 될 것이라고 믿어 의심치 않았다.

"수, 곧 프랑스에서 사람이 올 거야. 조금만 기다려."

프랑수아가 눈물을 글썽이며 말했다.

"글쎄, 우리나라에서도 사람이 올까?"

"이라크에선 프랑스가 보호해줄 거야."

수는 고개를 저었다. 그는 자신을 구하기 위해서 프랑스에서 움직일 거라고 믿을 수 없었다. 하지만 프랑수아를 괴롭게 할 것 같아 더이상 아무 말도 하지 않았다. 수는 고국을 떠난 지 3년여 만에 처음으로 뒤를 돌아보았다. 과연 대한민국에서는 그를 위해 무엇인가를 할 수 있을까. 아니, 수의 존재를 알기나 할 것인가.

프랑수아는 수와 다른 곳에 격리 수용되었다. 수는 그 뒤로 그녀를 볼 수 없었다. 만약 그녀를 구하러 프랑스에서 누군가 나타난다면 다시 상봉할 기회가 있을지도 몰랐다.

게릴라들에게 끌려들어가 가장 오랫동안 머물렀던 곳은 그가 타부르에서 살았던 집과 거의 똑같았다. 그는 한쪽 벽 아래에서 다른 남자 포로들과 쭈그리고 앉아 있었다. 프랑수아가 떠나고 난 뒤부터 생에 대한 미련 따위는 없었다.

그는 카메라의 시선으로 감옥을 둘러보았다. 그곳에 특이하게도 난로가 있었다. 사막의 밤을 나기 위해서 필요했던 모양이었다. 추워서라기보다는 일교차를 견딜 수 없었던 것이다. 난로는 심하게 부서져 있었다. 그리고 깨어진 거울의 잔해도 있었다. 유리를 감싼 거울 틀에는 총알 자국이 선명했다. 그는 가구와 사람들이 사라져버린 텅 빈 공간에 겁에 질린 몇몇 사내들과 함께 묶여 있었다.

수는 그 사내들을 찍고 싶었지만 이젠 빈손이었다. 카메라는 게릴라들에 의해 부서졌다. 그동안 찍었던 많은 필름들은 과연 어디에 있을까. 그가 살았던 집이 아직 그대로라면 소지품 가방에 일부가 들어 있을 테지만 역시 게릴라들의 약탈에 남아나지 않았을 것이다.

그는 곧 죽게 될 남자들을 보았다. 모두 두건을 쓰고 있어서 어느 나라 사람인지, 몇 살인지, 어떻게 생겼는지 알 수 없었다. 간간히 잘 알아들을 수 없는 외국어로 낮게 속삭이는 소리가 들릴 뿐이었다. 그것도 미국인 포로가 처형된 이후로는 잘 알아들을 수 없었다. 오히려 미국에 협조했다는 이유로 끌려온 이라크 민간인이 점점 더 많아지는 느낌이었다. 정작 미국과의 전쟁인데 같은 민족들끼리 총을 겨눠야 했다. 전쟁 중에는 내부의 적이 가장 무서운 적일 테니 그럴 만도 했다. 그러나 미국이 침공하지 않았다면 서로 죽이고 죽이는 살육을 벌이지는 않았을 것이다.

가끔 두건 아래 검은 눈동자와 마주치는 일이 생겼다. 눈이 마주치면 서로 깜짝 놀랐다. 포로들끼리도 경계하고 겁을 냈다. 죽음이 곧 닥쳐오리라는 불안감 때문에 늘 가슴이 뛰었다. 그러다 주위의 타자와 마주치면 벌컥 심장이 뛰었다. 아직도 살고 싶다는 욕망이 남아 있기 때문이리라.

포로들의 흔들리는 눈동자는 모든 것을 말해준다. 불안과 절망의 심연을 한 치도 숨기지 못하고 그대로 드러내는 것이다. 그래서 심연은 감추어진 게 아니라 적나라한 표면처럼 보인다. 죽음 그 자체인 표면이다.

그는 누군가로부터 질문을 받으면 금방 대답하지 않고 이런저런 딴소리를 늘어놓다가 '아, 참 질문이 뭐였죠' 하는 식으로 되물었다. 그는 이런 식의 지연(늦춤)을 즐겼다. 그럼 그사이에 뭔가 기억할 만한 것이 떠올랐기 때문이다. 하지만 게릴라들이 아랍어로 마구 질문을 퍼부었을 때 그는 이런 식의 지연을 즐길 수 없었다. 총구가 바로 눈앞에 있었기 때문이다. 그는 게릴라들의 질문을 하나도 알아들을 수 없었지만 곧바로 대답할 수밖에 없었다. 그가 두려움에 떨면서 한국말로 미친 듯이 지껄이면 게릴라들은 한마디도 알아들을 수 없어 투덜거리며 자리를 떴다. 그러면 당분간 취조는 없었다. 침묵은 죽음, 무조건 떠들면 죽음의 지연. 수에겐 새로운 생존 방정식이 생겼다.

4.2

권력처럼 전쟁도 한 편의 연극과 같다. 미국이 연출한 연극에서 이라크는 나쁜 편을, 미국 자신은 좋은 편을 맡아 연기를 펼쳤다. 연극은 그리 흥미롭지 못했다. 프로타고니스트가 안타고니스트를 철저하게 압박하는 형국이었다. 안타고니스트는 찍 소리 한번 내지 못하고 무대 끝으로 내몰렸다. 주연 배우들만 스스로 도취해서 개선가를 불렀다. 어쩌면 안타고니스트들의 활약은 연극이 끝난 뒤 무대 뒤에서 펼쳐지고 있었는지도 몰랐다. 안타고니스트들이 처절하게 투쟁하는 막간극에 몇몇 구경꾼들이 휘말린 형국이었다. 수는 그 구경꾼들의 하나로 안타고니스트에 의해 억울하게 목숨을 잃는, 대사도 배역도 없는, 모독당하는 관객이었다. 미처 객석을 빠져나가지 못하고 머뭇거린 탓이다.

수는 벌써 일주일째 막간극에서 활약하고 있었다. 머리에는 검은 천을 덮어쓴 채 신비에 싸인 포로 역할을 맡은 것이다. 이 막간극은 현실에서 벌어지고 있었으나 전쟁이라는 연극 밖에서 가끔씩 중계될 뿐이었다.

수는 금발 미모의 프랑스 여성과 함께 유럽 전역에 방송되었다. 프랑스와 미국 정부를 향한 방송이었다. 기군 네 명과 미국 기자 두 명을 곧 처형할 것이라고 말한 뒤 프랑수아를 카메라 앞으로 끌고 나왔다. 거기서 수는 관심 밖이었다. 프랑수아 뒤에 보일 듯 말 듯 무릎을 꿇고 앉아 있었다. 프랑수아에겐 말할 기회가 주어졌다.

"나는 프랑스 르피가로지 사진기자 프랑수아 마르테입니다. 나는 프랑스를 사랑합니다. 내가 이라크에 온 것은 전쟁의 잔혹성을 보도하기 위해서입니다. 나는 이라크를 사랑합니다."

그 순간 게릴라의 총이 프랑수아의 목을 향했다. 그녀는 영어로 소리쳤다.

"I hate America!"

동시에 그녀가 쓰고 있는 신비스런 검은 베일이 벗겨졌다. 그 순간 유럽인들은 모두 미국을 증오한다는 프랑스 여성의 외침을 들으며 눈물로 얼룩진 미인의 얼굴을 응시했다. 0.3초쯤. 그 순간 세계는 정지했다. 눈물로 뒤범벅된 금발 미인은 전 세계를 매혹했다. 아름다움은 0.3초의 정지 속에서 신의 현현을 보여주었다. 엑스터시와 타나토스가 절묘하게 뒤섞인 절정의 순간, 사람들은 쾌락에 전율했다. 그리고 몇 초 뒤 정신을 차리고는 혐오감에 치를 떨었다. 첫 번째는 전쟁이 펼쳐보이는 토할 것 같은 잔혹극에, 두 번째는 자신들이 그 잔혹극에 매료되어 있음에 대해서. 분명 0.3초간 그들이 느낀 것은 고통에 휩싸인 인간의 모습에 매료된 쾌락이었기 때문이었다.

프랑수아가 막간극의 여주인공으로 0.3초간 활약하는 동안에도 수는 묵묵히 곧 처형될 이름도, 배역도, 대사도 없는 엑스트라 역할을 충실하게 수행했다. 이 철저한 수동성 앞에서 수는 스스로 경이를 표했던가. 그는 왜 소리 지르지 못했는가. 그에게서는 왜 눈물 흘리고 울부짖는 행위를 박탈했는가. 검은 천 아래서 그는 얼마나 울고불고 미친 듯이 날뛰었는가. 그런데 화면에는 미동도 하지 않고 마치 정지한 듯 이미 죽어서 밀랍이라도 된 듯 꼼짝하지 않았는가. 누가 그에게서 말할 기회조차 빼앗았는가. 그런데 수의 모습이 알자지라 방송을 통해 방영된 것은 이미 프랑스 정부와의 협상이 마무리된 시점에서였고, 프랑수아가 석방되자 곧바로 관심 밖으로 밀려났다. 처음엔 검은 천을 뒤집어쓴 포로들의 모습이 방송되는 것을 흥미로워했었지만 이젠 시청자들이 공포의 반복을 보고 싶어 하지 않았다. 그리고 일부는 더 이상 똑같은 장면의 반복은 권태로울 뿐이라고 여겼다.

전쟁이란 연극은 러닝타임이 길어지고 동어반복을 계속함으로써 지루함의 대명사로 전락하고 있었다. 게릴라의 투쟁 또한 처음과 같은 열렬한 반응을 이끌어내지 못했다. 더욱이 서구인들은 투쟁의 드라마는 반겼지만 그들이 희생자가 되는 것을 원하지 않았다. 그러나 전쟁은 계속되었다. 첫 번째 연극이 미국이 연출한 스펙터클이라면 이번엔 게릴라들의 투쟁이 저예산 독립영화처럼 만들어지고 있었다.

그러나 점점 더 제작 여건은 열악해지고 관객들의 반응은 썰렁했다.

　사람들은 피의 전쟁 뒤에 밀려드는 나른한 평온을 즐기고 싶어 했다. 그런데 평화는 좀처럼 정착하지 못했다. 평화는 사막처럼 장소를 옮겨다녔다. 전쟁을 피해 더 불확실한 장소로 몸을 숨겼다. 평화를 찾는 숨바꼭질만 계속되고 곳곳에서 못 찾겠다 꾀꼬리를 불렀다. 시끄러웠다. 아무것도 은폐할 것이 없는 사막에서 평화를 찾지 못했다.

0.1.1

　그는 사막에서 완전히 사라졌다. 나는 그의 인생을 나라 안팎이 월드컵 열기로 뜨거웠던 2006년 여름으로 돌려놓았다. 그는 아직 죽지 않았다. 이라크에서 죽었다는 동양인은 그가 아니라 그 속에 숨은 진짜 그였다. 거기서 그는 여자였다. 그녀만이 죽을 수 있다. 수라는 남자는 죽을 수 없었다. 그가 남자로 남아 있는 한 그는 그가 아니라 그저 가짜 그이다. 그는 여자들을 희롱하며 세상사를 조롱하며 세상 속에서 고통받는 남자였다. 그 남자는 현재에도 우리와 함께 있다. 수와 똑같은 남자들은 너무나 많다. 현, 정, 오, 병, 철 모두 수라는 이름으로 불리워도 상관없다. 나 역시 마찬가지다. 우리 남자들은 죽고 싶어도 죽을 수 없다. 진짜 산 적이 없는데 어찌 죽는단 말인가. 우리는 산 죽음이자 유령이다. 인간만이 살고 죽을 수 있다.

　수는 그저 사라졌을 뿐이다. 그는 영원한 실종자이다. 설령 어디 살아서 존재하더라도 그를 더 이상 찾을 필요는 없다. 그가 여기서 떠난 이상 그대로 내버려두어야 한다. 그의 죽음을 확인할 필요도 무덤을 세울 필요도 행장을 읊을 이유도 없다.

그가 떠난 것은 더 이상 이곳에 존재할 이유가 없어서이지 돌아오기 위해서가 아니었다. 더욱이 죽어서 시체로 돌아올 필요는 없다. 계속해서 길에서 헤매고 있는 것이 진짜 존재하는 것인지도 모른다. 결코 고향으로 귀환하지 않는 오디세우스. 그는 여기와 다른 곳에서 영원히 떠도는 것이다.

오직 그녀만이 죽는다. '그' 속에 살던, 그가 진짜 살고 싶었던, 그러나 여기서는 만나지 못했던, 그래서 더욱 찾고자 했던, 그의 심연만이 죽는다. 그는 자기 속의 그녀가 죽기 위해서 힘들게 집 밖으로 나가는 장면을 스스로 연출하고 말았다. 이라크에서 죽은 그의 그녀에게 이 행장을 바친다. 이 행장 속에서 그는 그가 아니라 그녀였다. 그리고 그것은 나였다.

나는 그의 죽음에 대해 어떤 예감도 할 수 없었다. 그가 자살했든지 혹은 누군가에게 처참하게 살해됐든지 나는 결코 그에게 어떤 죽음도 부여할 수 없다. 그에 관한 모든 기록은 봉인되어 있어야만 했다. 나는 내가 쓴 그에 관한 글을 출판할 수 없다고 친구들에게 알렸다.

0.1.1.1

　나는 우리나라로 돌아온 수의 관에 그의 시신이 왜 없었는지 나중에서야 알게 되었다. 에블린 때문이었다. 창녀들은 세상의 소식을 가장 먼저 알았다. 온몸에 총알 구멍이 난 종양인 시체가 나왔다는 이야기를 들었을 때 에블린은 수를 떠올렸다. 에블린은 탈레반 청년에게 하룻밤을 제공하고 며칠 뒤 수의 몸을 돌려받았다. 에블린은 자기가 한 달가량 머물렀던 거미의 집으로 죽은 수를 데려갔다. 수는 자기가 살던 사막의 빈 집으로 돌아왔다.

　에블린은 수를 집 한가운데 벽과 벽 사이에 그냥 놓아두었다. 땅에 말뚝을 박고 동아줄로 몸을 엮어 모래 바람에 휩쓸려가지 못하도록 했다. 동시에 바람에 서서히 날아가 소멸하도록 내버려두었다. 그리고 조용하게 울었다. 초혼이라도 하듯 아랍의 여자는 먼 동양의 남자를 위해 주문을 외웠다. 내겐 이렇게 들렸다.

　잘 있거라, 짧았던 밤들아
　잘 있거라, 더 이상 내 것이 아닌 열망들아**

　책은 세상을 향해 말을 한다. 그러나 그것은 언제나 우리가 알고 있는 것들과는 전혀 다른 것들을 이야기한다. 내가 생각했던 것과도 다른, 내가 바라는 것들과도 다른, 알 수 없는, 나보다 그 이상인 것, 그러나 이미 책 속에 미리 씌어진 어떤 것들이 세상을 향해 소리친다.

통제할 수 없는 욕망의 책. 수는 사건을 만들었지만 지금 책 속에 없다. 나는 그를 책 밖으로 불러내 사막으로 돌려보낸다.

0.0

사막으로 들어가는 자에게 왜 가느냐고 물으면 거기 아무것도 없기 때문이라고 말한다. 아무것도 없는 것이 사람을 매혹한다.

여자는 빈 집이다. 몸속에 텅 빈 장소를 지녔다. 거기 잠시 들어가 눕는다. 한때 존재의 근원이었던 장소. 시간이 빠져나간 흔적을 지닌 곳. 아무리 보아도 구멍 그 자체로 텅 빔. 그것의 지속 혹은 반복.

세상은 텅 비었고 사람들은 거기 들락거린다.

---

* 이성복 「남해금산」
** 기형도 「빈 집」

폐허와 빈 곳

✻

어딘가에서, 불명의 장소에서, 어디에서나, Somewhere, Anywhere,
어떤 형태로, 아마, 있을 수 있는, 있어야 하는 결정하기 어려운,
—자크 데리다

이곳에는 아무것도 없다. 아무것도 없다는 사실만 존재한다. 누군가 오래전에도 이곳에 아무것도 없었느냐고 물었다. 그것은 아무도 모른다. 지금보다 먼 과거에, 그보다 더 전에 그리고 시간의 이전에 무엇이 있었는지 알 수 없다. 최초의 기억을 아직까지 지니고 있는 사람은 아무도 없었다. 여기 무엇이 있었는지, 단지 지금 없다는 것인지 말할 수 없다. 다만 어떤 흔적이 남아 있다. 그것으로 아주 오래전에는 무언가 존재했을지도 모른다고 짐작할 뿐이다. 폐허의 흔적. 없지만 있는, 아무것도 아니지만 어떤 것.

　누군가 사이버스페이스가 아무것도 없는 곳에서 무엇인가 발생한 것인지 아니면 다른 차원에서는 늘 있어 왔으나 이제야 발견한 처녀지인지 물었다. 거기에 대해서 과학자들은 궁극적으로 발명이란 존재한 적이 없었으므로 결국 발견에 불과하다고 대답할 것이다. 예술가들에게 그곳은 건축할 수 없는 곳이다. 아무도 그곳에 집을 지을 수 없다. 하지만 거기에는 서버라고 알려져 있는, 무한대의 정보를 담을 수 있는, 보이지 않는, 진정한 의미의 기적의 도서관이 자리 잡고 있다. 도서관의 지식과 정보는 네트워크를 통해 무한히 공유되고 증식하고 움직이는 지식 창고를 날마다 새로 짓고 있다. 하지만 눈으로 볼 수도 손으로 만질 수도 없다. 어느 시인의 말처럼 그곳은 "꿈의 이동 건축"이라고 말할 수 있을 것이다. 그곳은 점점 팽창하고 있다. 아무리 먹어도 여전히 배고픈 주머니였다. 겉이나 경계가 없고 다만 속(內)으로만 존재한다. 형식이 없는 내용, 오직 지식의 총화, 그것 자체이다. 그곳엔 아무도 따로 집을 짓지 않았다. 거기엔 모든 게 다 벌거벗은 채 있었다.

이곳은 가난하고 춥고 쓸쓸하다. 여기는 황폐한 곳이다. 이제 더는 아무도 살지 않는다. 그전에 누군가 살았다는 흔적이라도 찾을 수 있다면 하고 바랄 뿐이다. 흔적이라도 찾을 수 있다면……. 이런 말은 고고학자들의 어설픈 자기증명이었다. 폐허로서의 흔적, 아무것도 없는 여기야 말로 어떤 것이 존재했다는 역설의 자리이다.

K에게 전몰 의병들의 유적지를 만들라고 요청한 것은 S시였다. Y시와 G, J군에서도 지원금을 냈다. K는 S시 외곽에 전몰 의병들을 위한 위령비와 기념관을 지어야 했다. K의 회사에서 설계와 시공 그리고 감리까지 일괄했다. K는 그곳에서 일한 지 10년이 지났지만 아직까지 회사 조직을 다 알지 못했다. 위령비와 기념관의 규모와 구체적인 설계도는 이미 오래전부터 나와 있었지만 정작 터를 잡는 것이 문제였다.

S시와 Y시는 적극적으로 바다가 보이는 야트막한 산 언덕배기에 지어야 한다고 목소리를 높였지만 정작 의병들의 주 무대였던 G와 J군에서는 강을 아우르는 산 중턱을 고집했다. 두 군데 다 일리가 있었다. S와 Y시의 경우 의병들이 활동한 곳이 한두 개 마을에 이르는 것이 아니라 이 지역 전역에 골고루 퍼져 있었으므로 사람들이 찾기 쉽고 앞으로 관광지로 개발할 수 있는 곳에 자리 잡아야 한다는 것이었다. 그러나 의병의 후손들이라고 주장하는 G나 J군 사람들은 조상들을 기리기 위해서는 그분들이 살았고 목숨을 다 바쳐 싸웠던 바로 그곳에 세워야 한다는 것이었다. 하지만 바로 그곳이란 과연 어디인가. 아무도 그곳을 정확하게 짚을 수 없었다. 그리고 그곳엔 정작 의병들의 무덤이 있는 게 아니라 이미 다른 무엇들이 가득 차 있었다. 여기에 죽은 자들을 다시 모실 수는 없었다. 이미 산 자들이 훼손한 땅이니 말이다.

K와 이 사업에 동원된 사람들은 가능하면 현재 주민들이 살지 않고 어느 정도 역사적 근거를 댈 수 있으면서도 사람들의 발길이 드문 곳을 원했다. 그래야 의병들이 그곳에서 전몰했다는 역사를 새로 쓸 수 있었기 때문이다.

몇몇 역사가들이 정말 그들이 전몰했을 만한 자리를 짚어주지 않은 것은 아니다. 그러나 기념관 터로 지정할 만한 곳이 나오는 족족 반대에 부딪혔다. 쓸 만한 터를 구하기도 전에 무슨무슨 유족회니 무슨 기념사업회니 하는 단체들의 압력이 대단했던 것이다. 사실 K는 자신의 설계도대로 잘 지어질 만한 터를 고르는 것 외에는 특별한 관심도 없었다. 4.19묘지나 5.18묘역이 역사의 현장 바로 그곳이 아닌 바에야 좋은 터라면 별 상관이 없었다. 하지만 아무리 K가 스스로에게 이번 일 역시 하나의 일일 따름이라고 이야기한들 이 건축물은 예전에 지었던 것과 사뭇 다를 것이 틀림없었다. 말하자면 약간 심오한 무엇, 어쩌면 숭고하기까지 한, 인간의 존엄에 관해 뭔가를 예시하는 듯한, 그래서 보는 이들로 하여금 감동을 이끌어내는 것, 뭐 이런 것을 내심 기대하고 있었던 것이다. 기왕에 지어질 바에야 정말이지 기념비적인 건축물이 된다면 더할 나위가 없지 않은가. K는 아직 그만한 자리를 발견하지 못했다. 여기가 마음에 든다 싶으면 도저히 사람들이 찾아올 만하지 않았고 위험이 높은 절벽이거나 산을 절반쯤 깎아야 했으므로 비용이 만만치 않았다. 또 다른 곳은 이미 다른 종류의 위령비가 서 있거나 보상 작업이 난항을 겪거나 알 만한 사람들은 풍수지리를 들먹이며 터무니없는 주장을 했다. 선산이라면서 절대 땅을 내놓지 않는 사람도 있었다.

처음 K가 발견한 곳은 지은 지 천 년 가까운 사찰이 중건을 포기하고 세상과 좀 더 가까운 곳으로 불당을 옮기고자 매물로 내놓은 곳이었다. 어떻게 천 년 고찰을 팔 수 있을까 싶었지만 깎아지른 절벽에 가파른 오르막길을 보자 적극적인 포교를 결심한 스님들이 갑자기 딴 맘이나 먹지 않을까 걱정이 앞섰다. 회사의 보스는 이런 식의 문화재 공사를 입찰하는 데 맛을 들인 터라 실값에 공사비만이라도 받을 수 있다면 에누리 없이도 일을 할 생각이라고 말했다. K의 회사는 다른 곳에서도 엄청난 이익을 내고 있어 문화재 사업은 회사를 알리는 좋은 홍보 수단이었다. 스님들은 산 아래쪽에 더 크고 사람들의 왕래가 자유로운 곳에 부지를 사들이고 싶어 했다. 이미 원하는 땅의 반 정도는 입수한 상태였다. 보상은 그리 어렵지 않아 보였고 절벽 반대편을 평지로 만드는 작업도 할 만해 보였다. 다만 중장비가 산꼭대기까지 들어갈 수 없어 헬기로 장비 몇 개를 실어날라야 하는 문제가 있었다. K는 군 수송 헬기를 섭외했고, 지역 담당자는 중요 사찰이 불에 타는 사건 뒤로 소방 당국과 협조해 가끔씩 헬기 동원 훈련을 한다며 공사 기간과 타이밍을 맞춰보겠노라고 나섰다.

아무런 문제가 없어 보였다. 약 20일간 실사가 진행되고 곧 공사에 착수하려던 찰나 이 근방에서는 단 한 번도 전투가 없었고 의병이 왜군에 쫓겨 은신했다는 증거가 전혀 없다는 역사학계의 주장이 강하게 대두되었다. K는 그냥 웃었다. 학계는 늘 현장에 없었으므로 한 박자 늦게 사실을 증명할 수밖에 없었다. 그가 설계도를 그리는 시간이 충분치 않다며 클라이언트에게 투덜대듯이 그들도 K가 아무런 역사적 지식도 없고 심지어 고증조차 거부한 채 독단적으로 일을 처리한다며 목소리를 높였다. 그렇다면 전몰 의병들은 도대체 어디에서 싸웠으며 어디에서 죽었단 말인가. K는 별 다른 반대 의사를 내세우지 않고 물러섰다. 위령비와 기념관은 어디에나 세울 수 있었다.

K는 오직 애초부터 설계도대로 잘 건축되느냐 그렇지 못하느냐 외에는 관심이 없었다. 아울러 건축물의 예술적 가치나 효용성 혹은 도시 디자인과 맞아떨어진다면 금상첨화였다. K에게는 시간이 충분했다. 공사 발주에서부터 감리까지 진행되는 동안 회사에서는 급료를

꼬박꼬박 지불하고 있었다. 설사 공사가 중간에서 취소된다고 하더라도 그에겐 큰 피해가 없었다. 단지 자신이 짓는 건축물의 목록에서 하나가 줄어들 뿐이었다. 사실 많은 건축물을 지을 필요도 없었다. 이번 일 역시 뭔가 다른 것을 지어보려는 욕심만 뺀다면 그저 일의 추이에 따라가면 별 탈 없을 터였다. 물론 그가 설계했다는 기록이 남고, 건축물이 그가 죽은 뒤에도 남아 건축가의 존재를 증명할 테지만 그가 자신을 예술가로 여기는 일 따위는 앞으로도 없을 것이며, 이름을 남긴다는 것에 대해 자부심을 느껴야 할 아무런 이유도 없었다. 대신 K는 자기가 만들어놓은 건축물을 보고 예술적 가치가 있다고 평가하는 비평가들의 말에는 이율배반적으로 귀가 솔깃했다. 돈벌이로 집을 지었는데 칭찬까지 들으니 두 배로 돈을 번 듯한 기분이랄까. 그런 면에서 건축가라는 직업은 그럭저럭 해볼 만한 일이었다.

왜 그런 결정이 내려졌는지 K도 잘 몰랐다. 한 달쯤 지나자 기념관 부지 선정 책임은 J군 출신 A에게 맡겨졌다. A는 소설가였다. 역사학자도 건축가도 아닌 작가라니 도무지 이해할 수 없는 짓거리였다. 하다못해 풍수지리를 하는 사람이라면 또 몰랐다. 하지만 소설가라니. 역사소설을 쓴 것도 아니고 이 고장에 관한 향토적인 작품 하나 내놓지 못한 위인이었다. 기껏해야 연애소설 따위를 몇 편 썼으며 지방대학에서 학생들을 가르친 게 이력의 전부였다. 그가 일본 자본가와 안면이 있어 이 지역에 박물관을 건립하려고 한다는 소문이 파다했지만 아직 밝혀진 것은 아니었다. 대신 애초의 입안자인 S시나 Y시보다는 이제 J군이 주도권을 행사하고자 한다는 게 달라졌을 뿐이다. K는 이제 J군 소속 공무원들의 명령에 따라야 할 판이었다. 공무원들은 전혀 말이 통하지 않았다. 하는 일이라고는 말도 되지 않는 보고서를 작성하는 것뿐이었는데 K에게도 새로 보는 후보지에 대한 견해를 문서로 작성하라고 난리였다. 새로 투입된 소설가라는 작자는 도통 입을 열지 않았다. 공무원들을 따라 와서는 K에게 인사를 한 뒤 그저 조용히 동행하는 것 말고는 옆에 있는지조차 모를 정도였다. 한 가지 흥미로운 점은 A는 K가 보는 지점만 바라본다는 것이었다. K가 먼 산을 바라볼라치면 같은 곳에 꽂히는 A의 시선을 느낄 수 있었다. 먼 바다를 볼 때도 계곡이나 절벽 아래를 내려다볼 때도 A는 K 뒤에서 유령과 같이 K의 시선을 쫓았다. K의 시선 위에 A의 시선이 겹쳤다. 항상 그랬다.

"의견이 있으시면 서슴지 말고 말씀해주십시오."

공무원들이 채근을 해도 A는 입을 열지 않았다.

K는 일부러 A에게 말을 걸지 않았다. 건축에 대한 상식이라고는 건축법 조항 몇 개 외우는 것이 전부인 공무원들이 쏟아내는 땅 품평도 아주 지겨워서 죽을 지경이었다. 그나마 A가 입을 다물고 있는 것이 K의 존재감을 부각시켰다. A가 공무원들의 질문에 아무런 대꾸가 없으면 으레 K에게 의견을 물어오니까 말이다.

가끔 A가 입을 열 때도 있었다. A는 공무원들에게는 일절 말을 하지 않았지만 K에게 지형에 대해 묻거나 위령비와 기념관의 규모나 디자인 설계상의 기본 원칙이나 어떤 공법인지를 물었다. 하지만 그 질문이라는 것이 정리된 것이라기보다는 문득 생각났다는 듯이 여기는

지반이 약한가요? 위령비를 무슨 돌로 만듭니까? 따위였다. K는 가능하면 전문적인 용어를 쓰지 않으면서 A가 쉽게 이해하도록 설명했다. 하지만 A가 K의 말을 듣고 있는지 알 수 없었다. A는 질문은 했지만 막상 대답에는 별 관심이 없는 사람처럼 보였다. K가 말하고 있는 순간에도 자기만의 생각에 빠져 있는 것처럼 초점이 흐릿했다. 다른 사물을 볼 때는 항상 K의 시선을 따라 그 위에 눈길을 고정했지만 서로 마주볼 때는 도무지 뭘 보고 있는지 알 수 없었다.

"절벽 꼭대기 바위 곁에 선 나무를 베지 않고 기념관을 세울 수는 없나요?"

A가 애초에 K가 발견한 산꼭대기의 고찰터에 왔을 때 예사롭지 않은 눈빛으로 물었다.

"이곳이 마음에 드나요?"

K가 되물었다.

"소나무가 좋습니다."

K가 이곳을 선호하는 것도 바로 소나무 때문이었다. 처음 볼 때부터 백송에 가까운 희고 푸른 소나무가 마음에 들었다. 멀리서도 큼지막한 바위와 맞서는 형상으로 조화를 빚었다. K는 설계 도면에서 위령비의 길이를 좀 더 줄이고 기념관의 높이를 낮추는 한이 있어도 소나무를 올연히 살아나게 만들 참이었다. 인공이 자연을 재배치할 절호의 기회였다.

"나무를 베고 싶은 생각은 전혀 없습니다."

K는 A를 향해 안심해도 좋다는 표정을 지었다.

"그런데 왜 산을 자르려고 하십니까?'

K는 말문이 막혔다. 산을 자르려고 하다니. K는 단지 위령비와 기념관을 건축하고자 할 뿐이었다. 목적을 이루려면 산을 깎고 땅을 밀고 물을 막거나 끌어당기거나 해야 했다. 단순히 자연환경을 훼손하는 것이 아니었다. 환경과 생태를 걱정한다면 처음부터 다시 기획해야 할 것이다.

"화전민에게 불을 내지 말고 농지를 개간하라는 말처럼 들리는데요."

"미안합니다. 나무를 베지 않고 건축 디자인을 살리려는 의도는 좋습니다. 다만 산을 자르면 의병들이 지키고자 한 것이 사라지겠죠."

K는 화가 치밀었다. 자기가 하고자 하는 일이 바로 의병들을 기리는 일인데 그 의미를 반복해서 따져서는 일 자체를 못하게 막으려 하다니 기가 막혔다. 이런 걸 적반하장이라 해야 할지 의미전도라고 해야 할지 말문이 막혔다.

"그것은 역사 공부하는 분들에게 해야 할 질문 같습니다만."

"건축물만큼 역사적인 대상도 없지 않습니다. 지금 사람들이 이곳에서 하려는 건 건축이라기보다는 역사적 행위 같은데요."

K는 A의 면상을 갈겨주고 싶었다. 도대체 소설가라는 작자들은 입만 열면 궤변들이었다. 저런 세 치 혀로 아무것도 만들어내지 못하면서 말만은 청산유수였다. 며칠 동안 아무 말 않고 있더니 기어코 본색을 드러내고야 마는군. K는 A에게서 고개를 돌리고 침을 퉤 뱉었다. A는 더 이상 대꾸하지 않고 몸을 돌리고 산을 내려갔다. K는 비틀거

리며 위태롭게 걸어가고 있는 A를 보면서 혹시 그가 다리를 절고 있는 것은 아닐까 하는 느낌을 받았다. 그 뒤로 며칠 동안 A는 아무런 말도 하지 않았다.

K가 두 번째로 마음에 든 장소에는 이미 카페가 자리 잡고 있었다. 이곳은 A가 먼저 발견한 곳이었다. 어쩌면 A의 아지트라고 할 수도 있을 만큼 이미 잘 알고 있었던 곳이었다. A는 이런 곳이라면 어떻겠느냐며 조심스레 운을 뗐다.

"여기라면 관광 목적에도 꽤 소용이 닿지 싶은데요."

'모리아'는 바다로부터 약 800미터 떨어진 언덕배기에 올라앉아 있었다. 바닷가에 있는 카페 이름이 모리아라니 우스꽝스러웠다. 아브라함이 이삭을 바쳤다는 유대교의 성지 아닌가. 카페 마당은 아래로 경사가 15도 기울어져 온갖 꽃과 나무와 풀들로 덮여 있었다. 서양식도 아니고 일본이나 중국식도 아닌 어정쩡한 정원이었다. 조경의 원칙이라고는 찾아볼 수 없었지만 아담하고 정성스레 가꾸었다는 느낌이 들었다. 카페는 고요하고 예뻤다. 하지만 이곳에 전몰 의병의 위령 공원을 만들 수는 없었다. 싸움터를 연상시키기엔 이곳은 너무 평화로웠다. 뭔가 결의를 다지고 독립정신을 되새길 만한 장소는 아니었던 것이다. 그러나 마을로부터 멀찍이 떨어졌고 바다와 거의 맞붙어 있는 언덕배기라 건축물을 짓기에는 안성맞춤이었다. 역사에 대한 고려만 없다면 이만한 곳도 없다는 생각이 들었다. 흠이라면 너무 앙증맞고 고요한 풍경이었다.

"딱 이만했으면 좋겠군요."

K가 말했다.

"만들어놓고 보면 이 근방 모두 이런 모습일 겁니다. 그걸 원하나요?"

A가 무슨 말을 하든 K는 숨이 막히는 것 같았다. 기껏 도움이 될 만한 곳을 보여주겠다고 데려와서는 이런 곳에 위령탑을 세우면 모두 카페 같은 모형이 될 거라며 그런 걸 원하느냐고 되묻다니 정말이지 기가 막혔다. 정말 뭘 어쩌자는 것인가. 하기야 A의 생각이 틀린 것은 아니었다. 터로 보아서는 이곳만큼 수월하게 위령 공원을 조성할 만한 곳도 드물었다. 그러나 결정적으로 지대가 너무 얕았다. 아무리 작은 묘역이라도 과거의 역사를 딛고 미래를 향해 돌올하게 일어서는 맛이 있어야 하지 않겠는가. 또 역사가 발목을 잡았다. K는 오락가락하고 있는 자신이 싫었다. 누가 딱 그만 한 자리를 잡아두고 빨리 건축하라고 채근했으면 싶었다.

갯벌에 몸을 묻고 물이 차기를 기다리는 낡은 배들이 몇 척 누워 있었다. 그중에는 몸뚱어리가 산만 한 것도 있었다. 폭풍을 이겨낸 배도 갯벌 속에서는 장애를 겪는 어린아이처럼 벌러덩 드러누운 채 마냥 물을 찾고 있었다. K는 폭풍의 위력에 맞서는 강건한 건축물을 상상했다. 그리고 동시에 세월의 풍상에 먼지로 소멸하는 빈 집의 형상도 떠올랐다. K는 자신이 지으려는 집이 진정 죽은 자들을 위한 것이라면 웅장하지도 장엄하지도 않아도 될 것 같았다. 그들의 넋만을 기린다면 이런 야트막한 언덕배기의 권태로움도 그리 나쁘지 않을 것 같았다. 이 일이 빌어먹을 역사적 사업만 아니라면.

"산으로 둘러싸이고 분리된 장소이며 동시에 사회공동체로부터 너무 떨어지지 않은, 그러니까 우리 지역 속에 들어와 있는 듯하고 그러면서도 바깥에 있는 듯한 그런 느낌을 주는 곳이어야 합니다. 마치 독일이나 오스트리아에서나 볼 수 있듯이 시내 한복판에 있는 묘지 같은 곳이라고나 할까요."

특별시에서 고문으로 내려온 건축가 O가 떠벌렸다. 그와 몇 명의 도시 건축가들이 특별시 한복판에 맑은 개천을 되살리고 공원을 조성했다. K의 기획안에도 비슷하게 씌어 있는 말이었다. 이미 도시가 완벽하게 건설되어 있고 그 한가운데 기념비적인 무엇인가를 세우는 것은 그리 어려운 일이 아니다. 하지만 아무것도 없는 곳에 뭔가를 세운다는 것은 언제나 그 뒤에 벌어질 일에 대해서 생각해야만 한다. 문제는 지금이 아니라 나중이었다. 당장은 눈에 보기 좋은 곳에 위령비와 기념관을 세울 수 있다. 그러나 만에 하나 그곳이 적당한 장소가 아니라면 유목민이 천막을 걷어 풀이 많은 곳으로 이동하듯이, 혹은 수몰지구로 선정된 고택을 이동하는 수준으로는 뒷일을 감당할 수 없다. 위령비와 기념관은 단 한 번 세워져야만 한다. 그것을 다시 옮기거나 두 번째로 세우는 일은 전혀 의미 없는 일이며 또 불가능하다. 죽은 자들이 두 번 죽을 수는 없으니까 말이다.

K는 건축가였지만 A의 말대로 역사적 행위에 이미 휘말려 있었다. 그것이 그를 점점 짜증나게 했다. 그는 누구도 흉내 낼 수 없는 훌륭한 설계도와 첨단 공법의 완벽한 조화를 맛보고자 할 뿐이었다. 사실 전몰 의병들을 기리는 일은 건축이 다 끝나고 난 뒤 민족주의 사관을

신봉하는 역사학자들이나 애국심에 불타는 시민들이 담당하면 그뿐이었다. K는 보는 사람마다 칭송하는 멋진 건축물을 세우기만 하면 그것으로 족했다. K와 K의 건축물이 역사가 되는 것은 어차피 자신이 죽고 난 뒤의 일이니까 상관할 바가 아니었다. 하지만 소피아 성당을 침탈하고 현재의 주인이기도 한 이슬람이 다시 그곳을 본래의 모습으로 복원할 수밖에 없었듯이 전몰 위령비와 기념관은 목적에 부합한 곳에 세워져야만 했다. 개선문을 센 강변에, 자유의 여신상을 맨해튼에 세울 수는 없으니까 말이다.

O가 나타난 뒤로 A는 모습을 보이지 않았다.

"아우슈비츠 수용소에 아우슈비츠 기념관을 세우는 것과 우리의 기념사업은 다릅니다. 우리가 전몰 의병들을 기리는 사업 자체에 의미가 있으니까 사업 목적이나 의의에서 크게 벗어나지 않는다면 적당한 장소에…….."

"그래서 그게 어디라는 거요?"

S시 건축 담당자가 입을 열자 J군 군수가 소리를 높였다. 결국은 J군에 세우자는 뜻이었다.

"요즘 J군에 일본 쪽 자금이 유입됐다는 소문이 파다한데 그 돈으로 전몰 의병들을 기린다는 게 말이나 됩니까?"

Y시 시장이 되받아 소리쳤다.

"자금은 무슨 자금이요. 먹고 죽으려고 해도 돈이 없는데. 설령 돈이 물 건너왔다고 칩시다. 지금이 일정시댑니까? 돈이야 무슨 돈이든 좋은 일에 쓰면 됩니다. 하지만 돈이 없어요. 그 돈 좀 구경이나 합시다."

"그래도 쪽바리 돈은 안 됩니다."

"돈이 없대도 그러네."

"그럼 왜 이 사업에 그리 열을 내는 거요? 돈도 없다면서."

"돈 때문입니까. 사업이 중요해서지요. 우리 고장에 그 후손들만 해도……."

K는 머릿속으로 설계도를 다시 그렸다. 짧은 지식으로 볼 때 전몰 의병들은 대체로 두 군데서 전멸했다. 한 곳은 산이었고 다른 곳은 강이었다. 아니면 산에서 끌려 내려와 강가에서 처형당했다. J군에는 의병들을 재판하던 간이재판소가 있었다. 그곳을 헐고 위령비와 기념관을 세우자는 말도 있었다. 하지만 지금 그곳은 지방법원이 자리하고 있었다. 법원은 옮길 수도 있다는 입장이었다. 정작 문제는 보상비를 감당할 수 없다는 데 있었다. 그곳의 땅값이 J군 내에서는 가장 높았다. 그리고 주변에 사는 아파트 주민들의 민원도 끊이지 않았다. 법원 자리에 기념 공원이 들어서면 집값만 폭락한다는 이유에서였다. 법원은 지나치게 J군 한복판에 있었다. 이것은 생태공원을 만드는 일과는 전혀 달랐다.

G군에서는 한일합방을 통탄해 자결한 한학자의 생가 주변을 기념 공원으로 조성해야 한다고 뒤늦게 주장하고 나섰다. 하지만 그분은 실제 전투에 나가 싸운 전몰 의병들과는 전혀 다른 측면에서 독립에 기여했으므로 이번 사업과는 무관하다는 게 역사학자들의 입장이었다.

"왜 그렇게 장소가 중요한 것일까요?"

O의 패거리가 떠난 뒤 조용히 나타난 A가 물었다.

K는 A의 질문에 당신이 더 잘 알고 있지 않느냐고 쏘아붙이고 싶었다.

"거기에 역사적인 사실이 있었다는 것을 증명하려니까 그렇겠죠."

A는 고개를 끄덕였다. 그러고는 또 며칠 동안 아무 말 없이 후보지를 돌아보기만 했다.

"물 위에 집을 짓는 것은 정말 바보들이 하는 짓일까요?"

바다 근처에 오자 A가 뜬금없이 물었다.

"베니스나 세계 여러 곳에 수상가옥이 있으니까 그렇게만 볼 수 없죠."

K는 A의 입을 다물게 하고 싶었지만 이야기가 모두 건축에 관한 것이다 보니 저도 모르게 휘말려들었다. 묘한 경쟁심 같은 것이 발동한 탓도 있었다.

"우리가 지으려는 것도 J, G, S, Y를 모두 가로지르는 강 위에 있으면 안 될까요?"

A가 혼잣말하듯 중얼거렸다. K의 동의 따윈 애초에 원하지 않는다는 태도였다.

"유람선처럼 띄우게요? 소설가다운 발상입니다만 웃음거리가 될 뿐입니다."

K가 웃자 A는 혼잣말처럼 중얼거렸다.

"목을 친 시신들을 수습해서 땅에 묻었을 가능성이 크지만 불살라

강물에 뿌렸을지도 모릅니다."

"그렇다고 물 위에 기념관을 짓자는 얘깁니까?"

K는 정말 화가 치밀어 견딜 수 없었다. 왜 일본으로 끌고 간 자도 있을 텐데 대마도나 오사카에 땅을 사서 비를 세우는 게 낫지 않겠느냐고 소리 지르고 싶었다.

"K씨, 저놈의 공무원들한테 차라리 인터넷 홈페이지나 하나 만들자 그래요. 건축은 무슨 놈의 건축."

고문 노릇을 하던 S시 국립대학 건축과 교수인 P가 K의 어깨를 툭 치며 지나갔다.

K는 웃었다. A도 들었는지 K를 향해 웃었다.

K는 좀 더 큼지막한 항구로 갔다. 일본에서 배가 들어왔을 만한 곳을 찾았다. 대부분 왜적은 P항으로 들어와 서진해서 이곳으로 왔다. S만이나 H곶에 정박한 배는 거의 없었다. 이 바다는 오래전부터 오로지 우리 바다였고 우리 배들만이 들고 났다. 일본의 흔적이 전혀 없는 곳이 오히려 전몰 의병들의 위령지일 수 있었다. 그들은 오로지 우리 땅이 우리 것으로 존속하기를 바라고 죽음을 선택했으니까 말이다. 일본이 넘볼 수 없었던 바다 끝에 위령비와 기념관을 세우는 것도 좋을 것 같았다. 차라리 A의 황당무계한 발상처럼 아예 바다 한복판에 세울 수 있다면 더할 나위가 없으리라.

썰물이 빠져나간 갯벌에는 조개 무덤이 여기저기 보였다. 사람의 무덤이 죽은 몸을 감싸는 것이라면 조개의 무덤은 몸이 빠져나간 빈 껍질이었다. 인간에게는 가죽이나 껍질이 없다. 그저 맨몸뿐이었다.

그래서 사람들은 집을 짓는지도 모른다. 알몸으로는 바람도 추위도 뜨거운 햇볕도 막아낼 수 없다. 맨몸뚱어리로는 죽어서도 몸 밖의 세계를 견딜 수 없을 것이다. 인간은 세상 속에 작은 세계를 여러 개 짓고 몸을 숨기며 살고 있다. 죽고 나서도 그 방식대로 살아갈 것이다. 그러므로 인간은 불멸한다. 결코 죽지 못한다.

"예수는 지상에 무덤을 만들지 않았습니다."

종교계 대표로 나와 반대 의견을 제시하던 목사의 말이 떠올랐다. K는 피식 웃었다.

전몰 의병들 역시 아직까지는 묘지가 따로 없었으니 목사의 말에도 일리가 있었다. 하지만 그들의 흔적을 찾아 위령비와 기념관을 세우려는 계획은 없는 무덤을 만들고자 하고 있으니 문제였다. 이 마당에선 구태여 무덤이 있니 없니 하며 원점으로 되돌아갈 필요는 없었다. 성지를 순례하는 자들을 위해 아리마대 요셉의 동굴을 열고 거기 묻힌 사람들을 다 옮긴 뒤 부활한 예수의 텅 빈 무덤을 보여줄 수도 없지 않은가.

건축이 역사를 만나는 일은 그리 유쾌한 일이 못 됐다. 이것은 고건축물이 그 자체로 역사가 되는 것과는 차원이 달랐다. 역사에 대한 사후 건축물이란 얼마나 옹색한 변명인가. 의병들이 싸우고 있을 때 우리는 무엇을 하고 있었는가. 그때 살아남은 자들이 지금 기념비를 세우려고 하고 있다. K는 처음으로 이 일을 맡은 것이 잘못된 선택은 아니었을까 회의하기 시작했다. K는 건축이란 인간의 활동 중 가장 기본적이면서도 궁극적인 것이라고 믿고 있었다. 인간이 이 땅에 살았음을 증명하는 최초이자 마지막 자기증명이 바로 건축이었다. 물론 다른 말로는 폐허였다. 건축은 폐허의 동어반복이었다.

저녁이 밀려들고 있었다. 이곳은 우리나라에서 가장 아름다운 노을이 지는 곳 가운데 세 번째이다. K는 첫 번째나 두 번째를 알지 못한다. 그곳에 가본 적이 없다. K는 건축가라는 직업에 어울리지 않게 여행을 좋아하지 않았다. 이 일을 맡고부터 이 일대 풍경 좋은 곳은 거의 다 둘러보았다. 이 지역의 풍광은 사람에게 많이 노출되지 않았다. 그래서 덜 훼손되었고 덜 화려하고 덜 유명하다. 이토록 아름다운 곳이 덜 알려졌다는 사실이 이곳을 더 아름답게 만드는 이유이다. 관광객들로 북새통을 이루고 이곳의 경치를 집에까지 가져가려는 사람들이 늘어날수록 풍광은 닳아서 없어질 것이다. 아름다움은 언제나 노골적으로 옷을 벗지 않는 데 있다. 사람들은 탐욕스럽게 자연의 옷을 벗기고 그 몸을 핥고 빤다. 자연은 닳고 닳아서 사람을 닮아간다. 아름다움이 빛을 잃는 것이 아니라 닳아빠진 표면이 빛을 반사한다. 사람들은 눈이 먼다. 더 이상 아름다움을 보지 못한다.

먼 바다로 나갔던 소금물이 다시 갯벌로 돌아왔다. 물의 표면은 노을빛을 받아 노랗고 불그레하고 푸르면서 동시에 점점 검게 변했다. 파도의 겹마다 색깔이 달랐다. K는 다시 한 번 물 위의 건축을 꿈꾸었다. 파도에 떠밀려 저만치 먼 바다에서 기우뚱거리며 출렁이다가 다시 밀물 때면 갯벌 위에 혹은 모래 위에, 해변의 마을 한복판까지 떠밀려와 저녁밥을 얻어먹거나 잠시 헤엄에 지친 몸을 쉬는 건축물.

K는 거의 한 달 동안 붙어다니면서 정신을 어지럽힌 소설가 A의

존재를 실감했다. 어디 갔는지 보름째 보이지 않는 그가 그립기까지 했다. 아마 공무원들에게 다시 잡혀와 지금까지는 아무것도 아닌 어떤 장소를 선택하라는 요구를 받게 될 것이다. A는 도대체 얼마나 받고 부지 선정의 책임을 떠맡은 것일까. 그는 고문도 아니었고 실무자도 아니었지만 한편으론 결정권자를 대리하고 있었다. 그런데도 공무원들이 하라는 대로 묵묵히 따를 뿐 정작 결정적인 순간에는 아무말도 하지 않았다. 어차피 전문가나 고문들의 의견을 종합해 최종 결정을 내리는 것은 공무원의 우두머리였다. A도 이미 알고 있다는 듯 자기 의견을 말하라는 대목에서는 굳게 입을 다물었다. 괜히 어처구니없는 질문만 하지 않는다면 K는 A가 옆에 있는 게 한결 마음이 편했다. 하지만 그것은 일종의 위상학일 뿐이었다. K 옆 A 〉 K 옆 공무원들.

"왜 항상 내가 보는 걸 보려고 애를 씁니까?"

K가 먼저 A를 향해 질문을 던졌다.

"나는 스스로 볼 줄 모릅니다. 건축에 대해서는 장님이니까요. K씨, 당신의 눈을 통해서 볼 뿐입니다. 당신이 보는 것만 볼 수 있지요."

"그럼 내가 보지 못하는 문제점들을 어떻게 볼 수 있습니까? 당신이 여기 온 목적이 그거 아니던가요?"

"먼저 보아야 나중에 문제점을 찾을 수 있습니다. 그저 K씨의 눈을 빌려 많이 보고 싶습니다. 딱히 이번 일 때문만은 아니고 건축가의 눈으로 세상을 보면 어떻게 달라지는지 느껴보고 싶거든요."

"그래, 뭐가 다르던가요?"

"글쎄요. 우리가 무엇을 본다는 것 자체가 사실 눈먼 것이 아닐까요. 정작은 그쪽에서 우리를 보는 게 아닐까 싶습니다."

K는 고개를 절레절레 흔들었다. A는 틀림없이 삼류일 게 뻔했다. 언제나 핵심을 비켜서 도통한 사람처럼 이야기하니까 말이다. 무엇인가를 보려고 시선을 대상에게 주는데 그것은 눈먼 것이며 그쪽에서 나를 봐야 한다니. 그래서 다음엔 뭘 어쩌자는 것일까. 대상이 주체에게 무엇을 할 수 있단 말인가.

"A씨, 언제 부지 선정이 끝날 것 같습니까?"

K는 부동산 투기를 하려는 것도 아닌데 지루하게 땅만 보러 다니는 자신이 한심스러웠다.

"K씨 결정에 따라서 결정 나겠지요."

"뭐라고요. 제발 동어반복 좀 하지 마세요. 난 A씨 결정에 따라 집 짓는 사람이지 내가 결정할 수 있는 게 뭐가 있습니까? 저 공무원들 보는 것도 아주 지긋지긋합니다. 공무원들이 결정 내리는 데 결정적인 역할을 하라고 A씨를 모시고 온 것 아닙니까?"

"그건 맞습니다. 하지만 궁극적인 결정은 전적으로 K씨에게 달려 있습니다. 건축가가 자기가 건축할 터를 고르지 누가 고르겠습니까?"

"그럼 공사가 시작조차 되지 못한 게 다 내가 부지를 고르지 않아서라는 말입니까?"

"지금까지는 그렇다고 볼 수도 있습니다. K씨가 부지를 선택하지 않은 것만은 사실이니까요."

"아니 그럼 거의 공사 직전까지 갔던 것은 다 뭐란 말입니까? A씨도 마음에 들어 했던 백송이 있는 절터 말입니다. 하마터면 거기 집을 지을 뻔 했잖습니까?"

"네, 그랬다는 얘기는 들었습니다."

"역사학자들이 반대하는 바람에 못 지었죠. 사실 여기를 부지로 선정할까 하면 유족이나 후손들이 들고 일어나고, 저기로 할까 하면 행정구역 싸움 때문에 밀리고 나더러 어쩌라는 겁니까?"

"그 때문에 공사를 시작조차 못하고 있다고 생각하시나요?"

"그게 아니면 뭡니까? 정말 공무원들하고는 무슨 일을 할 수가 없어요."

"역사학자들이 반대하면 짓지 못하나요?"

"네?"

"그들이 반대하면 위령비와 기념관을 세울 수 없나요?"

"그걸 왜 나한테 물어보죠? 저 공무원들한테 물어보세요."

"저들은 지으라고 해도 짓지 못합니다."

"뭐라고요?"

"오직 K씨만 건축할 수 있죠."

"아니 이 양반이. 그럼 역사학자들 반대를 무릅쓰고라도 그때 지었어야 한다는 말입니까?"

"글쎄요. 아무튼 지금까지 집을 짓지 못한 건 K씨가 부지를 최종적으로 선택하지 않아서일 가능성이 크지 않을까요?"

"내가 결정하나요? 저 공무원들이 하지?"

"우선은 K씨가 먼저 결정을 해야 합니다. 그러고 나서 저들에게 결정하라고 공문을 보내야 합니다. K씨 당신이 먼저 선악을 알게 하는 나무의 실과를 따먹은 뒤 저들에게도 같이 따먹자고 해야 하지 않을까요?"

K는 잠시 멍해졌다. 역사학자들이 반대할 때 공사를 밀어붙였더라면 다른 후보지에 대해 유족이나 후손 다른 행정구역에서 반대를 하는 일 따위는 발생하지 않았을 것이다. 어쩌면 공사가 이미 끝났을지도 모른다. 하지만 K는 건축 하청을 받은 자로서 그들이 결정할 때까지 기다렸다. 그런데 정작 그들은 K가 건축가이므로 건축 부지를 먼저 결정해야 공사를 할 수 있다는 것이다. 그들이 선정한 부지 위에 K가 건축을 하는 것이 아니라 K가 선택한 장소에 K가 건축을 한단 말인가. 그것은 계약에 없는 항목이었다. 그냥 선정된 부지에 건축을 한다고만 되어 있었다. 그런데 부지 선정에 세월을 보내고 있다. 공무원들은 건축가인 K를 데리고 다니며 어떤 곳에 위령비와 기념관을 세우는 것이 좋겠느냐고 계속 묻고 있다. K는 어차피 그들이 결정할 것이므로 이런 저런 의견을 제시하지만 어느 한 곳에 반드시 세워야 한다고 주장할 입장이 아니다. 그러나 K가 건축한다면 K가 짓겠다고 결정한 곳에 지어야 한다. 다른 누구도 K보다 먼저 '이곳이야'라고 말할 수 없다.

하지만 처음부터 K에게 부지 선정에 대한 자율권은 주어지지 않았다. 그런데 이제 와서 공사를 시작하지 못한 것은 K 때문이라니 결코 동의할 수 없었다. 그러나 그 선택의 책임을 받아들이지 않는다면 K는 이미 건축가가 아니었다. 자유가 주어지지 않는 한 자유란 결코 없는 것이라고 K는 줄곧 생각하고 있었다. 그러나 자유란 주어지는 것이 아니라 바로 그 자유를 사용함으로써 사후에 증명되는 것이었다. K는 지금까지 어느 한 곳에 반드시 위령비와 기념관이 세워져야 한다고 외친 적이 없었다. K는 스스로 건축가라는 사실을 잊고 있었던 것이다. 자유! K는 웃으며 이런 식의 강요된 선택에도 자유라는 이름을 붙일 수 있다는 사실에 온몸에서 힘이 다 빠져나가는 느낌이었다.

이제 K는 어느 한 곳을 지목해서 공사를 시작하자고 말해야만 했다. 만약 공무원들이 반대하거나 다른 장애 요소가 있다면 그것을 무릅쓰고 앞으로 나아가야만 한다. 만약 반대를 이기지 못한다면 더 이상 건축을 할 수 없을 것이다. K는 그동안 자기 일을 끊임없이 연기하고 있었다. 그러면서 자신이 이 일에 얼마나 신중을 기하고 있으며 결정만 떨어지면 그 누구보다 더 멋지게 집을 짓겠노라고 떠벌리고 다녔던 것이다. 일을 시작하지 않고 그저 벼르고만 있었던 것이다. 벌써 일을 맡은 지 백 일이 넘었다.

"A씨, 정말 내가 부지만 선택하면 된다는 말입니까?"

"그것은 처음부터 그랬던 것 아닌가요?"

"내가 원하는 곳이면 어느 곳이든 된다는 것인가요?"

"K씨, 당신이 원하는 곳은 어딘가요?"

K는 자기 자신에게 물었다. 내가 원하는 곳은 어디인가? 전몰 의병을 기리기 위한 위령 공원은 어느 곳이어야 하는가가 아니라 내가 원하는 곳은 어디인가? 내가 위령비와 기념관을 건축하기 위해 선택해야 하는 곳은 어디인가? 아니 이미 선택할 수밖에 없는 곳은 어디란

말인가? 이 기념사업의 목적에 합당한 곳이 아니라 내가 원하는 곳이라니! 내가 선택해야 하는 장소가 바로 내가 원하는 곳이라니. 도대체 이런 아이러니는 어디에서부터 전도되기 시작한 것일까.

"다른 곳을 더 둘러보시렵니까?"

S시 건축 담당 공무원이 K에게 다가와 물었다.

K는 이미 후보지를 열두 번도 더 둘러보았다. 이제 K는 전몰 의병을 위해서가 아니라 자기 자신을 위해 어느 곳을 더 보고 싶으냐고 열두 번쯤 더 자기 자신에게 물어야 할 것이다. K는 여전히 이곳이 아닌 저곳에 있는 자기 자신을 불러들이지 못하고 자기 밖에서 서성였다. 그가 선택할 수 있는 장소는 지상 어디에도 없었다. 그가 구하는 곳은 늘 자기 속에 있었으니까 말이다. 하지만 K는 언제나 자기 밖에 서 있었으므로 자기가 원하는 장소를 찾을 수 없었다.

K는 오랜 시간이 흐른 뒤 A가 예전에 전몰 의병들을 위한 위령 사업을 벌였던 지역 신문에 발표한 글을 읽게 되었다. 고향에 관한 한 편의 시였다. 제목은 「낯선 고향」이었다.

고향에 왔다
이곳은 더 이상 안전하지 않다
불안하고 동요하고 있으며
죄를 짓는다
너무 오래 고향을 비워둔 탓인가
텅 빈 고요가 낯설다

나는 나조차 믿을 수 없다
여기가 정녕 내 집인가

쌍둥이를 비추는 본질의 거울인가
고향을 지키는 문지기가 속삭였다
너무 일찍 도착했노라
한참 더 기다리노라면
이미 늦었노라

고향은 늘 나를 바깥에 들이고
문을 반쯤 여닫지도 않은 채…… 섬뜩!
거기 이미
내가 있었으므로

이미지의 폐허

*

사람은 모든 타인에 대하여 책임이 있다.

—사르트르

1416호 우편함에는 책들이 자주 쌓였다. 주인이 작가이거나 그와 유사한 일을 하는 사람 같았다. K는 그를 한 번도 만난 적이 없었다. 1416호 주인은 오늘도 부재중이다. 가끔 해외에 나가는지 집이 비어 있곤 했다. K는 바닥에 떨어져 있는 우편물을 집어 들었다. 내용물은 당연히 책일 것이다. K는 우편함에 제대로 꽂아보려고 애쓰다 다시 바닥에 떨어뜨렸다. 이렇게 바닥에 쌓이면 다른 사람들의 발길에 채일 게 분명했다. 1416호 주인이 올 때까지 성해서 남아 있을까 싶었다. K는 다시 몸을 굽혀 책을 집어 들었다. 바닥에 떨어져 있는 책은 집으로 가져갔다가 나중에 주인이 돌아왔다 싶으면 우편함에 다시 꽂아놓는 게 낫다 싶었다. 언젠가 1416호에서도 K의 우편물을 보관했다가 수위실에 맡겨놓았던 적이 있었다. K는 책을 집으로 가지고 들어왔다. 마침 전화벨이 울리고 있었다.

　"뭐해?"

터키로 출장 간 남편이었다.

"그냥 책이나 읽으려고."

"응. 난 그리스 뱃사람과 비즈니스하기 전이야."

"그럼 스트레스가 심하겠네."

"좀…… 그렇지, 뭐."

남편은 중요한 비즈니스가 있는 전날에는 밤새 뒤척이다가 새벽엔 어김없이 K의 몸을 파고들었다. 몇 번씩 절정을 넘어서는 아주 거칠고 급한 섹스였다.

"지금도 그래?"

"응, 조금……."

남편은 여운을 남기며 대답했다.

"소파에 길게 누워봐. 뭐 입고 있지?"

이번엔 K가 먼저 시작해야겠다고 생각하며 물었다.

"아무것도. 알잖아. 가운만 걸치고 있어."

"좋아. 누워. 내가 해줄게."

남편의 몇 번째 해외 출장이었던가. 남편은 호텔 로비에서 폰섹스 티켓을 받았다. 그리고 K에게 전화를 걸어 같이 해보지 않겠느냐고 물었다. 그 뒤로 남편은 비즈니스 전날 밤이나 당일 새벽이면 어김없이 전화를 걸어왔다. K는 처음엔 좀 망설였지만 호텔로 인터걸을 불러들이거나 말도 잘 안 통하는 외국 여자나 국내 서비스 채널을 통해 폰섹스를 하고 있는 남편을 떠올리고는 차라리 마스터베이션을 함께 하는 것이 더 낫겠다고 생각을 고쳐먹었다. 그 뒤로 출장 중인 남편과의 전화는 늘 땀과 침과 분비물로 흥건히 젖었다.

K는 전화를 끊고 1416호 책을 집어들었다. 왠지 달뜬 마음에 봉투를 뜯어보고 싶었다. 1416호 주인은 어떤 책을 읽고 어떤 글을 쓰는 사람일까 궁금했다. K는 충동을 누르지 못하고 소포를 뜯었다. 한 권은 사진집이었고 다른 한 권은 흔한 문학잡지였다. 국문과를 나온 K는 늘 보던 문예지를 10년 만에 손에 들고 피식 웃었다. 졸업하면서 이따위 책을 다시 보는 일은 없을 거라고 맹세를 했었다. 가끔 문학상을 탔다는 베스트셀러 소설을 읽긴 했어도 리포트를 쓰느라 도서관을 뒤지면서 복사까지 해서 읽었던 문학잡지 따위는 쳐다본 적도 없었다.

K는 문예지를 소파에 내려놓고 사진집을 들추었다. 그다지 눈에 띌 만한 사진은 아니었다. 풍경사진 몇 장과 인물을 찍은 사진들 옆에 시가 토막 구절로 적혀 있었다. 텍스트와 이미지의 만남, 이런 것도 이제 흔한 일이 되었다.

K는 사진집을 내려놓고 문예지를 집어 들었다. 10년 넘게 하나도 바뀌지 않았군. 또 뭐가 실렸을까. 시 몇 편. 소설 몇 편. 간단한 특집 기사와 평문. 따분하기는 그때나 지금이나 별반 다르지 않았다. 이번 호의 특집은 이야기가 있는 시였다. 전문적으로 시를 쓰지 않는 다른 분야의 예술가들이 주요 필자들이었다. 이야기가 있는 산문시들이 10편가량 실려 있었다. 한때 시대를 비판하는 담시를 대자보에 실었던 경력이 있던 터라 K는 슬쩍슬쩍 페이지를 넘기며 시를 대충 읽었다. 1416호 주인의 이름이 눈에 띄었다. 그 이름은 카드 명세서나 관

리비 청구서 따위에 적혀 있던 것과 같았고 이 책이 들어 있던 우편물 봉투와 일치했다. 흥미로운 제목이 눈길을 끌었다.

「이미지의 폐허―사진에 관하여」.

시간을 찍을 수 있을까, 하고 그는 생각한다. 순간이 아니라 흘러가는 시간을. 노출과 속도의 문제가 아니라 그냥 지나가는 시간 그 자체를. 한 쌍의 연인들에게서 점차 사랑이 떠나가는, 혹은 노인의 생에서 서서히 목숨이 빠져나가는 정지를 위해 지속하는 시간을. 또 꿈이 시작하고 끝나기까지 헤아릴 수 없는, 아이의 키가 자라는 가늠할 수 없지만 불쑥 달라지는, 창으로 복잡한 거리와 건널목과 신호등이 보이는 카페에서 연인을 기다리는 짧지만 몹시 지루한, 연말을 맞은 사람들의 쓸쓸함과 새해를 기다리는 설레임―12월 27일부터 다음 해 설날이 오기까지, 특별하지만 다른 날과 차이 없는 일상들을 찍을 수 있을까. 재건축을 위해 곧 철거할 아파트 단지에서 사람들이 모두 떠나야 하는 3개월 내지 6개월 동안의 유예된 시간, 집을 잃고 또 어디론가 떠돌아야 하는 세입자들이 서성거리는 시간, 목적과 방향을 잃고 이리저리 흔들리는 시간, 할머니의 옛날이야기 속의 멀고 먼 아주 먼 옛날, 할아버지의 일본 침략기와 6·25전쟁 속의 배고픈 시간, 지금은 떠난 연인의 가슴 속에서 흔적으로 남은 시간, 그리고 숱한 추억과 기념일들. 불안하고 막연히 우울한 곧 다가올 미래의 시간. 결혼을 앞둔 신부의 검은 드레스에 대한 환상과 첫날밤에 대한 붉은 빛깔의 망설임. 시간은 여러 다른 사람들 사이로 파고들어 전혀 다른 의미로 흐른다. 그는 시간의 내용들을 수집하고 싶다. 그렇다. 사건으로서의 시간. 바람 한 점 없는 여름날 초등학교 운동장 게양대에 매달린 낡은 깃발의 동요. 흐느적거림 그리고 다시 고요한 정지. 그사이에 지나간 시간의 틈. 그는 사람들을 낡고 오래된 건물의 텅 빈 방으로 초대한다. 한강이 내려다보이는 곳이어서 방은 유서 깊어 보인다. 거기 사람들이 벌거벗은 채 눕는다. 방을 뒹굴면서 몸의 움직임을 그린다. 처음엔 하나가 다음엔 둘이 그리고 셋, 넷, 다섯, 몇몇이 누워서 사랑을 하고 질투를 하고 일어서 나가고 다시 들어온다. 그의 카메라는 훔쳐보고 놀라고 간직한다. 가끔은 주체할 수 없어 참여한다. 사건 속으로 들어오는 카메라, 불길하다. 그때쯤 그는 차라리 카메라를 들고 거리로 나간다. 그곳에도 사건이 벌어진다. 그러나 포커스가 흐리고 막연하다. 여기저기 시선이 흩어져 집중할 수 없다. 그는 할머니가 투병 중인 병원으로 간다. 그는 할머니의 병들어 죽어가는 모습을 찍는다. 그러나 언제까지 기다릴 수만은 없다. 할머니가 죽으려면 꽤 오랜 시간 숙죽여 참고 지켜보아야 한다. 간호하는 가족들 모두 이 시간이 가장 괴롭다. 할머니는 쾌유하기 위해 병원에 누워 있는 것이 아니다. 죽음의 시간을 맞이하기 위해서이다. 그 시간은 매우 느리고 더디게 찾아온다. 누군가 할머니의 혈압 약을 두 배로 올려 먹인다. 매우 빠른 속도로 피가 돈다. 그는 카메라 셔터를 급하게 누른다. 할머니의 피는 축구 선수처럼 달린다. 심장을 한 바퀴 돌고 온몸을 몇 바퀴 돌고 머리끝에서 멈춘다. 그는 생중계되는 죽음을 촬영했다. 할머니는 잠시 헐떡이다 고요하게 잠든다. 가족들 모두 평화로워진다. 나쁜 사건이다. 그는 이 사건을 카메라에 담기 위해 나쁜 어린아이가 된다. 나쁜 피는 계속 흐른다. 그의 아이에게로. 그는 아이가 성장하는 모습을 찍기 위해 병원을 나선다. 시간이 흐르는 사건의 장면을 찍기 위해 그는 카메라의 눈 속으로 걸어 들어간다.

휴, K는 한숨을 길게 내뱉었다. 짧은 글이었지만 사건이 매우 급박했다. 매우 느리고 정적인 장면들이 스쳐 지나갔지만 보고 있는 사람은 가슴이 빠르게 뛰었다. 이 시는 정말 부도덕했다. 할머니가 죽어가는 모습을 아무렇지도 않게 찍을 수 있다니. 더구나 할머니를 일찍 숨지게 하기 위해 혈압 약을 두 배로 타서……. 아니, 이건 범죄 아닌가. 어떻게 범죄 현장을 이토록 담담하게 담을 수 있을까. 전쟁에서 죽어가는 사람들을 냉정한 시선으로 찍는 종군 기자처럼 살인 현장도 아무런 거리낌 없이 찍을 수 있는 게 사진가의 윤리인가? 1416호 주인은 왜 이런 시를 썼을까. 사진이 가지고 있는 반휴머니즘적 요소를 말하고 싶었던 것일까. 아니면 차갑고 냉정한 시선이 사진의 미학이라는 것일까. 사진이 자비로울 수도 잔인할 수도 있다는 말이야말로 바로 이런 경우를 두고 하는 것 같았다. K는 1416호 주인이 죽어가는 할머니를 찍은 사진을 보고 싶었다. 얼마나 냉정하고 우아하며 얼마나 보는 이를 매혹케 하는지. 하지만 K가 읽은 것은 시이지 사진이 아니었다. K는 시를 읽고도 사진 몇 장을 본 듯한 착각에 눈앞이 좀 어질어질했다.

벌써 정오가 가까워 오고 있었다. 짧은 시 한 편을 읽었을 뿐인데 금세 한 시간이 흘렀다. 아침에도 토스트와 커피로 끼니를 때웠으니 슬슬 먹을거리를 준비해야 했다. 남편이 출장 중일 때는 점심까지 대충 때우기 일쑤였다. 아이들도 학교에서 급식을 먹으니까 아침에 계란 프라이와 토스트와 우유면 족했다. K는 냉장고를 열었다. 벌써 일주일 넘게 장을 보지 않아 냉장고 속이 텅 비었다. K는 화장대 앞으로 가 외출 준비를 했다. 오랜만에 마트에서 찬거리를 사고 배추와 무가 싱싱하면 김치도 담글 생각이었다.

마트는 한산했다. S시로 이사한 후로 가장 마음에 드는 점은 대형 마트가 세 군데나 있고 평일에는 이용하는 사람들이 매우 적다는 것이었다. 이런 게 전원도시의 장점이었다. K는 좀 과하다 싶을 정도로 장을 봤다. 갑자기 부자가 된 느낌이었다. 트렁크에 잔뜩 싣고 차에 시동을 걸자 노래라도 크게 부르고 싶은 느낌이었다. K는 웃으며 간혹 찾아드는 조울증 증세에 고개를 흔들었다. 다행히 이번에 조증이 먼저 왔다. 어쩌면 남의 집 우편물을 몰래 가져와 훔쳐봤기 때문인지도 몰랐다. K는 음악을 틀었다. 노라 존스가 부르는 〈Feelin' The Same Way〉가 흘러나왔다. K는 어깨를 느리게 흔들며 리듬을 탔다. 차는 한적한 외곽도로를 달렸다.

트렁크의 짐이 예상외로 만만치 않았다. 어떻게 다 들고 엘리베이터를 탈담. K는 경비실로 가보았지만 담당 근무자는 자리를 비웠다. K는 주위를 둘러보았다. 우편함 쪽에서 웬 여자가 우편물을 주워 쇼

핑백에 담고 있었다. 바닥에 떨어져 있는 것까지 주워담는 걸 보니 혹시 1416호가 아닐까 싶었다.

"저, 1416호세요?"

"아, 네. 친구가 해외에 나가서……."

K가 알기로 1416호에는 남자 혼자 살고 있다. 나이는 꽤 찼는데 총각이라는 소문이었다. 어쩌면 일찍 이혼을 하고 싱글로 지내는지도 몰랐다. 그런데 친구라니.

"그러세요? 전 1417호예요."

"반갑네요. 가끔 우편물을 챙겨주신다면서요? 어느 분인가 했는데."

"아, 그런 말씀까지 하셨나요?"

"물건이 많군요. 같이 들어드릴게요."

"아니에요. 차에도 한짐이에요. 그냥 천천히 옮길게요."

여자는 K의 짐을 함께 들어주었다. K는 고맙다고 몇 번이나 인사를 하고는 시간 되면 차나 한잔 하러 건너오지 않겠느냐고 말했다. 여자는 그저 웃기만 했다.

K는 갑자기 허기를 느껴 쌀을 안치고 부랴부랴 반찬을 장만했다. 한 시간 만에 그럴싸한 점심이 차려졌다. 점심을 이렇게 잘 먹어도 되나 싶었다. 누구 먹으라고 이렇게 많이 차렸는지 어이가 없었다. 휴, K는 한숨을 내쉬었다. K는 인터폰을 들었다.

"저, 아직 식사 전이실 텐데. 같이 들지 않을래요?"

무슨 생각으로 생전 처음 보는 낯선 이웃에게 식사를 같이 하자는 것인지 자신도 알 수 없었다. 여자는 몇 번이나 사양을 하더니 K가 음식을 너무 많이 해서 버리게 됐으니 도와달라고 사정하자 못 이기는 척 건너왔다.

점심을 먹는 동안 여자는 별말이 없었다. K에겐 여자도 예술깨나 하는 사람처럼 보였다. 수다를 떨거나 음식을 탐하거나 하는 세속적인 욕심이 별로 없어 보였다. 그렇지 않다면 음식이 맛있다느니 집이 아담하고 좋다느니 거실 인테리어나 주방에 대해서도 한마디 할 텐데 그저 묵묵히 수저만 들었다 놨다 할 뿐이었다.

"차는 제가 대접할게요."

여자는 설거지를 돕겠다는 식의 인사치레도 없이 1416호로 건너갔다. K는 기분이 약간 다운되는 듯한 느낌이었지만 조증은 쉽게 울증으로 바뀌지 않았다. 1416호 여자는 뭔가 끄는 매력이 있었다. 대체로 그런 느낌을 드라이하다 혹은 쿨하다고 말들을 한다. 매우 모던한 느낌이랄까, 뭐 그랬다. K는 설거지를 하는 둥 마는 둥 하고는 1416호로 건너갔다. 1416호를 본다니 괜히 흥분됐다. 문학소녀로 돌아가 유명 작가의 방을 구경하러 가는 느낌이었다.

1416호에 발을 딛는 순간 이 집이 얼마나 클까 어리둥절했다. 주상복합 건물의 로열라인이어서 평수가 넓다는 것은 알고 있었지만 얼마나 큰지 가늠할 수 없었다. 바로 옆에 붙은 집이 자기 집보다 서너 배나 클 줄이야 꿈에도 생각하지 못했다. 엘리베이터를 사이에 두고 오른쪽은 1417호였고, 왼쪽은 1416호였다. 엘리베이터 하나 차이로 부가 갈렸다.

"바로 오세요."

바는 거실 왼편과 발코니 쪽에 하나씩 있었다. 밖에 앉으면 저녁에 노을이 지는 풍경을 볼 수 있을 것이다. 해가 떨어지는 강과 멀리 낮은 산이 한눈에 들어오리라. 반면 1417호는 창으로 정반대편밖에 볼 수 없었다. K는 이 집에 오지 말았어야 한다고 속으로 중얼거렸다. 질투는 가장 견디기 힘든 욕망 가운데 하나였다. 여자는 통을 갈고 물을 끓여 커피를 내렸다. 콜롬비아산 커피 향내가 K를 몽롱하게 만들었다.

"비가 왔으면 좋겠어요. 가을인데도 꽤 덥네요."

K는 여자를 바라보았다. 여자는 검은색 원피스를 입고 있었다. 팔이 없는 민소매였다. 좀 전에는 카디건을 걸치고 있어서 잘 볼 수 없었다. 여자는 군더더기 하나 없는 매끈한 몸매였다. 나이는 K보다 서너 살 아래로 보였다. 잘 해야 서른두셋 정도일 것이다. 분명 결혼도 했을 것이다. 왠지 행동거지에 안정감이 배어나왔다. 서른을 넘긴 노처녀에게선 저런 안정감이 묻어나지 않는다. 아이를 낳았을까? 그런데 결혼까지 한 여자가 사내 혼자 사는 집에는 왜 나타난 것일까? K는 궁금증이 머리끝까지 올라왔지만 그저 미소만 띠며 커피를 마셨다. 여자도 잠자코 앉아 커피향을 음미하고 있었다.

"H예요. P와는 미국 유학 때 같이 지냈죠."

여자가 먼저 자기 이름을 말했다.

"아, 네. 전 K라고……."

"K씨가 저보다 언니일 것 같네요. 언니라고 부를까요?"

"아뇨. 시장에서도 언니, 언니해서…… 그냥……."

"K씨, 침실 구경할래요?"

H는 커피 잔을 들고 앞서 걸었다. K도 엉거주춤 방으로 따라 들어갔다. 침실은 깊은 곳에 있었다. 두 번이나 다른 방을 거치고 나서야 나타났다. 침실에는 붙박이장이 세로로 길게 있을 뿐 다른 일반적인 가재도구는 없었다. 대신 각기 크기가 다른 전신 거울이 네 개쯤 놓여 있었다. 그리고 카메라가 일곱 대나 있었다. 무비 카메라가 사방 벽에 달려 있었고, 다리를 길게 뻗은 디지털 카메라가 넉 대였다. 카메라는 모두 컴퓨터에 연결되어 있었고, 케이블은 창 한쪽으로 빠져나와 다른 방과 이어져 있었다.

"침실에 웬 카메라가 이렇게 많죠?"

"P와 내가 촬영 중이었어요. 이번에 진행하는 프로젝트가 좀 까다로워서요. 그나마 P의 할머니가 미국에서 갑자기 돌아가시는 바람에 중단됐어요. 거기 좀 누워 볼래요?"

"네?"

H는 K더러 침대 한가운데 누워보라고 말했다. 거의 명령에 가까웠다. K는 뭐라고 말도 한 마디 못하고 H가 시키는 대로 침대 한복판에 벌렁 드러누웠다. H는 침대에 널브러져 있는 K를 미소를 띠며 바라보더니 들고 있던 커피 잔을 내려놓고 천천히 카메라 쪽으로 다가갔다.

"편안하게 누워 있어요. 잠들기 전처럼."

K는 몸을 쭉 펴고 기지개를 한 번 켠 뒤 약간 모로 누웠다. K는 평소에도 몇 번씩 모로 누웠다가 엎드렸다가 하면서 한참을 뒤척이다

잠이 들곤 했었다. K가 고개를 떨구자 찰칵 하고 카메라 셔터 소리가 났다. 깜짝 놀라 뭐라고 말하려는 순간 다시 셔터 소리가 연이어 났다. 도대체 몇 번이나 찍는 것인지 쉴 새 없이 찰칵거렸다.

"그만해요. 나, 사진 찍히는 거 싫어하는데……."

K는 얼굴을 가렸다. H는 아랑곳하지 않고 계속해서 셔터를 눌러댔다. K는 몸을 웅크리고 속으로 소리를 질렀다. 이건 폭력이야! 얼마나 사진을 찍었을까, H는 사진 찍기를 멈췄다. K는 머리칼을 쓸어 올리며 몸을 일으켰다.

"갑자기 그러시면……."

그 순간 다시 셔터 소리가 났다. 찰칵 찰칵 찰칵. 빠르고 날카로운 금속성 소리가 얼굴을 때렸다. 카메라에서 빛이 튀어나와 온몸에 부딪히는 것만 같았다. K는 얼굴을 찌푸렸다. 뭐라고 말하고 싶은데 도무지 말이 나오지 않았다. 카메라의 공격성 앞에 무차별로 폭격을 당하고 있다는 느낌이었다. 시선의 폭력. 카메라가 K의 표정까지도 빨아당기는 것만 같았다. 아니, 얼굴의 윤곽이 사라지고 웃음이나 울음, 슬픔이나 분노와 같은 표정만 남은 듯한 느낌이었다. 몸은 없는데 내장이 다 비춰고 있었다. 카메라의 셔터 소리가 계속됨에 따라 몸이 완전히 투명해져 버린 듯했다. 카메라의 시선은 온몸을 발가벗기는 것도 모자라 몸을 먼지처럼 부스러뜨리고 있었다.

"옷을 벗어요."

H가 명령했다.

"지금도 발가벗고 있는 느낌인데요."

"느낌 말고 몸을 찍고 싶어요."

아직도 내게 몸이 남아 있나요? K가 속으로 대꾸했다.

"나한테 왜 이러는 거예요. 말도 없이 사진을 찍는 건 좀……."

K가 인상을 쓰며 말했다.

"알아요. 폭력이라는 거. 그래야만 원하는 걸 얻을 수 있다면 그럴 수밖에 없어요. 사진을 찍는 순간 사진가의 내면은 공백 상태니까요. 아예 아무것도 없는 텅 빈 무無죠. 폭력이면 어떻고 윤리라면 어때요. 강박증을 투사하고 대상을 착취하는 게 사진의 매력이니까."

"사진 찍히는 사람도 좀 생각해줘야죠."

K는 분위기를 바꾸고 싶어 가능한 조심스레 말했다.

"그냥 찍어요. 카메라 앞에 자신을 전부 내놓고 싶지 않아요? 다 벗고 자기 몸을 느끼지 못할 때까지 사진 찍히고 나면 좀 편해져요."

H가 다가와 K의 카디건을 벗겼다. 그리고 등의 지퍼를 내려 원피스를 벗겼다. K는 왠지 저항할 수 없었다. H는 너무나 자연스럽게 어떤 거부감도 느낄 수 없는 냉정한 손길로 그렇지만 부드럽고 편안한 손놀림으로 옷을 벗겨냈다. H의 손은 거침없었다. 어떤 망설임도 없이 K의 몸에서 속옷까지 한순간에 다 덜어냈다. K는 자기도 모르게 다리를 오므리고 가슴을 팔로 감쌌다.

"가리려거든 얼굴을 가려요. 어차피 다 드러난 몸인데 가리면 더 웃기잖아."

K는 저도 모르게 H의 말에 따라 얼굴을 가렸다. 다시 카메라 세례가 퍼부어졌다. K는 몸을 돌려 카메라의 공격을 막았다. H는 카메라

를 들고 가까이 다가와서 셔터를 눌러댔다. K는 이리저리 몸을 틀었다. 그럴 때마다 H의 손이 셔터를 눌렀다. H는 거의 K를 보지도 않고 사진을 찍는 것 같았다. 아니 오로지 카메라만 K를 향해 눈을 떴다. 검고 깊이를 알 수 없는 공백 같은 뽑힌 눈이, 죽은 사람 같은 텅 빈 공간만이 K를 노려보고 있었다. 그 텅 빈 장소로 자기의 온몸이 빨려 들어갈 것만 같았다.

도대체 얼마나 시간이 흘렀을까. 마침내 아무런 시선도 느껴지지 않았다. 하지만 셔터 소리가 계속해서 들려왔다. 이제 K는 몸을 돌리지도 얼굴을 가리지도 않았다. 차츰 몸이 편안해지는 것 같았다. 땀 흘려 노동을 한 뒤 느끼는 노곤하고 나른한 행복감에 젖어 들었다. K는 그냥 마구 늘어져 있었다. 그 위로 카메라 셔터는 연이어 터졌다. 처음엔 그 소리가 위해를 가하는 폭력으로 느껴졌지만 지금은 음악처럼 들렸다. 아주 편하게 들려오는 것은 아니지만 중국 악기가 뭔가를 끼익끼익 긁는 듯했다. 어쨌든 음악인 것만은 분명했다. K는 H가 자기에게 최면을 걸어 깊은 잠에 빠뜨리고 있다는 생각을 하며 잠시 정신을 잃었다.

K가 눈을 떴을 땐 하얀 시트가 덮여 있었고 바로 옆에 H가 알몸인 채로 누워 있었다.

"깼어요?"

H가 은은한 미소를 띠우며 K의 몸 위로 손을 얹었다.

"무슨 일이 일어났나요?"

K는 H를 피해 몸을 모로 돌리며 물었다.

"불과 십여 분 지났을 뿐이에요. 일어난다면 지금부터죠."

"아직도 더 바라는 게 있나요?"

"계속 촬영하고 싶어요."

"난 평생 사진 찍을 것 다 찍은 것 같은데요."

"사진 나오면 보고 가요."

"벌써요?"

"디지털이니까요. 물론 내가 근접 촬영한 것은 수동이라서 인화하려면 시간이 좀 걸리지만. 나중에 봐요."

"도대체 침실에 이런 걸 다 두고……"

"걱정 말아요. 포르노 업자는 아니니까. 사람과 시간에 대한 프로젝트를 벌써 몇 개월째 하고 있어요."

"아, 네."

1416호 주인의 시를 읽은 게 떠올랐다. 그럼 정말 시의 내용들이 실제로 벌어진 일들이란 말인가.

"P는 시를 쓰나요?"

"시도 쓰고 영화도 만들고 사진도 찍죠. 전공은 철학이고, 어릴 때부터 그림을 좋아했어요. P와 난 웹디자인을 공부하다 만났죠. 뉴욕에서. 그때부터 쭉 같이 일해요."

"사람과 시간이라면…… 어떤 건가요?"

"얼마 전까진 잠을 찍었어요. 사람이 잠든 동안의 시간요. 꿈이 흐르는 시간. 아주 느린 속도로 찍었죠. 돌려보면 꿈속처럼 느껴져요. 하지만 그건 일종의 테크닉일 수도 있고. 그냥 흘러가는 시간이 느껴지는 사진을 찍고 싶은 욕망이 생겨서. 어차피 그건 순간일 뿐이고 그건 시간에 대한 모독일 수 있어요. 사진의 순간은 정말 냉정하고 매우 신랄한 정지 상태니까요."

"아, 네."

K는 멍하니 자기 앞에 있는 7대의 카메라를 바라보았다. 정면에 무비 카메라와 디지털 사진기가 있었고 대각선 방향과 뒤와 옆 벽에도 있었다.

"이 카메라들이 다 작동하나요?"

"네."

"지금도?"

"무비 카메라는 늘 돌아가요."

"CCTV처럼요?"

"뭐, 말하자면 그렇죠. 하지만 우리는 연출된 시간을 찍는다는 점에서 CCTV처럼 완벽한 다큐멘터리는 아니죠."

"몰카 같은 느낌이라 소름이 끼쳐요."

"그런 것들이 우리의 작업을 더 힘들게 하죠. 이미지는 이제 포르노그래피와 싸워야 하니까요."

H는 벌거벗은 채 일어나서 탁자 위에 놓은 수동 카메라를 집어들었다. 그리고 K를 수차례 촬영했다. K는 대중목욕탕에 가는 것도 꺼려할 정도로 남들 앞에서 옷을 벗는 데 강박관념을 갖고 있었다. 그런데 지금은 무방비로 노출된 채 부위별로 찍히고 있었다. H는 발과 손, 어깨와 팔목, 뱃살과 엉덩이에 초점을 맞추었고, 입술과 눈을 집중적

으로 찍어댔다. 코와 귀, 목과 가슴, 허리와 무릎. K는 정신이 어질어질했다. 그저 어서 촬영이 끝나고 무사히 집으로 가고 싶다는 생각뿐이다. 도대체 왜 사진 찍히고 있는지 따져볼 엄두조차 낼 수 없었다. 오로지 빨리 끝나고 집에 돌아갈 수만 있다면 다행이라는 생각뿐이었다. 감금당한 채 고문이나 성폭행을 당하고 결국 죽음으로 내몰리는 B급 영화의 엽기적인 장면들이 머리를 스쳐갔다.

"이제 그만. 그만해요. 정말. 못 견디겠어요."

K는 온몸에서 힘이 빠져나가 다시 널브러졌다. 하지만 그 뒤로 한참 동안 H는 사진 찍기를 멈추지 않았다. 더 이상 셔터 소리가 들리지 않자 K가 용기를 내서 물었다.

"지금 사진을 볼 수 있나요?"

"그럼요."

"내가 공개되는 걸 싫어한다면요?"

"글쎄요."

"어서 보여줘요."

"그래요. 하지만 사진 속의 인물이 반드시 당신일 거라는 생각은 말아요."

"그게 무슨 뜻이죠?"

"보고 난 다음에 얘기해요."

H는 침실과 이어지는 방으로 들어가더니 오랫동안 나오지 않았다. K는 침대에서 일어나 카메라로 다가갔다. 화면에 빈 침대만 보였다. 좀 전에 자신이 걸어나온 장소였다. K는 화면을 뚫어져라 쳐다보았

다. 그렇게 보고 있으면 빈 공간을 흘러가는 시간이 보일 것 같았다. 하지만 아무것도 보이지 않았다. 눈으로 볼 수 없는데 카메라로 본다면 달라질까. 도대체 카메라로 시간을 찍는다는 게 뭘까. K는 슬슬 화가 치밀어 올랐다. 무비 카메라의 정지 버튼을 눌렀다. 그리고 테이프를 거꾸로 돌렸다. 테이프가 처음으로 돌아가자 자동으로 재생되었다. 갑자기 방이 훤히 밝아졌다. 눈앞의 벽에서 영상이 튀어나왔다. 이방에 들어와서 처음 보았을 때는 그저 흰 벽이었는데 그 자체로 하얀 스크린이었던 것이다. 거기에 K가 드러눕는 장면이 펼쳐졌다. 또다시 머리를 때리는 카메라의 셔터 소리. 모든 것이 반복되었다. 아무것도 모른 채 무방비 상태로 당했던 일들이 이제는 눈앞에 생생하게 재현되고 있다는 게 다를 뿐이었다. 부끄러웠다. 민망하고 어색했다. 벌거벗고 있는 자신의 나체가 속俗스러웠다. 말할 수 없이 외설적이었다.

"그냥 좀 참고 가만히 보고 있어요."

어느샌가 H가 다가와 말했다.

K는 온몸의 신경이 마비되는 것 같았다. 정신도 혼미해져갔다. 몸이 굳어 한 발짝도 더 옮길 수 없었다. K의 몸은 어쩔 줄 모르고 휘청대고 있었고, 그 위로 H의 카메라가 춤추고 있었다. 기관총 소리 같은 셔터 소리가 온 방을 울렸다. 사진 찍힐 땐 몰랐는데 H도 어느 순간 누드로 카메라를 들고 설치고 있었다. 화면은 사진을 찍고 또 찍히는 두 명의 여자를 한꺼번에 보여주고 있었다. 영화의 메이킹 필름과 같은 장면이었다. 또다시 조금 전의 행위를 반복하는 느낌이었다. 쫓기

는 자와 쫓는 자가 겹쳐 보였다. K는 지금 화면 속의 자신을 쫓아다니고 있었다. 화면 속의 K는 사진가의 눈을 피해 도망치고 있었다. 시간이 지날수록 점점 더 자기 자신과 멀어지고 있는 듯한 느낌이 들었다. 화면 속에서 K는 정신을 잃고 쓰러져 잠깐 동안 잠들었다. 그제야 좀 안심이 되었다. 몸뚱어리가 버둥거렸을 때는 너무 외설적이었지만 이제 좀 참을 만했다. 화면 속의 인물이 그만 편히 쉬었으면 싶었다. 자기 자신이지만 그저 화면에 찍힌 대상일 뿐인 어느 여자가 말이다. 그래서였을까. 문득 잠든 여자의 몸 위로 시간이 흘러가고 있었다. 시간이 눈을 흘긋 스쳐 지나가는 것이 보였다. 아, 죽음!

K는 다리 힘이 풀려 카메라 앞에서 풀썩 주저앉고 말았다.

"내 몸 위를 지나가는 시간을 봤어요. 그걸 왜 죽음이라고 느꼈을까요?"

K가 반쯤 누운 채 말했다. H는 못 들었는지 아무런 대꾸가 없었다. 어쩌면 K는 입 밖으로 말을 내뱉었다고 생각했지만 속으로만 중얼거렸는지도 몰랐다.

H가 사진을 내밀었다. K는 엉거주춤 일어서며 사진을 받아들고 다시 침대에 걸터앉았다. K는 아직 알몸이었지만 전혀 의식하지 못했다. 그저 사진 속의 자기 자신만을 볼 뿐이었다. 처음엔 옷을 입은 여자가, 나중엔 벌거벗은 여자의 모습이었다. 얼굴을 가리고 있었지만 자기 자신이었고 얼굴을 다 보이고 있었지만 결코 자기와 닮지 않은 여자가 그 속에 있었다. 움직이는 육체는 외설스러워 보였는데 정지한 몸은 신비로워 보였다. 분명히 움직이고 있으나 잠시 멈춘, 아니

끊임없이 움직이고 있는 상태인데 카메라의 눈이 포착한 순간 움직임으로부터 벗어나 영원히 정지한 듯한 몸이 거기 있었다. 그러나 자꾸만 들여다보고 있으면 꼭 그런 것도 아니었다. 사진 속에서도 몸은 여전히 움직이고 있었다. 아니었다. 몸이 운동하는 게 아니라 그 옆을 시간이 지나가고 있었다.

"뭐가 뭔지 잘 모르겠어요."

K가 아직 다 보지 못한 사진들을 옆으로 내려놓으며 힘없이 내뱉었다.

"키스할래요?"

H는 부드럽게 입을 맞추었다. 그리고 K의 몸 위로 가볍게 무게를 실으며 애무하기 시작했다. H의 손과 팔이 마치 따로 떼어져 있는 양 K의 몸 위에서 춤을 췄다. 어항 속에서 물고기들이 몸을 타고 넘는 듯한 느낌이었다.

"제발 이러지 말아요."

H의 혀가 K의 목까지 밀려들었다. 숨을 쉴 수 없었다. H의 입술이 온몸을 핥고 지나갔다. 때로는 불길로 지지는 듯했고 가끔은 뱀이 휘감는 듯 서늘한 기운에 소름이 돋았다. 하지만 침대는 너무나 평온했다. 다시 깊은 잠에 빠져들 것만 같았다.

"아, 저 비디오 좀 꺼요."

K가 신음처럼 소리를 질렀다. 다시 셔터 소리가 들렸다. 타이머를 맞춰 놓은 디지털 카메라가 빠르게 셔터를 작동하고 있었다.

"정말 죽고 싶어."

K는 속으로인지 입 밖으로인지 알지 못하며 지껄였다.

"미치겠어. 죽을 것 같아."

이런 외설스런 행위가 지금 나한테 퍼부어지다니! 당장이라도 일어나 H를 바닥에 패대기를 치고 카메라를 모두 부숴버리고 싶었다. 그러나 K는 꼼짝할 수 없었다. 그만, 그만, 그만해! 여고시절 수학여행에서 계집아이들과 이불 속에서 벌였던 몸 장난이 얼핏 떠오르기도 하고 대학 입학 오리엔테이션에서 예비역 선배로부터 유혹당했던 느낌이 되살아나기도 하면서 K는 또 정신을 까무룩 잃었다. 얼마나 시간이 지났을까.

K가 눈을 떴을 때 H는 소파에 앉아 담배를 피우며 K를 바라보고 있었다.

"늘 이렇게 사진 찍는 걸 또 비디오로 찍나요?"

"그래야 사진이 동영상과 얼마나 다른지 확연히 볼 수 있으니까요. 하지만 둘 다 우리가 연출하는 작품이긴 마찬가지지만."

"왜 자꾸 우리라고 하죠? 늘 P와 공동 작업을 하나요?"

"뉴욕에 있을 때부터 우린 늘 모든 걸 같이 했어요."

"공동작품전을 열겠군요?"

"아뇨. 그의 이름만 세상으로 나가죠."

"아니 왜요?"

"그럼 안 되나요? 어차피 영화도 수많은 스태프가 함께 찍지만 감독의 영화니까."

"이건 좀 다르지 않나요?"

"그래도 그의 이름만 나가게 하고 싶어요. 난 그림자예요. 그게 좋아요. 그게 우리가 늘 같이 작업하는 이유죠."

"아, 그림자…… 말이군요."

"그래요. 사람들은 정오엔 그림자가 지지 않는다고 하죠. 하지만 정오는 그저 가장 짧은 그림자를 갖는 시간이죠. 너무 짧아 마치 실체와 하나가 된 듯 보이지 않는 그림자."

"그럼 당신들은 둘이 아니라 하나라는 건가요?"

"말하자면 이미 하나인 둘, 둘인 하나라고나 할까요? 그러니 이름이 둘일 필요는 없어요."

K는 H의 말이 혼란스러웠다. 자기의 존재가 둘로 갈라지고 있다는 느낌이 들 정도였다. 갑자기 불길한 생각이 확 일었다.

"그는 어딨죠? P 말이에요."

"지금 미국에 있어요."

"정말 그가 따로 있기나 해요?"

"그는 정말 있어요. 지금 없는 것처럼 보여도."

"P를 보고 싶네요."

"좀 기다려요."

H는 방을 나가더니 시디 한 장을 들고 다시 들어왔다. 프로젝터와 연결된 컴퓨터에 시디를 꽂았다.

"저게 P예요."

아주 황량한 건물 내부에서 촬영을 하고 있는 남자의 모습이 나왔다. 저게 1416호 주인이란 말인가. 이 집, 이 방, 이 침대에서 잠자는 남자. P는 두 명의 여자를 찍고 있었다. 서로 부둥켜 앉고 있는, 뒤엉켜 있는, 따로 떨어져 앉은, 널브러져서 하나는 앞, 하나는 등을 보이고 있는, 반대로 몸을 접으면 하나의 몸뚱어리가 될 것 같은, 키스하는, 애무하는, 함께 깊은 잠에 빠진 여자들을 향해 그가 맹렬하게 사진을 찍어대고 있었다. K가 방금 H와 연출했던 행위가 고스란히 반복되고 있었다. 아니, 이미 K가 경험하기 이전에 일어났던 리허설처럼 그러나 뒤늦게야 다시 한 번 재생되고 있었다.

"왜 똑같은 걸 찍죠?"

"가끔은 사건이 반복되어야 의미가 드러나곤 하죠."

K는 힘겹게 웃었다. 피곤했다. 왜 이런 일이 나에게 발생한 것일까 이해할 수 없었다. 뭔가 잘못한 일이라도 있을까. 그랬다. 뭔가 실수한 것이 있다면 아침에 1416호의 우편물을 가져와 꺼내 읽은 것뿐이었다. 이 작은 실수 하나 때문에 생판 모르는 여자 앞에서 옷까지 벗고 난리를 치고 있다니. K는 그제야 벌거벗고 있다는 게 실감이 났다.

"그만 가도 되죠?"

"그래요. 나중에 또 와요."

"인화된 사진을 보려면 언제쯤⋯⋯."

"사흘 뒤면 가능해요. 다시 올 거죠?"

"아마도. 참 사진은 전시될 건가요?"

"지금까지는 찍은 사진은 전시하는 게 원칙이었죠."

"그럼 그래야겠군요. 왜 내가 가만히 있는지 모르겠어요."

"옷 입어요. 집까지 바래다드릴게요."

H는 K가 옷을 입는 것을 거들어주었다. 사실 K는 옷을 걸칠 힘조차 없었다. 오로지 어떻게 이런 일이…… 하는 생각뿐이었다. H는 손가락을 넣어 K의 머리칼을 손질했다. 다시 졸음이 쏟아졌다. 언제나 누군가 부드럽게 머리를 매만지면 잠이 몰려왔다. 미용실에서도 머리 손질이 시작되면 금세 졸곤 했었다. 몸이 점점 나른했다. 이대로 잠들면 정말 죽을 것만 같았다.

K가 다시 눈을 떴을 때는 이미 저녁이었다. 카메라 앞에서 H가 K를 물끄러미 바라보고 있었다.

"시간이 흐르는 걸 보고 있나요?"

K가 물었다.

"오히려 사진이나 필름을 보고 있을 때 더 잘 보이죠. 실제에선 이 녀석이 좀 숨어요. 근데 오늘은 K씨 덕분에 언뜻 언뜻 느껴졌어요. 직업 모델들과는 단 한 번도 성공하지 못했거든요."

H는 K를 컴퓨터 앞으로 불러 P의 작업을 더 보여 주었다.

그는 사람들을 낡고 오래된 건물의 텅 빈 방으로 초대한다. 한강이 내려다보이는 곳이어서 방은 유서 깊어 보인다. 거기 사람들이 벌거벗은 채 눕는다. 방을 뒹굴면서 몸의 움직임을 그린다. 처음엔 하나가 다음엔 둘이 그리고 셋, 넷, 다섯, 몇몇이 누워서 사랑을 하고 질투를 하고 일어나 나가고 다시 들어온다. 그의 카메라는 훔쳐보고 놀라고 간직한다. 가끔은 주체할 수 없어 사진에 참여한다.

"시에선 벌써 그런 작업들이 이루어진 것처럼 보였어요."

K가 시를 떠올리며 물었다. K는 한 번 읽은 문장을 기막히게 외우

는 능력을 지니고 있었다. K가 글 쓰는 것을 포기한 것도 한번 읽으면 절대 잊어버리지 않는 능력 때문이었다. 그의 뇌는 책을 완벽하게 카피해서 작문할 때 고스란히 토해냈다. 언제나 K는 늘 남이 쓴 글을 표절하는 파렴치한이 되고 말았던 것이다.

"그게 시 아닌가요. 상상하는 것. 그것이 마치 현실에서 일어난 것처럼요."

H가 의문에 가득 찬 장난기어린 표정으로 말했다.

"그럼 아직 사진 작업이 진행되지 않은 걸 시로 쓴 거로군요. 아까 P가 작업한 것들은 다 뭐죠?"

"시에 쓴 내용을 우리가 작업하지 않았다는 의미는 아니에요. 다만 의미가 완성되지 않았다고나 할까. 최소한 한 번쯤은 더 반복될 필요는 있겠죠."

"P가 작업한 것들을 더 볼 수 있을까요? 시에 나온 것들 말이에요."

K는 다시 침대에 드러누웠다. 아침에 시를 본 것 때문에 정말이지 알 수 없는 일에 휘말린 것이다. P가 없으니 뭐라고 따져볼 수도 없었다. 괜한 친절을 베풀겠다고 우편물을 들고 들어간 것이 이런 지경에 이르렀다니. 대부분 그냥 지나쳤는데 왜 하필 오늘 그것을 들고 들어갔을까. 어쩌면 늘 1416호 우편물을 손에 넣고 싶어 했던 것은 아닐까. 예전에 포기했던 문학에 대한 열정이 글 쓰는 사람에 대한 호기심으로 변질되어 나타난 것일까. 왜 이렇게 무방비 상태로 여기까지 내몰린 것일까.

USB를 컴퓨터에 연결하자 P의 작업 장면이 계속 이어졌다. P는 빈 건물에서 나와 거리를 쏘다니며 사진을 찍었다. 지루할 정도로 큰길과 골목, 지하철역과 버스정류장, 공원이나 극장, 아파트 단지와 학교 등을 돌아다녔다. 어쩔 땐 한 곳에 앉아 정면만 바라보며 정확히 3분에 한 번씩 셔터를 누르기도 했다. 늘 똑같은 풍경인데 지나가는 사람들만 달랐다. 시간 때문이리라. 3분 전과 후의 시간의 차이 혹은 반복들.

"아, 이거 말고 저…… 할머니 사진 찍은 것 있나요?"

"네. 마이애미 성카를로 병원 작업 말이군요."

H는 파일들을 정리하더니 영상을 켰다.

"우리가 일주일 내내 병원에서 찍었죠."

"당신도 함께였나요?"

"아, 실제로 같이 있었던 것은 아니에요. 하지만 우린 늘 같이 작업하죠."

"같이 작업하는 것처럼 여길 뿐이지 않나요. 촬영은 P만 하고 있잖아요."

"그는 나예요."

"너무 억지 쓰지 말아요."

"좋으실 대로."

동영상은 하루 종일 누워 있는 할머니만을 비추었다. 간혹 간호사가 환자의 상태를 살피거나 주사를 놓고 가고 의사가 회진을 돌았다. 할머니는 거의 미동 없이 누워 있었다. 등장인물이라기보다는 거의 풍경에 가까웠다. 어쩌다 카메라 셔터 소리가 났다. 아마도 P가 사진을 찍은 모양이었다.

H는 3분에 한 번꼴로 파일을 스킵해서 보여주었다. 실시간으로 일주일 분량을 다 볼 수는 없었다. P의 모습도 간간히 반쯤 잘린 채 스크린을 지나가곤 했다. 말소리도 들렸지만 또렷이 분간이 잘 되지 않았다. 영어나 우리말로 웅성대다 끊기곤 했다. 화면은 주로 할머니를 클로즈업해 보여줄 뿐 그밖의 것은 잘려나갔다. 병실을 풀샷으로 잡은 장면은 한두 번 있을까 말까 했다. 정확하게 상황을 알 수 없었다. 할머니에게서 목숨이 빠져나가는 시간을 찍기 위해서였으리라. 파일이 몇 개째 돌아갔지만 늘 그 타령이었다.

"지겹죠? 마지막 파일부터 봐요."

K는 겁이 났다. 생중계되는 타인의 죽음을 본다는 게 너무나 두려웠다. 이제라도 그만 됐다고 말하고 일어서고 싶었다. 하지만 꼼짝달싹할 수 없었다.

할머니는 늘 그 상태였다. 간호사가 와서 주사액을 링거에 주입하고 갔다.

"형, 할머니가 조용히 가신다면 큰어머니나 우리 어머니나 좀 편하시지 않을까요?"

화면에서 말소리가 들렸다. 하지만 사람의 형체는 나타나지 않았다. 가끔 벽 쪽으로 그림자가 비치곤 했지만 누가 누군지 분간할 수 없었다.

"글쎄다. 살아 있는 사람들은 좀 편하겠지."

"몇 년 뒤엔 할머니는 백 살이 될 거야."

"이번엔 오래 버티시지 못하실 것 같으니까 당신 스스로 1세기를 채우지는 못하시겠지."

"그런데 지난번처럼 아무 일 없었다는 듯이 일어나시면 어떡하지? 꼭 그럴 것 같은 느낌이 들어."

"그냥 이 상태로 돌아가시기를 바라니?"

"그게 말이야. 아니 뭐 만약 돌아가시게 되면 남은 가족들에게는 마지막 덕을 쌓는 것 아니겠어. 살 만큼 사셨고 지금 돌아가셔도 호상이라고……"

"니 말이 다 맞아. 맞거든. 그럼 직접 니 손으로 죽이지 그러니?"

"뭐야! 형, 그게 무슨 소리야."

"니가 못하면 나라도 해야지. 그게 우리 어머니에게 효도하는 길이거든. 어머니나 작은어머니 모두 할머니와는 피 한 방울 섞이지 않았으니까."

"형!"

"왜 그렇게 부르니? 어서 하라고 재촉하는 것처럼 들리는구나."

갑자기 조용해졌다. 그리고 둘 중 하나가 병실 밖으로 나가는 듯했다. 몇 분 동안 그 상태로 정지한 듯 아무런 변화도 없었다. K는 자기 심장이 뛰는 소리를 들었다. H가 서너 번 스킵했다.

화면이 잠시 흔들리더니 할머니 얼굴이 화면 가득 클로즈업 되었다. 그리고 잠시 뒤 다시 할머니 얼굴을 향해 셔터가 터졌다. 그 전에도 간간히 수동 카메라 셔터 소리가 났지만 이번에는 그치지 않고 계속됐다. 말소리가 났지만 무슨 소리인지 알 수 없었다.

할머니 얼굴 앞에서 링거 줄이 흔들렸다 잠잠해졌다. 또다시 지겨울 정도의 할머니의 잠든 모습뿐이었다. 그저 눈썹이 가늘게 떨리거나 안면 근육이 약하게 경련을 일으키는 것이 다였다. 그것도 집중하지 않으면 포착할 수 없는 매우 약한 변화일 따름이었다. 이제는 기다리는 것 외에 더는 없었다. 할머니의 죽음이 어서 펼쳐지기를 기다리고 있는 것이다. 마지막 파일은 이제 겨우 20여 분 남았다.

K는 파국을 기다리는 자신의 심정이 너무나 파렴치하게 느껴져 치를 떨었다. 하지만 H의 말대로라면 할거니는 벌써 일주일 전에 돌아가셨다. 지금 보고 있는 것은 그때 촬영한 필름일 뿐이었다. 그런데도 할머니는 지금 막 숨을 거두려는 찰나에 놓여 있었다. K에게 P의 할머니는 아직 살아 있었다. 이제 곧 할머니는 죽을 것이다. 어서, 어서. K는 스스로 주문을 외우고 있었다. 할머니의 몸에서 죽음의 기운을 느끼고 싶었다. 왜 죽지 않는 거지? 언제 돌아가시나.

다시 카메라 셔터가 할머니의 얼굴을 향해 터졌다. 사진을 찍는 할머니의 얼굴이 왠지 홍조를 띠는 것 같은 느낌이었다. 아흔을 넘긴 할머니의 얼굴이 혼례식을 올릴 때처럼 발그레 달아오르는 것 같았다. 열두 번쯤 셔터가 터졌을 때 할머니의 얼굴은 심하게 경련을 일으켰다. 하지만 할머니의 얼굴이 떨리는 것인지 카메라가 흔들렸는지 알수 없었다. 어쩌면 할머니의 몸 상태를 체크하고 있던 기기의 계기판이 심하게 요동쳤을지도 모른다. 카메라 셔터는 더 급하고 빠르게 반복적인 금속성 소리를 냈다. 스타카토 알레그로. 급하고 빠르게 셔터 소리는 마지막 마디를 향해 달려나갔다

"간호사!"

P가 소리를 쳤다. 보이지는 않지만 사진을 찍고 있는 사람이 P라면 그가 소리친 게 맞을 것이다. P는 여러 번 소리를 지르며 간호사를 찾았다. 하지만 카메라를 내려놓지는 않았는지 셔터 소리는 쉬지 않고 들렸다.

간호사들이 뛰어왔다. 할머니를 흔들며 불러댔다. 그 순간에도 P는 카메라 셔터를 눌렀다.

"형, 뭐하는 거야."

P의 사촌이 들어왔는지 그에게 소리를 질렀다.

"제발 그 카메라 좀 치워요. 무비 카메라도 끄고. 내 참."

화면이 심하게 흔들리더니 꺼졌다. 누군가 비디오 코드를 뽑은 모양이었다. 더 이상 동영상을 볼 수 없었다.

"이게 다인가요?"

"비디오는 그렇죠. 사진 볼래요?"

H는 할머니가 돌아가시기 전 마지막 30분을 찍은 거라며 앨범 한 권 분량의 사진을 K 앞으로 내밀었다.

K는 급하게 사진을 넘겼다. 노인은 가을걷이가 끝난 들녘에 누운 볏단처럼 널브러져 있었다. 한편으로는 평온해보이고 한편으로는 고통으로 얼룩진 듯 보였다. 아무리 사진을 넘기고 넘겨도 노인의 얼굴뿐이었다. 몇 초당 한 번씩 셔터를 누른 것인지 사진과 사진 사이엔 아무런 차이도 존재하지 않았다. 그저 똑같은 표정의, 아니 표정도 별반 없는 노인의 얼굴일 따름이었다. 하지만 어린 시절 만화 컷 여러

장을 빠르게 넘기면 활동사진처럼 보였을 때처럼 노인의 얼굴은 살아서 움직였다.

"너무 빨리 넘기지 말아요. 시간이 달아나잖아요."

H가 말했다.

K는 무슨 소리냐는 표정으로 H를 올려다보았다.

"시간이 할머니의 얼굴에 묻어 있게 그냥 좀 내버려둬요. 어차피 떨어져나갈 시간인데 말이에요."

갑자기 손이 저절로 멈춰버린 듯한 느낌이었다. K는 마냥 한 장의 사진만 들고 있었다. 노인은 마지막 남은 몇 분의 시간을 붙들고 있었다. 얼굴에 착 달라붙은 시간은 떠날 시간을 초조하게 기다리고 있었다. H가 곁에 다가가 아주 느린 속도로 K의 손에서 사진을 빼앗아 옆에 내려놓았다. 노인의 빈약한 얼굴 근육이 조금씩 뒤틀어지기 시작했다. 노인의 코에서 콧김이 새어나오는 것 같았다. 신께서 불어넣었던 태초의 기운이 서서히 빠져나가고 있는 것일까. 마지막 남은 숨결이 호스가 꽂혀 있는 콧구멍 사이로 아주 희미하게 흘러나오는 게 느껴졌다. 그저 K의 상상인지도 모른다. 하지만 대개 모든 사건들은 상상의 결과물들이 아니었던가. H가 한 장 한 장 사진을 넘길수록 노인은 숨가빠하며 목울대를 들썩였다. 하지만 정작 사진 속의 노인은 정지 상태로 미세한 움직임조차 없었다. 느인에게서 남은 몇 모금의 숨이 빠져나가고 있었지만 카메라는 그것을 읽을 수 없었던 것일까. 사진을 넘기는 K의 손마디에서 시간이 흘러내리듯 노인의 목구멍에 걸린 시간이 죽음 쪽으로 서서히 이동했다. 종착지까지 거리가 너무 짧아서 이동거리와 속도를 도저히 가늠할 수 없는 움직임이었다. 시간의 이동은 움직임 없는 운동이었다. 시간은 스스로는 움직이지 않고 시간을 느끼는 순간 저만치 멀어져 있었다. 정지 그 자체로 지속하는 시간은 항상 이미 지나가고 여기 없었다. 이제 노인도 추억으로 변해가고 있었던 것이다.

"할머니 얼굴만 수백 장 찍었군요. 주위의 환경과 거기에 깃든 시간은 다 어쩌구요. 어쩌면 사건은 인물에게서만 발생하는 게 아닐지도 모르잖아요."

K는 이런 미묘하고 느릿하고 찰나를 느낄 수 없을 만큼 정지에 가까운 순간이 지겨웠다. 한 사람의 죽음 앞에서 분주한 살아 있는 사람들의 움직임을 느끼고 싶었다. 장례식장에 가면 죽은 자는 어디 있는지조차 알 수 없고 산 자들의 어수선한 풍경만 늘어져 있지 않던가. K는 노인의 죽음을 둘러싼 다른 사람들의 움직임을 보고 싶었다.

"왜 그런데 관심을 가지나요? 그것은 그저 일상이에요. 물론 죽음과 관련한 조금 특별한 일상이죠. 이번 테마는 일상의 시간이 아니라 그야말로 어느 특정한 순간의 시간이니까요."

H가 K를 나무라듯 말했다.

"할머니의 죽음이 사진에 나타난 것뿐일까요?"

"뭘 더 원하죠?"

"현실에서 할머니의 죽음요."

"사진 속에 없다면 없어요. 그리고 현실이라는 게 있다면 그것은 이제 할머니와는 무관하고…… 그러니까 우린 그 따위 현실을 찍으려고 하지 않아요."

"그 따위 현실이라고요? 이건 살인이에요. 할머니에게 누군가 약을 먹인 거라고요."

"그래서요? 그럼 사진을 수백 장이 아니라 수천 장을 찍어야 했겠죠. 아니면 우리 프로젝트를 1년 뒤쯤 시작했거나. 어차피 마찬가지 아닌가요. 할머니에게서 숨이 빠져나가는 시간은 그렇게 큰 차이를 보이진 않을 거예요."

"도대체 무슨 이야기를 하는 거예요. 난 당신네들 프로젝트 따위를 말하는 게 아니라 할머니의 죽음이 자연사가 아니라 살인이라는 걸 말하는 거예요."

"사진이 살인을 말하고 있다면 그럴 수도 있죠. 뭐가 보이나요, 살인의 흔적 같은 게?"

K는 사진을 뚫어져라 쳐다보았다. 노인의 얼굴은 무엇을 말하고 있는가. 나는 살해당해 죽어가고 있다! 노인은 동영상 파일에 담긴 표정 그대로였다. 약물에 의한 충격으로 얼굴이 일그러지고 근육이 뒤틀어져야 하지 않는가. 할머니는 그저 오래전부터 죽어 있다고 해야 할 만큼 고요했다. K는 살인의 증거도 시간의 흐름도 다 착각일 뿐이라고 생각했다. 지금 여기 이 방에 넋 놓고 있는 것도 다 악몽일 따름이라고 느껴졌다. 그래, 눈을 뜨면 악몽에서 벗어나 현실로 돌아올 거야.

"어째서 카메라는 병실 전체를 찍지 않고 할머니만 찍었죠? 그래야 할머니의 존재가 올바로 드러날 거 아니에요."

K는 H와 P가 살인을 은폐하기 위해 주위 환경을 빼놓고 찍은 것이

라고 주장하고 싶었다.

"현실의 불필요한 부분을 정교하게 잘라내버릴수록 훨씬 미적인 형태가 드러나죠."

H는 모든 사건이 美를 위해 존재한다는 식으로 대꾸했다.

"어째서 배경에서 인물만 쏙 빼올 수 있죠?"

"예술은 궁극적으로 왜곡이에요. 늘 있는 그대로를 보여주겠다고 거짓말을 하고 있지만. 정작은 왜곡의 기술이 얼마나 뛰어난지를 경쟁하고 있을 뿐이죠."

"그건 자기 강박관념을 투사하는 것에 불과해요."

"바로 그게 사진이라면 어쩌죠? 학살 장면을 촬영했을 때 사진은 학살자의 비윤리성을 고발하고 있을까요? 아니면 찰나의 숭고함을 찬양하는 것일까요?"

"이건 사람이 죽고 사는 문제예요."

"오, 노! 언젠가부터 휴머니즘은 진실과 아름다움을 둘러싼 혼란을 은폐했어요. 그럼 다 덮을 수 있었죠. 이건 위대한 휴머니티의 승리다! 그럼 끝이에요."

"그렇다고 사람을 죽여서는 안 돼요."

"미안해요. 사진을 찍는 순간, 사진가의 마음은 공백 상태니까 어쩔 수 없어요. 그건 윤리니 휴머니즘이니 하는 말들이 사라지는 순간이거든요."

"그래도…… 그래도…… 그럼 안 돼요."

"미안해요. 사진에게는 앎이 없어요."

"아니에요. 앎이 없는 앎이라도 있어야 해요."

K가 소리를 질렀다.

H는 잠시 숨을 고르더니 입을 뗐다.

"아무도 모르는 곳에 숨겨둔 카메라가 또 있어요."

H는 소형 카메라를 가지고 와서 컴퓨터에 연결했다. 다시 동영상이 흰 벽을 뒤덮었다. 가운을 입은 한 남자가 들어왔다. 링거에 주사액을 넣고 나갔다. 그것뿐이었다. 앞도 뒤도 없었다.

"여간호사가 링거에 혈압 약을 넣었어요. 그런데 차트에 체크를 안했고, 다시 교대 근무자가 약을 투여했죠."

"말도 안돼. 정말 당신네들 카메라 조작까지 하나요? 아니면 저 흰옷을 입은 남자는 P 아닌가요? 사진을 찍으려고 할머니를 죽이다니!"

K가 소리를 질렀다. H는 싸늘하게 웃음 지으면서 말했다.

"분노한 여자의 감정의 시간도 찍을 수 있겠군요. 분노라는 감정이 어떻게 생성되고 발산하고 소멸하는지 지금 K씨가 보여주네요. 프로젝트 끝에 넣어야겠어요."

"아악!"

K는 미칠 것 같았다. 광신도 소굴 한복판에서 허우적거리는 것만 같았다. H의 얼굴이 점점 희미하게 보였다. 그때 초인종이 울렸다.

"P가 뉴욕에서 돌아올 시간이에요."

드디어 올 것이 왔다. 이 두 살인자들이 나를 감금하고 죽을 때까지 기다리면서 사진을 찍을 것이다. 나 역시 할머니처럼 서서히 죽어가면서 죽음의 시간을 연기할 것이다. 그들은 멀티미디어 영상이라는 신종 예술을 위하여 피사체를 공격하고 결국 물어뜯어 죽일 것이다. K는 이건 그저 악몽일 뿐이야, 하고 생각했지만 악몽에서 깨어나 현실로 돌아왔을 때 그것조차 악몽의 반복일 뿐이라면 어쩌지, 하고 자기 말을 되풀이했다. 이건 정말 현실이 아니야. K는 악몽 속으로 더 깊이 달아났다.

초인종이 계속해서 울리고 있었고, H는 K를 향해 웃었다. P는 지금 현관 앞에 서 있는가. 왜 들어오지 않고 벨만 누르고 있는가. 자기 집인데 뭘 망설이는가. 열쇠를 잃어버렸나. K는 도무지 알 수 없었다. P는 초인종 누르기를 그치지 않았고, H는 곧 P가 들어올 거라며 문을 열어주기 위해 방에서 나가지도 않았다. 정말 벨을 누르는 자는 P인가. P는 왜 밖에서 서성이는가. H는 왜 주인을 집에 들이지 않는가. 순간 K는 소스라치게 놀랐다.

"우리는 늘 같이 해요."

H의 말이 반복적으로 귓가를 때렸다.

P의 눈은 이미 여기 들어와 있었다. 카메라 뒤에 숨어 피사체들을 응시하고 있었다. 그리고 시간을 재면서 K가 지쳐 쓰러질 때까지 참고 기다리는 것이다.

그러나 밖에서는 초인종이 계속 울렸다. K는 눈이 없는 P가 자기를 애타게 부르고 있다는 느낌을 받았다.

"바깥의 시간을 보고 싶어요."

K가 애원하듯 말했다. H가 동의하듯 고개를 끄덕였다.

K는 밖으로 나왔다. K는 자신의 바깥에 서 있는 느낌이었다. 자기

를 벗어던지고 나온 것만 같았다. K가 벗어놓은 또 하나의 K는 지금 1416호에 남아 있을 것이다. K는 아파트 복도 한가운데 멍하니 서서 한참 동안 정지해 있었다. 주위엔 아무것도 없었다. 아무 일도 일어난 적이 없다는 듯 사방이 고요했다. K는 공중에 떠 있는 자신을 발견하고 치마로 아랫도리를 가렸다.

K가 가까스로 집으로 돌아왔을 때 시간은 밖으로 외출하고 없었다. 시간이 없는 장소라니. K는 숨을 길게 내쉬었다. K의 손에는 H가 선물로 준 자신의 누드가 들려 있었다. P의 할머니 사진을 받아올 걸 그랬다는 생각이 들었다. K는 담배를 피워 물면서 빨간 불꽃에 사진을 갖다댔다. 1416호에서 있었던 일들을 깡그리 태워 없애야 했다. 자기 자신을 찍은 사진은 더 이상 필요 없었다. 몸뚱어리는 벌써부터 헐거워져 K를 가둘 수 없었다. 오히려 할머니의 몸을 입고 한없이 소멸하고 싶다는 생각이 들었다. 죽어가던 노인의 고요와 평정을 맛보고 싶었다. 늙어가는 것 따위에 초조해지지 않는 몸을 지니고 싶었다. 할머니의 환영이 지워지지 않았다. K는 그 환영을 자기 몸 위로 걸치고 싶었다.

1980년대를 지나온 사람들은 이미 알고 있었다. 아무리 현실이 악몽 같을지라도 거기서 쉽게 깨어날 수 없다는 것을. 가끔 악몽의 텅 빈 중심이 뒤집혀 현실과 자리바꿈을 한다는 것을. 비틀리는 환영에 사로잡혀 시간을 망각한다는 것을.

"환상 따위는 없어."

한때 문학소녀였던 K는 소리를 크게 내질렀다. 그러나 속으로는 알

고 있었다. 그것은 없는 것으로서 이미 항상 존재했다는 것을. 썸싱
에즈 낫싱!

종이집

＊

모든 이의 증오가 한 사람의 희생양에게 집중될 때
그 사회는 다시 화해하게 된다.
—르네 지라르

S고등학교는 왕십리를 지나 황학동 벼룩시장 못 미쳐 야트막한 언덕배기에 있었다. 그곳에 학교가 세워진 지 꽤 되었지만 사람들에게 많이 알려져 있지는 않았다. 물론 왕십리 일대에선 그럭저럭 이름이 났지만 그것도 근처의 S공고나 S여실 등에 비하면 브랜드 인지도가 턱없이 떨어졌다. 내가 그 학교에 입학한 것은 1982년 3월이었다. 그때 어떤 노래가 유행했는지 어떤 사건으로 세상이 떠들썩했는지 사람들은 무엇을 걱정하며 살았는지 잘 모르겠다. 나는 세상에 대해 큰 관심을 갖거나 자아에 대해서도 구체적으로 고민해보지 않았으며 장차 내가 무엇이 되어야 할지 아무런 생각이 없었다. 아마 그해 프로야구가 생겼는지도 모른다. 내가 프로야구에 열광했었는지도 잘 기억나지 않지만 그때부터 부산을 연고로 하는 롯데를 응원했던 것만은 분명하다. 오랜 세월이 흐른 지금도 변함없이 롯데팬이니까 말이다. 물론 다수의 스포츠팬들이 그러하듯 구장을 찾는 일은 수십 년 동안 거의 한

번도 없었다.

　S고등학교의 외벽은 절벽에 맞닿아 있었다. 절벽이라고 말하기엔 좀 우습지만 다른 말로 표현하기도 어렵다. 제2교사동은 그야말로 절벽 끝에 위태롭게 걸려 있는 형국이었다. 절벽의 반을 깎아서 직원들을 위한 테니스장과 매점을 겸한 학생 식당을 열었다. 운동장은 절벽 위 고원을 평평하게 다져서 만들었다고 할 수 있었다. 도시 한복판에 산중턱을 잘라 억지로 만든 절벽이라 생뚱맞기 그지없었다. 하지만 그땐 그랬다. S고교는 지금 보면 그저 그런 야트막한 언덕배기 위에 눌러앉은 형국이지만 그때는 정말이지 절벽 위로 우뚝 솟은 고딕성과도 같았다. 낡고 괴기스런 모습은 지금도 여전하다.

　중앙에는 제1교사동이 30년 역사를 자랑하고 있었다. 근세 말에 세워진 학교들에 비하면 턱없이 부족한 세월이지만 학생들이 이제 막 십대 중반을 지나서인지 인생의 두 배쯤 더 나이를 먹은 학교가 꽤 늙어 보였다. 사실 그것은 학교 자체의 역사 때문이라기보다는 부실하게 짓고 관리도 허술한 학교 시설 때문이었다. 어디 한군데 번듯한 곳이 없었다. 가장 낡고 고색창연한 모습을 띤 것은 도서관이었다. 도서관에 가려면 산비탈 계단을 오르내려야 했다. 도서관 내부는 전혀 기억나지 않지만—당연히 그랬다. 고1 때 한 달에 한 번씩 돌아오는 독서시간에 들락거린 뒤로 단 한 번도 들어가 본 적이 없었으니까—머리가 빙빙 도는 나선형 계단은 잊을 수가 없다.

　독서시간에 읽은 책이라고는 괴테의 『젊은 베르테르의 슬픔』이 전부였다. 나는 세로로 인쇄된 책을 읽기가 힘들어 손으로 한 줄 한 줄

짚어가며 읽었다. 독서 지도 선생은 책은 눈으로 읽는 것이라며 내 손을 들어 떼어놓았다. 그리고는 다 읽은 뒤 소감을 말하라고 요구했다. 나는 그 다음 시간까지도 책을 다 읽지 못했지만 어쩔 수 없이 발표를 해야만 했다. 나는 더듬거리며 책의 내용을 읊었다. 선생은 내가 제대로 말을 잇지 못할 때마다 끼어들어 줄거리의 빈틈을 보충해주었다.

　나는 젊은 베르테르의 슬픔을 알지 못한다. 그가 사랑한 여자가 롯테인지 베아트리스인지 알 수 없으며 그가 왜 슬픔을 겪었는지 모른다. 그 뒤로 그 책을 다시 읽은 적이 없다. 하지만 궁금한 것은 다 읽지 못한 책의 뒷부분이 아니라 왜 십대 소년들에게 그 따위 책을 읽도록 강요했느냐 하는 것이다. 아무도 「젊은 베르테르의 슬픔」을 읽는 것을 좋아하지 않았는데 말이다. 반 아이들 가운데 내 발표에 귀를 기울이는 녀석은 한 놈도 없었고, 독서 지도 선생이 참견을 하며 「젊은 베르테르의 슬픔」이 지니는 의미와 가치 따위를 소리 높여—선생의 목소리는 찢어지고 하이 바리톤 음색에 경상도 사투리가 섞여 정말이지 듣기 싫었다—외칠 때도 아무런 반응이 없었다. 물론 나와 다른 책을 읽고 내 뒤를 이어 발표하는 녀석들 중에서 자기가 읽은 책에 대해 감흥을 받은 놈은 단 하나도 없었다. 지금도 독서시간을 기억하는 것은 나선형 계단을 소리 지르며 정신없이 뛰어내려올 때 눈알이 빙빙 도는 기분을 느꼈기 때문이다. 나선형 계단에 원통 모양의 벽은 너비가 매우 좁아 한두 명이 겨우 오르내릴 수 있었다. 쉬는 시간을 좀 더 오래 갖기 위해서는 서너 명이 한꺼번에 내려갈 수밖에 없었다. 발을 재빠르게 움직이며 옆에 붙은 아이와 어깨 싸움을 벌이며 쉼 없이 내

달리면 20여 초 내에 도서관을 빠져 나올 수 있었다. 시원한 바람이 불었다. 한 시간 동안 숨 막혔던 공간을 벗어났다는 해방감에 온몸이 저릿저릿했다.

내가 주로 공부했던 제2교사동까지는 다시 서른 개의 계단을 내려가 운동장을 가로질러야 했다. 대부분의 아이들은 도서관 옆 검도부 막사 뒤편으로 가 담배를 피웠다. 나와 잘 어울렸던 십여 명의 아이들 가운데 담배를 피우지 않는 아이는 B뿐이었다. B의 아버지가 목사여서 B는 술 담배를 입에 대지 않았다. 하지만 그는 늘 우리와 붙어 다녔다. 그 아이가 패싸움에 가담했는지, 여자 아이를 돌림빵 놓는 데 끼었는지는 지금 기억이 나지 않는다. 그런 짓을 할 때면 정신없이 날뛰었기 때문에 누가 옆에 있는지 분간할 수 없었다. 아마 그 아이도 좀 거들었거나 그냥 나머지 아이들을 지켜보았을 것이다. 나머지 아이들이라니 좀 이상하다. 늘 B가 그 나머지 한 명이었는데 말이다. 싸움이 시작되면 그는 아이들의 가방을 맡아주거나 연락을 받고 상대편 아이들이 우리보다 두 배쯤 더 몰려오면 소리를 질러댔을 것이다.

여자 아이를 붙잡아 돌릴 때는 무얼하고 있었을까. 술 마시거나 담배를 피울 때 그랬던 것처럼 얼굴에 미소를 띠며 다른 아이들을 신기한 듯 바라보았을까. B는 십대 소년들의 왕성한 호기심과 성적 충동을 어떻게 견뎠을까. 또 누군가를 실컷 패주고 싶은 분노와 폭력에 이끌리는 습성을 어떻게 다스렸을까. B는 그 후에 어떻게 되었을까. 늘 함께 있었지만 그저 나머지 한 명이었을 뿐인 그 아이는 지금 무얼하며 살고 있을까.

"나머지 한 명은 어딨어?"

우리가 사고를 칠 때마다 선생들이 찾았던 그 아이는 지금 어디 있는가. 사건이 터지고 난 뒤 숱한 이야기가 이어지는 동안 아이는 어디 숨어 있었는가. 기억이 지워지듯 그 아이의 존재는 지금 지워지고 없다.

검도부 아이들과 방과 후 주도권 싸움을 벌이는 것이 우리 패거리의 일과 중 하나였다. 그러나 전국체전에 나오는 주전급 아이들은 결코 싸움에 휘말리지 않았다. 주전들은 싸움이 시작될 즈음 모두 내빼고 정작 대나무 칼을 정신없이 휘두르는 놈들은 조무래기에 불과했다. 우리들 가운데 검도부 아이들을 이길 만한 놈은 한 명도 없었지만 그래도 검도부와 맞짱뜨는 일은 늘 흥미로웠다. 검도부는 다른 학교 서클과도 여러 번 다구리를 붙어 이긴 경력을 갖고 있어 검도부를 이긴다는 것은 학교 내에서 인정을 받을 수 있는 절호의 기회였다. 가끔 우리 열댓 명이 검도부 아이들 서넛을 패주곤 했다. 주전이 빠진 터라 숫자가 많으면 당연히 이길 공산이 컸다. 일대일 싸움이 아닌 경우라면 우리는 싸움을 마다하지 않았다. 하지만 우리들 중 누구도 진짜 주먹만으로 상대를 꺾을 만한 힘을 가진 녀석은 하나도 없었다. 우리는 그저 떼거리로 몰려다니며 몇 안 되는 다른 패거리를 위협하는 게 전부였다. 다른 아이들은 우리들 중 누군가를 두려워하거나 하지도 않았다. 다만 우리패와 맞닥뜨리는 일만은 피했다. 그저 우리패를 조심할 뿐 무서워하거나 위협적인 존재로 여기지 않았다. 그래서 싸움은 늘 싱겁게 끝났다. 그 아이들 편에서는 돌을 던지거나 막대기를 들고 설치는 우리들을 보고 열라게 내빼면 그만이었다. 피를 보는 경우도 별로 없었다. 가끔 우리들 가운데 혼자서 설치다가 불의의 일격을 당해 양호실이나 병원에 드러눕는 일도 생겼지만 그것은 고교시절 3년을 통틀어 몇 번에 불과했다. 우리들 가운데는 반장도 있었고 전교 10등 안에 드는 녀석도 있었고 꼴찌를 하고 진짜 폭력서클에 가담한 녀석도 있었다. 어른들 조직 밑에서 심부름을 하던 G는 가끔 따로 불려가 규율부 선생들에게 손찌검을 당하곤 했다. 그때마다 다음 날이면 G의 엄마가 찾아와 선생들에게 봉투를 내밀었고 반 아이들에게도 떡이나 다른 먹을 것을 돌렸다.

　G의 어머니는 계모였지만 G를 정말 아꼈다. G의 말로는 엄마가 자기를 너무 사랑하는 나머지 여자랑 하고 싶어서 미치겠다고 징징대면 고추를 만져준다고 했다. 또 여자 아이와 빠구리를 뜰 때면 문을 잠그지 말고 열어두라고 말했다고 한다. 언제나 무슨 일이든 계모는 자기를 돌보는 일이라면 물불을 가리지 않는다는 것이다. 한 번은 임질에 걸렸는데 상대가 누구냐고 대라며 G를 앞세우고 당사자를 찾아가서는 머리끄덩이를 잡고 생지랄을 했다는 것이다. 그것도 여자 아이의 어머니가 보는 앞에서 말이다. G의 어머니는 예전에 술집 여자였는데 이제는 조용히 집에서 지냈다. 들리는 소문으로는 하우스 아줌마로 통한다고 했다.

　G의 아버지는 일수꾼이었고 힘깨나 쓰는 부하들이 있었다. 그러나 단 한 번도 G의 아버지를 본 적이 없다. 아이들 말로는 1년에 반을 큰집에서 살기 때문에 그렇다고도 하고 G의 계모 말고도 또 다른 여자

가 있어서 집에 잘 들어오지 않는다고도 했다. 우리가 돌림빵 놓았던 여자 아이들 대부분은 G가 잡아왔다. 주로 여상이나 공고에 다니는 애들이었고 가끔은 전문대생도 끼어 있었다. 가끔 사고가 나서 여자 아이들이 배가 불러서 찾아오면 G의 어머니가 병원에 데려갔던 기억이 난다. 우리는 G의 어머니로부터 절대 여자 몸에 씨를 뿌리지 말라고 교육을 받았기 때문에 절정에 올라 기분이 이상해지면 얼른 빼는 습관을 길렀지만 짧게나마 쾌락을 좀 더 맛보려다 사정을 하고 마는 아이들이 있었다. 사실 끝까지 가는 놈은 G밖에 없었다는 게 모두의 생각이었다. 들어가기도 전에 싸고 마는 놈들도 꽤 여럿 있었으니까 말이다. 실제로 돌림빵에 가담해서 여자애의 몸 안에 들어가는 녀석은 겨우 서넛이었다. 여자 아이가 소리를 지르고 발광하는 꼴을 보면 덤벼들 엄두가 나지 않았고, 오히려 여자 아이 쪽에서 가랑이를 쩍 벌리고 나서면 정나미가 뚝 떨어졌기 때문이었다. 사내놈들 서넛이 팔다리를 붙잡고 여자 아이를 먹으면 대여섯은 구경을 하며 딸딸이를 쳤다. 나머지는 뒤에서 낄낄거리며 그 장면을 지켜보았다. 구경꾼 뒤에 또 구경꾼이 있었고 우리가 돌림빵 경험을 이야기할 때면 귀동냥하는 굶주린 거지들이 떼를 이루었다.

우리의 가장 전성기는 고2 가을 축제 때였다. 해마다 가을 축제 때면 여학교에서 몰려왔는데 그중에 예쁜 아이들을 꼬여서 잡아먹는 게 남자 아이들의 꿈이었다. 우리들 가운데는 당시 꽤나 인기가 있던 방송반이나 문예반, 미술반 따위에 가입한 놈들이 몇 있었다. 녀석들은 생긴 것도 그럭저럭 괜찮아서 잘만 하면 예쁜 여자애들을 건질 수 있

었다. 그리고 우리들 대부분은 떡고물이 떨어지기를 목을 빼고 기다
렸다.

한 번은 축제를 준비하던 어느 날인가 하굣길에서 중학교 3년짜리
아이들 대여섯을 만난 적이 있었다. 그날은 짝수가 맞지 않아 미팅을
못하고 나중에 축제 때 오면 다시 만나자고 약속을 했다. 축제 때 여
자 아이들은 친구 몇을 더 데리고 나타났다. 별반 기대를 하고 있지
않았던 터라 우리들은 매우 흥분했다. 사실 우리들은 그 아이들이 아
직 어리고 별로 예쁜 편도 아니어서 마음에 두고 있지 않았다. 여자애
들도 그걸 느꼈던지 예쁜 여자애들을 달고 온 것이었다. 그 가운데 한
명은 정말이지 예뻤다. 나는 그 여자 아이가 오늘 밤 희생양이 될지도
모른다는 생각에 처음으로 죄의식을 느꼈다. 그 아이만은 건드리지
말았으면 하는 생각이 들었다. 그날 밤 우리들은 여자 아이들 7명과
떼씹을 했다. 그중에 내가 점찍은 여자 아이가 섞여 있었는지는 잘 모
르겠다. 잘 못 먹는 술을 너무 많이 마신 탓에 정신이 없었고 여자 아
이들이 비명을 지르는 통에 무엇을 했는지 도통 기억나지 않았다. 다
음 날 아침 집에서 보니 바지와 팬티에 정액 찌꺼기가 묻어 있었다.

고3 때 그 여자 아이는 혼자서 축제에 왔다. 지난번보다 몇 배나 성
숙해져 있었다. 아마도 남자를 아는 몸으로 바뀌어서일 것이다. 왜 혼
자 왔느냐고 묻자 요즘은 그 아이들과 놀지 않는다면서 자기는 S여상
으로 진학했고 대부분은 인문계인 M여고로 진학을 해서 지금은 거의
만날 수 없다고 대답했다. 내가 재밌게 구경하고 가라고 말했더니 그
아이는 웃었다. 나는 뒤늦게 방송반에 들어간 탓에 축제 진행 때문에

그 아이를 챙길 수 없었다. 한창 바쁘게 뛰어다니다 보니 그 아이는 운동장을 가로질러 교문 쪽으로 걸어가고 있었다. 우리 패거리 중에서 아무도 그 아이를 알아보지 못했던 것일까. 그토록 예쁜 여자 아이가 혼자 왔다가 그냥 돌아가는 걸 지켜보다니. 나는 뛰어가서 끝날 때까지 기다려달라고 말했지만 그 여자 아이는 바쁜 일이 있다며 그냥 기억이 나서 한번 와본 것뿐이라고 대답하고는 총총 걸어서 교문을 빠져 나갔다. 그 여자 아이는 과연 무엇을 기억하고 있단 말인가. 우리가 떼거지로 덤벼들어 자기와 친구들을 강간한 것을? 아니면 그 미친 밤의 쾌락을? 무엇 때문에 아무도 자기를 기억해주지도 않는 곳에 다시 나타났단 말인가. 사내아이들 중 누군가를 마음에 둔 것일까. 나는 그 여자 아이의 등을 바라보며 처음으로 슬픔을 느꼈다. 또다시 그 아이를 강간하고 싶은 것인지 사랑해주고 싶은지 알 수 없는 분노와 충동을 느꼈던 것이다.

패거리 중에서 K는 나와 B처럼 잠실 쪽에 살았다. 우리 셋은 그야말로 복도 지지리도 없는 놈들이었다. K고교, H고교, M고교 등이 몰려 있는 강남 알짜배기 학군에 속했지만 너무 많은 아이들이 부정전입을 한 탓에 정작 토박이인 우리가 강북으로 밀려났기 때문이었다. 사실 나는 고교 배정을 받기 전까지 S고교가 서울에 있다는 것조차 알지 못했다. 인생 정말 더럽게 풀렸다. 말이 나왔으니 말이지 S고교 따위로 전학만 하지 않았어도 나와 B는 불량한 놈들과 어울려 거리를 헤매고 다니지 않았을지도 모른다. 얼굴이 귀공자 같은 놈들과 함께 도서관에서 밤새 공부에 열중하는 강남 8학군 대표가 되었을 줄 누가 알겠는가. 하지만 인생이나 역사에 어디 '만약에'라는 게 있던가. 모든 게 결과론일 뿐.

K의 집은 종이와 스티로폼으로 지었다. 스티로폼 벽이 맞닿는 곳에만 각목으로 받쳤을 뿐 온통 신문지로 덕지덕지 붙여놓은 종이집이었다. K는 paper man이었다. 종이집에서 패거리들이 한 짓은 삼바25나 나폴레옹 따위를 마시며 줄창 담배를 피우는 것뿐이었다. 하도 담배를 피워대는 바람에 주위 사람들이 불이 난 줄 알고 신고한 적도 있었다. 한번은 소방차 사이렌이 울리자 K는 어서 튀라고 소리를 질러댔다. 중학교 때도 오밤중에 친구놈들과 담배를 피우다 불을 내 소방차가 출동한 적이 있었다는 것이다. 패거리들은 미친 듯이 달려 석촌호수 근처까지 도망쳤다. 구멍 난 나룻배를 타고 우윳병에 떡밥을 넣어 새우를 잡는 초딩들을 내쫓고 배 위에 올라 멀리서 소방차가 돌아가는 것을 지켜보았다. 담배를 피워대면서 연신 껄껄거리며 구멍에서 물이 올라오는 것을 바가지로 쉴새없이 퍼냈다. 구멍 위로 솟는 물줄기는 샘이었고 분수였다. 십 년도 더 뒤에 석촌호수에 롯데가 만든 매직 아일랜드가 들어서고 그 옆에 분수가 솟구치는 것을 보았을 때 작은 구멍으로 끊임없이 솟아나는 배 위의 샘을 떠올렸다. 샘이 솟아나는 구멍. 그때 우리는 그것을 터진 배꼽, 물 싸는 똥구멍, 뭐 이런 식으로 불렀다.

나는 대학에 와서 고교시절 어울려 다녔던 패거리를 잊었다. 굳이 만날 만한 근거가 없었다. 다들 어디서 무엇을 하며 사는지 궁금하지도 않았다. 열대여섯 정도가 어울렸지만 얼굴이 기억나는 녀석은 거의 없었다. 얼굴이 창백했던 B나 종이집에 살던 K가 전부였다. 군대 다녀와서 전철에서 그때 어울렸던 녀석을 만난 적이 있었다. 그 녀석이 알은체를 해서 봤더니 얼굴은 낯이 익는데 도무지 어디서 만났는지 알 수 없었다. 녀석은 내 이름을 정확하게 부르며 생뚱맞은 표정을 짓고 있는 나를 향해 S고교에 다니지 않았느냐고 물었다. 나는 그렇다고 존댓말로 대답했다. 그랬더니 자기는 누구라며 반갑다고 난리였다. 나는 그가 자기 이름을 뭐라고 했는지 지금도 알지 못한다. 그저 고교시절 친구라니 그런가 보다 했을 뿐이다. 내가 꼬박꼬박 존댓말을 하자 그는 같은 반이었다며 말을 놓으라고 했다. 그때 녀석은 흰머리가 희끗희끗했고 몇 년 선배쯤으로 보였다. 그는 전철이 올 때까지 누구는 지금 뭐하고, 누구는 어떻고 말이 많았지만 나는 그들을 도무지 기억할 수 없었다. 후에 나는 같은 방송반이었던 C와 미술반 D로부터 전화와 엽서를 한 통씩 받은 적이 있다. 내가 신문에 난 걸 본 적이 있다는 것이었다. 나는 그들을 한컷쯤 보고 싶다고 생각을 했지만 아직까지 그때 패거리들 가운데 따로 본 녀석이 없다. K나 B에 대해서도 까맣게 잊고 살았다.

S시로 발령을 받아 내려온 지 10달쯤 지났을까 인근 J시 부장검사로 있던 선배로부터 전화가 왔다. K가 S시 교도소에 있으니 알고나 있으라는 전갈이었다. 나는 K라뇨? 하고 되물을 수밖에 없었다.

"너하고 같은 중학교 출신이잖아. 우리 동창이고 니 동기. 걔 아마 졸업을 못한 것 같고……."

그랬다. 2학년 축제가 끝나고 K는 소리 소문 없이 학교를 그만두었다.

"한때 세상을 떠들썩하게 했던 조직폭력배 두목이었는데 나랏밥 먹는 놈이 그것도 모르냐?"

선배는 어이없다며 혀를 찼다. K는 KK파 보스였다. K는 늘 KK라는 별명으로 불렸기 때문에 나는 그가 K인 줄 몰랐다. 사진도 제대로 찍힌 것이 없어 늘 몽타주뿐이었다. 주민등록 사진도 소년원에서 찍은 터라 내가 알고 있는 K와는 전혀 달랐다.

K는 고교시절 기를 쓰고 머리를 길렀다. 늘 절벽을 타고 기어 올라와 1교시가 끝나고 나서야 학교에 나타났다. 그 탓에 매일 아침 교문에서 벌어지는 두발 검사를 피할 수 있었다. 교련시간에도 땡땡이를 쳐서 단 한 번 출석한 적이 없었다. 젠장! K라니!

선배는 나더러 S시 국립대학에 있는 B를 만나보라고 말했다. B는 프랑스에서 멀티미디어와 영상 테크놀로지에 관한 학위를 취득하고 내가 S시로 오기 1년 전부터 교수 노릇을 하고 있던 것이었다. B까지 이 구석진 도시로 기어들었단 말인가. 거의 25년 만에 학교를 땡땡이치고 종이집에 드러누워 담배를 피우던 놈들 중 둘을 한꺼번에 만나게 된 것이다. 나는 선배에게 어떻게 이런 일이 있을 수 있냐며 반문했다. 선배는 각종 사건 사고들을 보면 이따위 우연의 일치는 아무것도 아니라며 웃었다.

나는 행정자치부에 있을 때 장관이 뇌물 스캔들에 연루되는 바람에 도매금으로 좌천되어 S시로 왔다. 그런데 K는 범죄자로 B는 국립대 교수로 이곳에 온 것이다. 나는 선배의 전화를 받고서도 K나 B에게 연락을 하지 않았다. 한번쯤 보고 싶다는 느낌도 들었지만 지금 그들을 다시 만나봐야 별로 할 이야기도 없을 것 같았다. 나는 S고교에 다녔던 시절을 안주 삼아 술을 마시고 싶은 생각도 없었다. 나는 과거를 반추하고 싶은 마음이 추호도 없었다. 내게 과거란 고해성사 해야 할 죄목들의 길고 끝나지 않는 목록일 뿐이었다. 나는 결코 내 인생의 근원으로 돌아가고 싶은 생각이 없었다. 현실과 현재만 있으면 그만이었다. 과거는 이미 지나간 시간이며 미래가 온들 거기서 무슨 희망을 볼 것인가 하는 게 나의 생각이었다. 나는 과거와 다시 만나고 싶지 않았고 서둘러 미래를 꿈꾸고 싶지 않았다. 불혹이 지난 나이에 미래란 늙음과 죽음뿐이었고, 과거란 청춘에 대한 회한만 불러올 뿐이었다.

그리고 보름도 훨씬 지났다. 정보를 주었는데도 동문들을 찾아보지 않는다며 선배가 소리치는 바람에 일단 B를 한번 만나보기로 했다. 과연 B와 그 시절 우리 패거리가 저질렀던 악행에 대해 지껄이며 웃을 수 있을까. B는 내가 근무하는 시청 앞으로 차를 몰고 나왔다.

"잘 지냈냐?"

내가 묻자 그는 내 얼굴을 빤히 쳐다보며 얼굴이 좀 상했구나, 할 뿐이었다. B는 고교시절의 얼굴을 반쯤 지니고 있었다. 늙지 않아서가 아니라 그가 날 보며 웃는 얼굴에서 소년 같은 표정이 떠올랐다 가라앉았기 때문이다. 그렇게 웃을 수 있는 사십대 남자가 몇이나 될까. B는 미남도 아니었고 동안도 아니었다. 오히려 못생겼다는 소리도 가끔 들었다. 그런데 그는 여태 반쯤은 소년이었다. 그는 10살쯤 아래 막내 동생 같았다. 이제는 피부가 하얗지도 복장이 세련되거나 젊어

보이지도 않았다. 회색 양복에 전형적인 교수 스타일이었다. 그런데도 그는 패거리에 섞여 이제 막 교문을 빠져나오는 고교생처럼 미소 지을 수 있었다. 어묵과 떡볶이를 먹으러 가자고 떼를 쓰고 싶을 정도였다. 그때 신당동 떡볶이집은 십대들의 놀이터였다. 청바지 뒷 호주머니에 도끼만 한 빗을 꽂고 머리는 길게 길러 올백으로 뒤로 넘긴 대학생 형이 DJ박스 안에서 느끼한 멘트를 날리며 여고생들을 쥐었다 놨다 했었다. 형들 가운데 반 이상은 가짜 대학생이 분명했지만 모두들 그렇게 인정해주었고 또 그렇게 믿고 싶었다. 그 골목에 처음 들어섰을 때의 설레던 느낌이란 청량리 뒷골목에 처음으로 발을 들여놓았을 때와 같았다. 유독 B만 별로 떡볶이를 즐기지 않았다는 기억이 났다. 두어 시간 내내 떡을 몇 점 집어 먹지 않고 음악만 듣고 있다가 마지막에 어묵 국물을 맛나게 마시는 게 고작이었다.

내가 B의 옆얼굴을 멍하니 바라보고 있자 그가 쑥스러운 표정으로 또 웃었다. 그의 뺨과 입가엔 추억이 고스란히 새겨져 있었다. 아니다. 그냥 그 시절이 25년 세월에도 변하지 않고 생생하게 돋아나고 있었다. 비결이 뭐냐고 물으려다 입을 다물었다.

B가 차를 멈춘 곳은 갈대가 무성한 갯벌이 수평선까지 이어진 곳이었다. 몇 번 가본 적이 있는 S만의 여러 꼭짓점 가운데 하나 같았다. 갈대숲이 길 양편으로 펼쳐졌고 그 사이로 갯벌이 열렸다. 먼 쪽에선 물길을 막아 새우 양식을 하고 있었다. 모든 장소가 이토록 아름다울 수 있다니. S시로 내려와서 가끔씩 만나는 풍경은 태양과 구름과 바다, 야트막한 산과 작은 들녘, 그리고 갈대와 갯벌이었다. 어디를 가

나 이것들이 한데 어우러져 그림을 만들어냈다. 그리고 그 그림들은 한결같이 고즈넉했고 고요했으며 또 고독했다. 가끔은 쓸쓸했고 황량 했으며 사람들과 멀찍이 떨어져 저만치 홀로 누워 있었다. 풍광은 스스로 미적 거리를 띄워두고 있었다. 장소들은 물때를 따라 몸을 바꾸었다. 대개 허리나 옆구리쯤을 드러내놓고 조금은 헐거워 보이는 매무새였지만 온몸이 물에 잠겼을 때는 출렁이는 파도가 바람에 헝클어지는 머리칼처럼 귀기 어린 울음을 토해냈다.

노을이 지고 있었다. B가 멍하니 바다를 보고 있는 동안 나는 담배에 불을 붙였다. 노을 끝자락처럼 담배가 붉게 타들어갔다. 빠른 속도로 주위가 어두워졌다. 갯벌에 누워 있던 배들이 파도에 밀려 물 위로 떠올라 흔들렸다. 밤에는 바다가 우는 소리가 들려왔다. 어쩌면 갈대가 서로 비벼대는 소리일 수도 있다. 멀리서 날아온 가을 철새들이 동료들을 부르는 것인지도 모른다. 손바닥만 한 섬 꼭대기에 소나무 두 그루가 등을 맞대고 서 있었다. 바다 한복판에서 언덕배기에 서 있던 고딕성 같은 학교가 떠오르는 것처럼 느껴졌다. 이토록 홀로 떨어져 있는 풍광은 멜랑콜리나 센티멘털에 가깝다. 나는 한 달에 한 번 이상은 이런 경치를 두 눈 뜨고 볼 수 없었다. 이런 노을이 지는 바다 풍경은 회상에 잠기게 하고 추억을 불러일으키고 시계 바늘을 과거로 돌린다. 나는 서울로 돌아가고 싶다는 생각이 간절했다. 그 시절의 추억이 서울에서보다 이곳에 와서 더욱 되살아나는 것이 미치도록 싫었다. 나는 나를 뒤흔드는 몹쓸 놈의 옛 기억을 목졸라 죽이고 싶었다. 다시는 부활하지 못하게 입을 틀어막고 물에 처박아 숨통을 끊어놓고 싶었다. 저녁이 바다 너머로 완전히 물러갔다. 아름답던 그림도 어둠과 함께 서서히 지워졌다.

새우가 산 채로 냄비에 담겼다. 몇 마리는 펄떡거리다 상 아래로 떨어져 시멘트 바닥에서 툭툭 튀어 올랐다. 새우를 산 채로 불에 굽는 모습은 처음 보는 광경이었다. 투명한 유리 뚜껑이 달린 냄비 속에서 새우는 굵은 소금이 깔린 호일 위를 버둥거리며 벌겋게 익어갔다. 십여 초를 못 넘기고 새우는 죽었다. 지옥에서는 불로 소금 치듯 한다는 성경 구절이 생각났다. 곧바로 단테의 『신곡』 지옥편이 떠올랐다. 나도 죽으면 그곳에 가게 될 것이다. 유학 시절 낯선 외국어로 읽었던 글귀들이 새우 껍질 위로 새겨지고 있었다. 서양에서는 무신론자조차 신을 읽고 탐구했다. 나도 한때 그리스어와 라틴어에 필이 꽂혀 성서와 신화 읽기에 몰두했었다. 그곳에서는 나의 죄가 백일하에 드러났지만 아무도 나를 비난하지 않았다. 나는 부끄러움을 몰랐으며 내 죄는 깨끗하게 지워지고 망각될 수 있었다. 그들은 그것을 대가 없는 용서라고 불렀다. 낯선 곳에 사는 사람들은 완벽한 논리를 지녔다. 어떤 피해망상도 죄의식도 없었다. 모든 것이 이론에 의해 극복될 수 있었다. 신도 법도 모두 다 인간의 이론적 탐구의 대상일 뿐이었다. 미친 듯이 분석하고 정리하고 요약해서 자기화할 수 있다면 그 어떤 어려운 주제도 승화되고 결국 자기 자신과 무관해지고 말았다. 낯선 곳에서 나는 이방인이었으므로 치외법권자였다. 늘 법의 바깥에서 예외로 남아 있었다. 그러나 귀국해서는 상황이 달랐다. 나의 모든 악행들이 지울 수 없는 업으로 어깨를 짓눌렀다. 이곳에서는 아무도 날 용서할 수 없었다. 내가 악을 행한 대상들이 아직 살아 있었고 죄의 역사가 고스란히 기록으로 남아 있었으니까 말이다.

새우 맛이 기가 막혔다. 지금까지 먹은 그 어떤 요리보다 먹을 만했다. 아마도 산 채로 구워 먹었기 때문일 것이다. 그 시절 여자 아이를 윤간할 때 버둥거리던 하얀 다리가 떠올랐다. 그녀들의 허벅지를 뜯어먹고 싶었다. 나는 한마디도 하지 않고 새우만 먹었다. 아무리 먹어도 허기가 가시지 않았다. 그 시절엔 무엇 때문에 배고파했을까. 사춘기도 아니고 어른도 아닌 어정쩡한 십대 후반, 내 속에 숨은 공허를 자극한 것은 무엇이었을까.

"곧 K를 사형집행할 거라는군."

새우가 턱에 걸렸다. B는 오랫동안 새우는 한 점도 먹지 않고 허겁지겁 새우를 먹어치우고 있는 나를 바라다보고 있었던 것이다. 내가 언제쯤 새우 먹는 것을 멈출지 기다리다 못해 속에 담아둔 말을 내뱉은 모양이었다. 그냥 밥이나 먹자더니 여기까지 끌고 와 기껏 한다는 소리가 사형당하게 된 25년 전 친구놈 이야기인가. 그러나 나는 잠시 한숨을 돌렸을 뿐 새우 먹기를 멈추지 않았다. 옛 친구의 불행한 소식도 새로 맛본 새우를 향한 미칠 듯한 식탐을 멈출 수 없었던 것일까.

나는 한 마리도 남김없이 새우를 모두 먹어치웠다. 그리고 B를 향해 물었다.

"그래서?"

그게 다였다. 그것이 내가 곧 죽게 된 친구에 대해 물을 수 있는 전부였다.

B는 나를 경멸조로 바라보았다. 너 심하게 타락했구나, 그렇게 말하는 것 같았다.

하지만 나는 이미 십대 후반에 타락할 만큼 타락했었다. 그 뒤로는 더 이상 성숙하지 못하고 그저 군데군데 썩어갈 뿐이었다.

"꼭 죽여야 한대? 조직폭력배가 꼭 죽어야 할 죄인가?"

나는 신경질을 내며 말했다.

"그게 아니라 난 너한테 K가 곧 죽을 거라는 얘기를 하는 거야."

B가 되받았다.

"40대가 되면 먼저 가는 놈이 형님이래. 우리 나이쯤 되면 하나 둘씩 죽어나가. 동창 명부 들춰봐. 죽은 놈 여럿 있을 거야."

"K가 죽는다는 게 실감이 안 나."

"우리 패거리엔 그런 놈 꽤나 있었어. 죽고 싶어서 설쳐대는 놈들. G는 살아 있나? 그놈이 제일 먼저 죽을 줄 알았는데."

"G는 미국으로 이민 갔어."

"그놈 아버지 깡패였잖아."

"시의원까지 지내고 일간지 미국지사를 인수해서 떠났어."

"씨팔. 나라꼴이 뭐가 되려고, 젠장."

나는 술을 마시기 시작했다. 새우를 먹으면서도 따라만 놓고 마시지 않았던 소주를 연거푸 들이켰다. B는 술 마시는 시늉만 냈다. 술잔을 들었다 놓았다 할 뿐 그의 술은 거의 줄어들지 않았다. 무슨 말을 더 할 수 있겠는가. 친구가 사람을 여럿 죽여 벌을 받고 곧 죽게 된 마당에 누구를 탓하고 누구를 위로할 것인가.

"기억해, K집에서 놀던 거?"

B가 물었다.

"기억 하나도 안 난다. 신문지로 도배한 벽 보고 떠들어댔던 것뿐인데 무슨 추억이 있다고."

나는 키가 커서 발만 뻗어도 신문지로 바른 스티로폼 벽이 무너질 것만 같았다. 늘 무릎을 잡고 쪼그려서 앉아 있었다. 누울 때는 엎드려서 다리를 살짝 들었다.

"이봐, B. 넌 아직도 교회에 나가냐?"

"응."

"씨팔. 지겹지도 않냐?"

"그나마도 나가지 않으면 묵은 죄가 쌓여서 씻을 수가 없잖아."

"젠장 이유도 많다. 니네 아버지 아직도 목사 하시냐?"

"돌아가셨어, 10년 전에."

"미안하다 취해서……."

그렇다. 나는 B의 아버지 장례식에 미국 출장 때문에 가지 못했다. 나중에 부의금을 잘 받았다는 서신을 받은 적이 있었다. 요즘은 으레 그런 서신이 오지만 10년 전만 해도 꽤 상류층 인사들만 보냈었다. 고교시절이나 지금이나 B는 꽤 일을 잘 치르는 놈이었다. 이제 곧 그의 입에서 K가 죽기 전에 면회를 가자는 말이 튀어나올 것이다. 예전에도 교회에 같이 나가자고 어찌나 성화였는지 정말 미칠 것 같았다. 일주일 내내 몹쓸 짓만 하고 돌아다니다가 주일에는 꼬박꼬박 교회에 나가는 B를 이해할 수 없었다. 그때 B는 지금처럼 일주일 동안 지은 죄를 속량하기 위해 주에 한 번은 교회에 나가야 한다고 웃으며 말하지 않았던가. 그럼 정말 일주일의 죄만큼은 용서될까. 다시 일주일간 죄를 짓고 또 용서를 빌고. 잡은 고기 놓아주고, 다시 고기를 낚아 올리고. 도대체 인간은 언제나 무결점으로 다시 태어날 수 있을 것인가.

"야, 너는 왜 신을 믿냐? 안 믿으면 어떻게 된다든?"

나는 B만 보면 묻고 싶었다. 도대체 이 세상에 인간이 아닌 다른 존재에 대해 그토록 몰두할 수 있다는 게 신기했다. 나는 고양이나 개를 기르면서 정성을 쏟는 인간들도 딱 질색이었다. 하물며 보이지도 않는 신에게 자기 삶을 바치겠노라는 작자들을 보면 때려죽이고 싶을 정도였다. 그런데 B는 이도 저도 아니었다. 사는 꼴은 완전히 개차반인데 죽어도 신을 믿노라고 우겼고 주일마다 꼬박꼬박 교회에 나갔다. 어쩌자는 것인가. 종교가 아무리 신앙을 중요시 한다지만 저렇게 살면서 신을 믿는다니 너무 뻔뻔스럽지 않은가.

"하나님은 이미 내가 믿고 안 믿고 할 대상이 아니야. 그분이 계시니까 나는 그분의 존재를 믿을 수밖에. 넌 아버지가 있는데도 없다고 부정할 수 있겠어?"

"아, 씨팔. 난 그런 게 궁금한 게 아니야. 사는 게 문제라고. 이렇게 살면서 어떻게 신을 의지할 수 있느냐는 거야. 신께 귀의하면 이따위로 살면 안 되지."

"이봐, 이렇게 사니까 하나님이 필요한 것 아니겠어. 누군가 나를 구원해줘야지. 넌 너를 구원하지 못하잖아."

"씨팔. 근데 넌 그게 뭐냐. 나랑 다른 게 뭐야. 신을 믿는다는 놈이

나랑 똑같이 타락해가지고. 그럼 내가 널 보고 신을 믿겠냐?"

"난 너와 똑같아. 기독교에서 말하는 것처럼 너와 난 똑같은 죄인이야. 하지만 난 믿고 넌 안 믿어. 그게 다를 뿐이야."

"나는 니가 믿는 하나님이 싫다. 인간이 죄를 짓지 않고는 살 수 없는 존재로 태어나게 하고 그 때문에 고통받게 하고 그 이유로 신을 찾게 한단 말이지."

"난 니가 원죄 때문에 고통받고 있다는 게 너무나 거룩해 보인다. 신을 믿는다는 이유로 오히려 고통받지 않는 나보다."

B가 나를 향해 웃었다. 나의 고통에 경의를 표했다. 나는 그런 그를 볼 때마다 가슴이 에였다. 그는 내게 늘 그랬다. 소년 같은 미소가 늘 나를 이 세상 밖 어디론가 이끌고 가는 듯했다.

"난 원죄 때문에 괴로워하는 게 아냐. 내 죄 때문이지."

"인간은 하나님으로부터 왔어. 그러니까 근원으로 돌아가려는 것뿐이야. 너도, 나도, K도, 우리가 사는 것은 하나님께 돌아가는 과정일 뿐이야. 사는 게 아무리 죄와 고통뿐이라도 우리가 돌아간다면 우리의 인생은 구원을 받겠지."

B는 신앙에 불타올라 열렬히 충성 봉사하는 다른 기독교인들과는 완전히 달랐다. 그는 신을 믿지 않으면 안 되는 사람처럼 간신히 신을 믿었다. 신이 지금 여기 있기에 그분을 믿는 것이다. 지금 여기 있다는 것을 알고도 어찌 뻔뻔스럽게 없다고 우길 수 있겠는가. 그의 말이 맞다. 그러나 내게는 모든 게 사는 문제였다. 죽은 뒤는 아무도 모른다. 나는 살면서 내 삶을 긍정할 수 있었으면 좋겠다. 나는 언제나 내

삶을 부정하면서 내 인생의 바깥에 살고 있는 느낌이었다. 내겐 사는 것 자체가 나에 대한, 또 다른 사람들에 대한 악행이었다. 그래서 나는 단 한 번도 나를 받아들일 수 없었다. 나는 내게, 내 스스로는 갚을 수 없는 빚을 지고 살고 있었다.

"K는 이제 세상에 대한 빚을 갚는 것일까? 그럼 나는? 넌? 아니다, 씨팔. 그럼 이 세상이 우리에게 저지른 악행들은 다 누가 갚아주냐."

내가 악에 받쳐 소리 질렀다.

"그것은 이미 예수가 다 갚았잖니. 이제 우리는 발을 씻듯 자기가 살면서 지은 죄들을 위해 기도해야지."

"아, 씨팔. 넌 너무 소극적이야."

나는 소리 지르며 술을 틀어부었다.

그랬다. B식으로 말하면 예수 그리스도는 우리의 죄를 자신의 피로 대속함으로써 더 이상 우리가 그의 사랑―우리를 위해 죽은 사랑―을 갚을 수 없도록 만들었다. 이전에 우리는 '우리의 죄'에 대해 스스로 속량할 수 없는 빚을 지고 있었으나, 이제 우리는 '신의 사랑'에 대해 도저히 갚을 수 없는 빚을 지고 살고 있는 것이다. 그래서 갚을 수 없는 신의 사랑을 이웃을 향해 방향을 바꾸라고 권하는 것인가.

"미리 말하지만 K 보러 안 간다. 그냥 혼자 잘 죽으라고 해."

나는 잔뜩 취해서 혀 꼬부라진 소리를 내뱉었다.

"한때 K랑 동거했던 여자가 있어."

"뭐야, 여자? 그놈 새끼도 깠냐?"

"아인 없나봐."

"다행이다. 애가 그런 아비 못 보게 돼서."

"이봐, 아예 생기지도 않은 아이가 어떻게 아비를 봐."

"그러니깐 잘된 거지. 생겼어봐. 서로 안 볼 수 없었을 테니까. 근데 그 여잔 왜?"

"오래전에 소식이 끊어졌는데 K가 죽기 전에 꼭 찾고 싶어해."

"야, 잔소리 말고 그냥 죽으라고 해. 여잔 왜 찾아? 옛날에 동거했던 놈 죽는다고 제사 차려줄 일 있냐?"

"우리가 찾아냈어."

"뭐야? 니가 왜 나서. K놈이 알아서 하라고 해. 죽는 놈이 옛 여자 만나서 어쩌겠다는 거야."

"K도 다시 보려는 건 아니야. 그 여자 여기 살아. 시청 용역 직원이야."

"뭐야!"

그래서 모두들 나에게 K의 소식을 전했던 것이다. 선배도 B도 K의 옛 애인이 나와 같은 곳에 근무한다는 사실을 알고 꿍꿍이가 있어 나를 불러낸 것이다. 그 여자가 내가 빚을 갚아야 할 이웃이라도 된다는 말인가. 나는 남 사정 챙길 여유가 없다. 감옥에 가거나 옷을 벗어야 할 타이밍에 강등, 감봉에 직무정지 다 감수하고 지방 발령을 받아 간신히 살아남았다.

"난 못해. 내가 여기 어떻게 왔는 줄 알기나 해?"

"선배한테서 얘기 들었어. 네가 잘못한 게 없다는 건 정부 사람은 다 안다며?"

"그게 무슨 상관이야. 일이 이렇게 된 마당에. 씨팔. 그럼 K는 무슨 죄가 그렇게 많아서 죽게 됐냐?"

나는 고래고래 소리를 질렀다. 밤이 깊어서 더 이상 빛이 되살아날 것 같지 않았다.

그날 밤 어떻게 집으로 돌아왔는지 기억을 할 수 없다. 다만 나는 새벽이 올 때까지 세상을 향해 저주를 퍼부었고 B는 그냥 내 말을 아무런 대꾸 없이 들어주었다. 그래서 너무나 좋았다. 그가 내 친구라는 사실이 너무나 행복했다. 나는 수십 년 동안 내 속에 숨어 날을 벼린 칼날 같은 분노를 모두 토해냈다. 그것은 세상을 향해서가 아니라 결국 나를 향하고 있었다. B는 내가 더 깊이 나를 찌르지 않도록 나를 지켜봐주었던 것이다. 나는 허공만 찌르다 밤 한가운데 엎어지고 말았다. 아마도 B가 나를 업어서 집까지 데려왔을 것이다.

곧 K의 여자가 내게로 올 것이다. 도대체 왜 내게 K의 여자를 만나라는 것인지 알 수 없었다. 만나서 뭐라고 말할 것인가. K가 곧 죽을 테니 죽기 전에 만나라고 권할 것인가. K가 유산이라도 남겼나. 아니면 생명보험이나 연금이라도? 사형으로 죽은 것도 보장을 받을 수 있을까? 나는 속된 생각만 되풀이했다. 예전에도 나는 우리 패거리의 입노릇을 했다. 다른 고등학교 애들과 싸우고 난 뒤면 반 아이들을 모아놓고 우리가 어떻게 싸워 적들을 때려 눕혔는가 침을 튀기며 떠들었다. 간혹 적들에게 선전포고를 할 때도 내가 나서서 우리의 뜻을 전달했다. 그리고 폭력 때문에 경찰에 가서도 내가 싸움의 전모를 진술해야만 했다. 나는 입 때문에 망할 것이다. 기자들과 술을 마시며 입만 열지 않았어도 무능한 장관 패거리와 동반 퇴진하지 않았을 것이다.

아래 직원이 지역 신문을 가지고 들어왔다. S시에는 특별히 볼 만한 신문이 없었고 인근 G시나 Y시 J시나 N도에서 나오는 신문이 모두 여섯 개였다. 나는 신문을 뒤적거리며 K의 여자를 기다리는 초조감을 달랬다. 명사 칼럼과 함께 일주일에 한번 볼까 말까한 컬러판 지면에 얇고 검은 테두리를 달고 시 한 편이 들어앉아 있었다. 누가 썼는지는 알 수 없었다. 그 명사라는 분이 이 시대 중년들에게 소개하고 싶다며 아마추어 시인의 작품을 한 편 옮겨 적어놓은 것이다. 제목이 「청춘의 나이 듦」이었다.

　　내가 청춘이었을 때

　　장군 앞에 엎드렸네 흰 엉덩이로

　　아름다움과 젊음을 향유했네

　　부끄러웠지만 그땐 죄악을 몰랐네

　　용서받지 못할 치욕

　　쾌락은 숨통을 끊을 듯

　　내 나이 마흔

　　장군의 부하들이 달겨들었네

　　차라리 늙은 정신이라도 바칠까

　　불혹이란 속된 욕심으로부터의 도피가 아니었네

　　사랑과 시와 혁명과 숭고로부터의 추방

더 이상 꿈꿀 수 없다는 패배의 전언이었네

거기까지 읽었을 때 노크 소리가 나고 여자가 들어왔다. 저 여자가 K의 옛 애인이란 말인가. 순간 사무실 전체가 종이로 만든 집으로 변하고 있었다. 나는 여자를 바라보았다. 연약한 몸이었다. 접어서 만든 종이인형 같았다. paper woman! 천국에 가서도 K는 종이집에서 살까? 미쳤군, 천국이라니! 우리 패거리 중 아무도 천국에 집을 지을 수 없다. 종이여자가 나를 빤히 쳐다보았다. 눈으로 보는 것이 아니라 종이에 뚫린 텅 빈 구멍으로 나를 꿰뚫듯이 노려보았다. 나는 생전 처음 부딪히는 낯선 시선에 저절로 고개를 돌렸다. 나는 여자의 시선을 외면한 채 물었다.

"K씨를 아십니까?"

여자 쪽에서는 아무런 대답이 없었다. 여자는 눈만 끔벅거리며 날 향해 얼어붙은 듯 서 있었다. 자세히 보니 어디선가 본 듯한 흔한 인상이었다. 몸도 그렇게 허약해 보이지 않았다. 마흔에 가까운 나이 같았다. 인생을 좀 험하게 살아온 듯 눈가에 잔주름이 그득했고 손마디도 거칠어 보였다. 검은 스타킹을 신은 종아리에도 굵은 알이 배겨 있었다. K와 동거했으니 오죽 했을까 싶었다.

"K씨를 아느냐고 물었습니다만."

"네."

여자는 멍한 표정이 되어 나를 바라보았는데 나를 본다기보다는 내 너머 어딘가를 응시하는 듯한 눈빛이었다.

"K씨가 지금 어디 있는지 아십니까?"

"아뇨… 저는 정말… 그이가… 뭘 하는지… 알지 못합니다… 그저 예전에……"

"네, 됐어요. 그만 나가서 일 보세요."

여자는 주춤주춤 발걸음을 옮겼다. 나는 그녀의 등에 대고 묻고 싶었다. 언제 K를 만났으며 얼마나 오랫동안 사귀며 함께 살았는가. 왜 K와 헤어졌는가. 지금은 K에 대한 감정이 어떤가. 또 K가 곧 죽게 될 텐데 만나고 싶은 마음이 있는가. 나는 K가 마지막으로 기억하는 여자를 그냥 내버려둘 수밖에 없었다. 그 여자에게 K 이야기를 꺼낸다는 것 자체를 용납할 수 없었다.

곧 죽을 K, 그리고 여전히 속된 족속들인 우리와 어떤 새로운 사람이 엮이게 되는 걸 두고 볼 수 없었다. 이제 우리는 더 이상 누군가와 관계를 만들어서는 안 된다. 개인적인 감정과 내면의 진실 따위로 얽혀서는 안 된다. 그저 비즈니스 관계로 만나서 일을 도모하는 정도면 족하다. 친구니, 애인이니, 예전부터 잘 알던 가까운 사이라든가 이런 것은 마흔 넘어서는 깨끗이 잊고 살아야 한다. 이제는 그저 현실에서 잘 버티기 위해 필요한 사람들과만 어울려야 한다. 나는 저 여자가 방을 나서는 순간 모든 것을 잊을 것이다. K와 H, 저 여자 그리고 지난 시절까지 깡그리 망각할 것이다.

여자가 문 앞에 잠시 멈춰 서더니 나를 향해 웃으며 말했다. 언뜻, 고교시절에 만났던 어느 소녀의 미소 같았다.

"국장님, S고교 나오시지 않으셨나요? 83,4년쯤 그 학교 축제 때…

뷘 적이⋯⋯."

그래서 그 여자 아이가 일 년 뒤 다시 축제에 나타났던가. 그녀가 마음에 둔 녀석이 정녕 K였던가. K의 사형집행일은 며칠 남지 않았다. 종이여자는 또 무엇을 알고 있을까. 나는 무엇을 말해야 하는가. 우리 패거리의 불장난, 아니 씻을 수 없는 악행 때문에 얼마나 상처받았는가. 당신은 나를 용서하는가. 나는 K의 여자를 향해 성욕 같은 살의를 느꼈다. 벌떡 일어나 달려들려는 충동을 억누르기 위해 억지로 고개를 책상에 박았다.

거기 읽다 만 시가 있었다. 마지막 구절만 눈에 들어왔다. 나는 입술을 움직여 시를 소리내 읽었다.

나는 허공에 숲을 지었네.

종이여자여, 너는 아는가. K의 종이집은 언제 불탔는가. 누가 불태웠는가.

코코스COCOS

＊

절대적 자발성으로서의 주체는 그 불가능한 형태들의 가장 속에서,
대상들 가운데서 자기 자신과 조우한다.

—슬라보예 지젝

코코스COCOS는 추억의 이름이다. 지금처럼 베니건스, 아웃백, 토니로만스, 마르쉐, T.G.I 프라이데이 등 패밀리 레스토랑이 활성화되기 이전에 심지어 맥도널드, 버거킹, 피자헛과 같은 패스트푸드점들보다 훨씬 먼저 이 땅에 들어왔다. 코코스 뒤를 이어 데니스(88년), T.G.I(91년), 로터스가든(91년), 판다로사(92년), 스카이락(94년), LA팜스(94년), 누메로 우노(95년), 플래닛 헐리우드(95년) 등이 잇달아 문을 열었지만 T.G.I 프라이데이를 빼놓고는 거의 이름을 찾아볼 수 없다. 코코스를 비롯한 외국계 브랜드를 모방해서 까르네스테이션, 골드러쉬, 나이스데이, 데일리드림, 라테라스, 보노보노, 정글짐 등 우리 브랜드들도 많이들 생겨났다가 자취를 감추었다. 어떤 패밀리 레스토랑이 경제적 성공을 이루었는지에 대해서는 별 관심이 없지만 중요한 것은 한때 전국에 45개 점포를 자랑하던 코코스를 이제 더 이상 찾아볼 수 없다는 것이다.

요즘 누가 코코스에 가니? 그렇다. 아무도 코코스에 가지 않는다. 아직도 코코스가 영업하니? 당연하다. 영업하지 않는다. 그러니 갈 수 없다. 여전히 문을 연다고 한들 코코스에 가서 저녁을 먹겠다는 사람은 없을 것이다. 코코스가 이 땅에 있었다는 것도 점점 잊혀져가고 있다. 386 세대가 이젠 낡은 코드로 읽히는 것과 비슷한 처지이다. 코코스는 불과 얼마 전까지 볼 수 있었지만 이젠 완전히 과거의 이름이다.

한창 붐비는 장소엔 추억이 깃들 틈이 없다. 언제나 바쁘게 돌아가는 지금 이 순간이 있을 뿐 느릿느릿 되새김질할 여분의 시간이 없다. 시간과 시간 사이를 파고드는 이야기가 발생하지 않는다. 이야기란 결국 사건이 다 끝나고서야 처음부터 다시 되풀이할 수밖에 없는 것이니까 말이다. 언제나 과거형일 수밖에 없는 이야기. 이야기를 하려면 이야기의 끝을 알지 못해서는 안 된다. 그리고 가능하다면 그 이야기의 끝은 감동적이거나 웃기거나 눈물나거나 슬프거나 아프거나 해피엔딩이어야 한다. 뭔가 '끝' 내주는 게 있어야 한다는 것이다. 끝이라는 엔딩 크레딧이 내려왔을 때 뭐야, 이게? 하고 반문하는 소리가 들려서는 안 된다. 그냥 끝이어야만 한다. 그래야 다른 이야기를 시작할 수 있을 테니까 말이다.

코코스에서 마지막으로 식사를 한 것은 1996년 5월이었다. 어쩌면 4월이거나 3월일 수도 있다. 아버지의 환갑잔치가 4월 1일이었으니 전이거나 후이다. 아무래도 5월이 낫겠다. 꽃 피고 새 울고 계절의 여왕이 세상을 지배하는 달이니 5월이 제격이다. 광주 민주화운동도 5

월이지 않은가. 5월은 사람을 들뜨게 하고 슬프게 하고 또 아름답게 한다. 아버지가 병원에 입원한 것은 5월 10일이었다. 기억이 맞다면 5월 8일 어버이날 코코스에서 부모님을 모시고 식사를 했던 게 아닐까 싶다. 시집 간 누이들이 함께했는지 둘 중 하나만 참석했는지 아니면 아버지가 환갑이 넘었는데도 서른이 되어서도 장가를 가지 못하고 집에 빌붙어 사는 나 혼자였는지 알 수 없다.

아버지는 요란스럽게 일을 만드는 스타일이 아니었다. 집에서는 그저 조용히 방에 틀어박혀서 책을 읽거나 뭔가를 끼적이거나 할 뿐이었고 가끔 텔레비전을 시청하거나 비디오를 빌려다 보는 정도였다. 가족들이 멀리 여행을 가거나 친척들과 어울려 친목을 도모한 적도 별로 없었다. 아버지는 집보다는 바깥일에 충실했다고 할 수 있지만 그렇다고 남들처럼 일중독자도 아니었고 직장에서 늦게 퇴근하지도 않았다. 집에 있는 시간이 많았지만 가족들과 별 대화도 없이 혼자 지내는 때가 더 많았다. 그런데 갑자기 환갑잔치를 벌이고 어머니에게 누런 금시계를 선물하고 그것도 모자라는지 가족들과 밖에서 식사를 하겠다고 마음먹은 것이다. 사실 지금 내가 억지로 기억을 떠올리는 것과는 달리 그날은 무슨 기념일도 아니고 식구들이 다함께 밥을 먹어야 할 이유도 딱히 없었는지도 모른다. 그저 아버지가 코코스에 가서 떡갈비를 먹자고 말했을 뿐이다. 누이들이 함께였다면 차를 몰고 갔을 테지만 나와 부모님뿐이었다면 아마 택시를 탔을 것이다. 어쩌면 버스를 탔을 수도 있다. 물론 그랬을 가능성은 극히 적다. 지금이라도 당장 누이들에게 전화를 걸어 그날에 대해 기억하는 것이 있느

냐고 물을 수도 있다. 어머니에게 여쭐 수도 있다. 아버지 얘기를 꺼
내는 것이 어머니의 심경을 건드리는 일이 안 된다면 말이다. 어쩌면
처음부터 코코스에 가려고 했던 것이 아니었는지도 모른다. 어디서
외식을 할지 몰라 망설이다 눈에 띈 게 코코스였을지도 모른다. 하지
만 어떤 이유에서라도 결국 코코스에 갔을 것이다.

아버지는 그 전에 누군가와 코코스에 갔던 게 분명하다. 그리고 가
족들에게도 당신이 먹었던 떡갈비를 맛보이고 싶었던 것이다. 아버지
처럼 소심한 사람은 혼자만 새로운 음식을 먹었다는 게 마음에 걸렸
을 게 뻔했다. 아버지는 약간이라도 마음에 걸리는 게 있으면 심한 죄
의식에 빠지곤 했다. 남들은 아무렇지도 않은데 혼자서만 스스로를
벌했다. 기껏해야 누군가에게 밥 한 끼 얻어먹은 것뿐이었는데도 말
이다.

아무래도 누이 중 하나가 끼어 있었다는 생각이 든다. 그때까지 우
리 가족 중 코코스에서 밥을 먹어본 사람은 누이들뿐이었으니까 말이
다. 아버지는 아무리 누군가에게 식사 대접을 받았다 하더라도 익숙
하지 않은 곳에 가족들을 데리고 갈 만한 위인이 못 된다. 그때까지
우리 가족이 별 이유 없이 외식을 했던 적은 한 번도 없었다.

그날 가족들은 아버지의 차를 타고 코코스에 갔다. 누이들 중 하나
가 운전을 했을 것이다. 나와 아버지는 운전면허조차 없었다. 아버지
에겐 운전사가 따로 없었지만 일 때문에 움직일 때는 기사가 핸들을
잡았다. 기억이 정말 뒤죽박죽이다. 아무튼 아버지가 코코스와 떡갈
비를 입에 올렸던 것만은 사실이다.

나는 결코 코코스 따위에 가서 밥을 먹자고 할 인간이 아니었다. 그때까지만 해도 80년대에 젊은 시절을 보낸 사람들은 패밀리 레스토랑이나 수입 명품점 따위에 대해선 강박이 있었다. 어떤 식으로든 그런 곳을 경멸조로 불러야만 시대에 대한 부채의식이 좀 누그러드는 듯한 느낌을 받곤 했다. 하지만 사실은 부채의식을 깡그리 잊기 위해서라도 습관적으로 들락거리며 먹고 마셨다. 범죄는 저지를수록 죄의식을 덜어주었으니까 말이다.

아버지가 코코스에서 떡갈비를 먹자고 했을 때 누이 중 하나가 반대 의견을 내놓았을지도 모른다. 코코스의 음식 맛은 정말 형편없고 가격은 터무니없이 비싸다고 말이다. 하지만 아버지가 식구들을 그곳에 데리고 간 것은 맛 좋은 저녁을 먹기 위해서라기보다는 그저 그곳이 코코스였기 때문이리라.

단 한 번도 가족끼리 패밀리 레스토랑에 가본 적이 없었기 때문이다. 아버지는 가족끼리 한 번도 간 적이 없는 어떤 곳에서 함께 식사를 하고 싶었던 것이다. 왜 그런 어린아이와 같은 생각을 했던 것일까.

밥이나 먹으면서 이야기나 하자.

아버지가 말했다.

우리 가족에겐 처음 있는 일이었고 두 번 다시 그런 일은 일어나지 않았다.

"홍대 앞 코코스 앞에서 봐."

"홍대 앞에 코코스가 있니?"

"전철역에도 나가는 출구가 있어."

"아마 없어졌을걸."

오랜만에 서울에서 친구와 약속을 잡으려다 주장이 서로 엇갈렸다. 이럴 때는 재빨리 인터넷 검색을 하는 게 상책이다. 아뿔싸, 거기엔 코코스가 없었다. 몇 년 지방에 있다 보니 코코스가 사라진 것을 알 수 없었다. 홍대 앞엔 오래전부터 코코스가 있었고 지금도 있는 줄로만 알았다. 그런데 정말 감쪽같이 사라졌다. 이제 홍대 앞엔 빕스를 비롯한 각종 음식점들이 들어섰다. 결국 빕스에서 점심으로 샐러드를 먹을 수밖에 없었다.

"언제 코코스가 없어졌지?"

나는 계속해서 시골티를 냈다.

"어느 날 갑자기."

10년 동안 뉴욕에서 영화를 공부하고 돌아와 10년째 놀고 있는 영화감독 J가 말했다.

아마도 10년 전 J가 서울에 와서 느낀 것도 내가 느끼는 감정과 비슷할 것이다.

"갑자기 서울엔 웬일이야?"

J가 물었다.

"응. 어머니가 전화를 하셔서. 다니시는 교회 목사님께서 위독하시다나봐."

"그것 때문에 멀리 있는 아들을 부르셔. 어머니가 위독하신 것도 아니고?"

"어머니는 교회밖에 모르시니까. 참, 나 대기 발령 중이야. 요즘 놀아. 그러니 올라오지."

"왜 또 사고 쳤냐?"

J는 내가 서울을 떠날 때 누구보다 슬퍼했다. 그는 나처럼 일에 미친 인사가 지방으로 쫓겨나는 것은 나라꼴이 엉망이 돼가는 징조라며 소리를 높였다. 친구란 불행을 당할 때 대신 소리치며 세상을 원망해주는 존재였다. 나에게 뭔가 잘못이 있을지도 모른다며 반성을 촉구했더라면 아마도 우린 절교했을 것이다. 성경에도 욥이란 자에게 불행이 닥쳤을 때 친구들은 죄를 회개하라고 충고했었다. 과연 욥이 누명을 벗은 뒤에도 그자들을 계속해서 친구로 여겼을지 궁금하다. 나에게 남은 친구라고는 J가 거의 유일하다. 많은 친구들이 등을 돌렸다. 그들은 나에게 뭔가 구린 구석이 있다고 믿었다. 나는 사생활에서 어떤 잘못이 있었는지는 모르지만 공적으로 비난받을 만한 일을 한 적이 없었다. 내가 지방으로 내려가게 됐을 때 J를 빼놓고는 아무도 나를 위로하거나 세상을 향해 욕해주지 않았다. 어머니에겐 출세하려면 지방을 몇 바퀴 돌아야 한다고 큰소리를 쳤었다. 물론 눈치가 빠른 어머니가 그걸 믿었을 리 없겠지만.

J와 이야기를 나누고 있는데 반대편에 낯익은 여자가 혼자 앉아 있

었다. S였다. 조금 뒤 친구인 듯 다른 여자가 와서 앉았다. D이다. 두 사람은 정겹게 이야기를 하며 웃었다. 나는 두 여자를 알고 있었다. 시차를 두고 만났지만 두 사람이 친구 사이라는 걸 뒤늦게 알고 기겁했었다. 지방으로 발령이 나기 몇 년 전 외교통상부에서 일할 때였다. S는 7층에서 차관 비서로 일하고 있었고 D는 3층에서 사무를 봤다. S는 영화배우 못지않은 미모를 지니고 있었고 D는 남성적 매력을 풍기는 여자였다. 그렇다고 두 여자가 동성애적 관계에 있었던 것은 아니고 둘 다 시골 출신으로 서울에 와서 만나 언니 동생 하는 사이었다.

나는 처음엔 D와 나중엔 S와 잠자리를 했다. D와 만나고 있을 때 우연히 S와 인사를 나누게 되었고 행자부 장관 이취임식장에서 두 사람과 한자리에 앉았다. 두 사람 모두 잘 알고 있었지만 두 사람이 서로 잘 아는 사이라는 건 그때 처음 알게 되었다. 나는 이미 S를 보는 순간 내가 생전 처음 보는 미인이자 어쩌면 내가 꿈에 그리던 이상형의 여자를 만난 듯했었다. 어떤 식으로든 S와 내가 연결될 것이라고 믿고 있었다. 그런데 S가 D와 잘 아는 사이라니 뒤통수를 세게 얻어맞은 느낌이었다. 그렇다면 S는 D와 나의 관계를 모르고 있을 리가 없었다. D에게는 비밀이 없었으니까 말이다. 그런데도 나는 S에게 몇 번이나 속내를 드러내는 말을 해왔다고 생각하니 얼굴이 붉게 달아올랐다.

나는 그날 D를 먼저 택시에 태워 보냈다. D의 부서 사람들이 대거 승진을 해 5층으로 자리를 옮기게 된 탓에 2차까지 가서 지나치게 술을 많이 퍼마셨기 때문이었다. 다행히도 S는 나와 가까운 동네에 살고 있었다. D는 내게 S를 잘 부탁한다고 크게 소리치고 택시를 타고 떠났다. 그것은 D가 나에게 보내는 일종의 경고였다. 나는 S에게 뭔가 이야기를 해야만 했다. 나는 외교통상부 차관보로 가게 되었다. S는 차관이 페루 대사로 나가는 바람에 대기 발령 상태였다. 새로 내정된 차관이 S를 계속해서 비서로 쓴다는 보장이 없었다. S는 정식 공무원 신분이 아니었다. S는 전 차관이 다른 곳에서 데려온 사람이었다. 차관이 떠나고 난 뒤 S는 그야말로 끈 떨어진 연 신세였다. 내가 가로등 아래서 발끝으로 보도블록을 차고 있으려니까 먼저 입을 연 것은 S였다.

"D와 끝나면 전화해요."

나는 고개를 들었다.

"그래야 할 것 같아요. 매일 그 애가 당신 이야기를 하는 걸 듣고 있자니 미칠 것 같아요. 그렇다고 이 상태로는 안 돼요."

나는 S를 골목길로 끌고 들어가 급하게 입술을 비벼댔다. 다음 날 나는 S와 날이 훤해서 함께 택시를 탔다. S는 곧 주미대사관 말단 비서직으로 발령이 났고 그 뒤로 몇 번 정도 더 봤을 뿐이다. 나는 그 뒤로도 꽤 오랫동안 D와 관계를 맺고 있었다. 내가 행자부 전보 발령된 뒤 지방으로 좌천되는 바람에 D에게는 아무런 연락도 하지 않고 서울을 떠났다. 오히려 나는 S에게 내가 지방으로 가게 되었다는 것을 알렸다. S는 콜롬비아 대사를 따라 잠깐 나갔다가 귀국한 뒤로 쉬고 있었다. 지방으로 가기 전날 밤 나는 S와 마지막 밤을 보냈다. 일이 왜 그렇게 되었는지는 알 수 없었다. 나는 S만 보면 도저히 참을 수 없었고 S는 내가 자신을 미치도록 원한다는 것을 그저 인정해야 할 사실로 받아들였다.

"어머, K씨 아니에요?"

D도 나를 알아봤다.

"안녕하세요?"

S가 내게 알은체를 했다. 두 여자가 한자리에 있으면 늘 불편했다. D는 왜 아무 연락도 없이 떠났느냐, 뒤늦게 연락을 하려다 그만두었다, 그동안 어떻게 지냈느냐 등 쉴 새 없이 물었다. 나는 건성으로 대답하며 S에게 지금 어디서 무엇을 하느냐고 물었다.

"결혼했어요. 아이도 있고. 아마 당신이 지방 발령 나기 얼마 전이었죠, 아마. 약혼하고 곧 바로 결혼했어요."

D가 S의 말을 가로채 먼저 대답했다.

그 말이 맞다면 S는 결혼을 앞두고 나와 잠자리를 했던 것이다. 그리고 지금까지 가족과 함께 지방에 갔다가 혼자가 된 나와는 정반대로 살았던 것이다.

아내는 내가 지방으로 좌천된 것을 견디지 못했다. 6개월쯤 지나자 아무 말도 없이 서울로 올라가버렸다. 이혼을 하는 게 어떠냐고 물었을 때 아내는 내가 잘되는 것을 보게 되면 도장을 찍어주겠노라고 했다. 그래야 자기 마음이 좀 편할 것 같다는 것이다. 아내는 그때부터 지금까지 나이 어린 변호사와 함께 살고 있다.

"근데 코코스는 언제 없어졌지?"

나는 두 여자를 향해 물었다.

S는 날 향해 환하게 웃었다. S와 잠자리를 한 뒤부터 가끔 코코스 앞에서 만나자고 약속을 정하곤 했다. D는 뜬금없다는 표정을 지으며 말했다.

"코코스 없어진 게 언젠데."

그렇다. 코코스는 2004년 10월 어느 날 이 땅에서 사라졌다. 아버지와 내가, 아니 우리 가족이 마지막으로 식사를 한 곳은 롯데월드 매직 아일랜드 건너편에 있는 코코스였다. 흔히 석촌호수 길 코코스라고 불렸던 곳이다. 나는 홍대 앞 코코스와 석촌호수 길 코코스밖에는 알지 못한다. 다른 곳에 있는 코코스에서 식사를 한 적이 있을지도 모르지만 이 두 곳만이 내게 추억을 불러일으켰다.

나는 J에게 두 여자를 소개했다. 나와 J는 시간이 널널했지만 두 여자는 몹시 바빴다. S는 두 번째 아이를 임신하고 있어서 병원에 예약이 되어 있었고 D는 공무원이라 점심시간을 지켜야 했다. D는 18년째 행자부와 외교통상부를 오가고 있었다. 이제는 그녀가 행자부 차관 수석 비서였다. 수석 비서는 대개 남자들 차지였지만 세월이 변한 탓에 남성적 매력이 풍기는 D의 차지가 된 모양이었다. 나는 S의 남편이 궁금했지만 뭐하는 사람이냐 따위를 묻지 않았다. 서울에서 다시 만나게 되었으니 계속해서 보게 되리라는 생각이 앞섰다. 내가 결혼한 상태로 S를 만났으니 그녀도 그러리라고 여겼던 것이다.

나는 D를 먼저 보냈다. D는 푸른색 스포티지를 몰았다. D에게 그런 취향이 있었는지 의심스러웠다. 나는 S와 함께 시간을 보낼 수 있다면 소원이 없었다. 나는 J에게 D에게서 받은 명함을 건네며 저녁 때

D에게 전화를 해보라고 조용하게 말했다. J는 심통이 난 얼굴을 하더니 전철역을 향해 걸어갔다. 나는 S에게 병원까지 데려다주겠노라고 말했다. S는 차를 가져왔다고 대답했다. 나는 내 차는 여기 세워두고 S의 차를 운전해서 병원까지 함께 가겠노라고 우겼다.

"그러면 안 돼요."

나는 주차장에서 S를 설득해보려고 애를 썼지만 허사였다. 단 한 번만이라도 그녀를 다시 안고 싶었다. 나는 S를 차에 태우고 무조건 달렸다. 강변로를 타고 일산 쪽으로 방향을 잡자 S는 잠시 어쩔 수 없다는 표정을 짓더니 한결 밝은 얼굴로 나의 근황을 물어왔다. 나는 아직 법적으로 이혼하지는 않았지만 혼자 살고 있고 지방에서 실적을 쌓아 서울로 돌아오게 되었고 곧 부서가 결정될 것이라고 대답했다. 혼자 지낸다는 것을 빼면 S도 이미 다 아는 사실이었다.

"저기 세워요."

S는 길 안쪽에 자리한 모텔을 손으로 가리켰다. 나는 S가 임신했다는 사실도 잊은 채 욕실에서 침대 위에서 미친 듯이 날뛰었다. S는 다소 수동적이지만 섬세하게 내 몸을 받아들였다. 나는 S가 나와 잠자리를 한 이후로 처음으로 몇 번씩이나 까무러칠 정도로 쾌감을 느끼고 있다는 사실에 고무되어 별소리를 다 지껄였다. 이제는 다시 헤어지지 않는다, 내가 곧 이혼하니 너도 그만 집에서 나와라, 그게 싫다면 이대로 계속 만나자, 뭐 그딴 식이었다.

S는 긍정도 부정도 아닌 미소를 보냈다. 나는 그것을 무언의 약속으로 받아들였다. 그 뒤로 S는 내 전화를 받지 않았다. 나는 무턱대고

S를 찾아갔다. 그날 S를 내려준 병원에서 일찍부터 기다려 진료가 끝나고 나오는 그녀를 차에 태웠다. 그리고 예전에 사랑을 나눈 모텔로 가서 왜 전화를 받지 않느냐고 따졌다. S는 가타부타 말이 없었다. 나는 다시 그녀의 몸을 파고들었다. 그러나 이번엔 S가 완강하게 거부했다. 아무리 해도 몸을 열지 않았다. 두 사람 모두 땀범벅이 되어 벌거벗은 채 헐떡거렸다. 그녀는 임신 6개월째였다. 나는 내 자신이 저주스러웠다.

"우리 이제 그만 봐요. 이러다 벌 받을 거예요."

S가 울었다. 나는 그녀를 끌어안고 낮게 말했다.

"벌을 받아도 내가 받을게. 넌 아니야."

"싫어요. 난 당신이 고통당하는 게 보기 싫어. 왜 당신이 시골로 쫓겨갔는데. 사람들이 다 알아. 당신만 모르지. D가 알면 행자부가 다 알아. 이제 겨우 당신이 서울에 왔는데."

나는 온몸에서 힘이 빠져나갔다. S는 울면서 옷을 입고 서둘러 모텔을 빠져나갔다.

*

"별일 없어요?"

아내가 전화를 해왔다. 도대체 몇 년 만인지 알 수 없었다.

"당신이 전화한 게 별일이지 다른 일은 없어."

"당신 아버님이 꿈에 나타났어요."

"뭐라고? 당신은 아버님을 뵌 적도 없잖아."

"그러게요. 나도 시아버지 사랑 좀 받아봤으면 어땠을까 했는데 꿈에서 뵙네요."

피식 웃음이 나왔다. 아버지는 좀처럼 꿈에 보이지 않았다. 돌아가시고 6개월쯤 뒤 한 번 꿈에 나타났고 그 뒤로 일 년에 한 번이나 볼까 말까했다. 더욱이 10주기가 지나서는 아버지의 존재조차 잊고 살 때가 많았다. 기일이나 명절 때 아버지를 챙기는 일을 어머니가 혼자서 조용히 처리했기 때문이다. 어머니는 내가 지방에 내려간 후로는 다니는 교회 목사를 초청에 간단히 예배를 드리는 것으로 모든 것을 마무리했다. 내게는 며칠 지나서 그 사실을 알렸다. 나는 어머니에게 왜 진작 말씀하지 않았느냐고 투정을 부렸지만 실상은 속이 편했다. 지방에서 혼자 지내는 아들을 오라 가라 하지 않았으니 말이다. 아버지 기일이라며 아내를 불러올 수도 없고 나 혼자서 손님들을 맞는 것도 볼썽사나울 게 뻔했으니까.

그런데 아내가 한 번도 뵌 적이 없는 아버지를 봤다는 것은 상상할 수 없는 일이었다.

"그래서 이상하다는 거예요. 당신한테 분명 무슨 일 있어, 안 그래요?"

나는 아내가 그렇게 나오는 것이 더 수상했다. 이혼을 앞두고 있는 처지에 내게 무슨 일이 생기든 무슨 상관이란 말인가. 더욱이 서울로 오게 됐다는 것쯤은 이미 아내도 알고 있었다. 아내는 전화기에 대고 꿈에서 본 아버지의 모습을 이야기하기 시작했다.

꿈에서 아내는 자기가 나였다고 했다. 어머니와 아버지가 서로를 부둥켜안고 누워 있었다. 내가 들어와 아버지를 불렀다. 아버지! 아내는 숨소리를 내지 않고 죽은 듯이 누워 있었다. 아내는 자기가 누워 있는 것을 보았다고 말했다. 온 가족이 모두 한 방에 누워 있었다. 내가 아버지에게 여기는 웬일이냐고 물었다. 아버지가 무어라고 대답했지만 내게 들리지 않았다. 나 역시 아버지에게 무어라고 대답했고 아버지도 말을 이었다. 오랜 시간은 아니었지만 나는 죽은 사람과 이야기하고 있다는 것을 온전히 느끼고 있었다. 아버지에게선 막 무덤에서 걸어나온 듯 흙이 묻어 있었다. 죽음의 냄새가 채 가시지 않았다. 아버지는 하나도 썩지 않았다. 마치 어제 죽은 사람 같았다. 아버지, 아버지는 죽었는데 여긴 왜 왔어? 아내는 내가 그런 태도였다는 것이다. 나는 반가워했던가? 아내는 내가 그런대로 아버지와의 해후를 기뻐하는 표정이었다고 한다. 그러나 나는 죽은 아버지에 대해 조금은 방어적인 태도로 어쩌면 아버지가 어서 이 방에서 나갔으면 하는 느낌으로 물끄러미 서 있었다. 아내는 그것이 내가 느낀 것인지 아내인 자기 자신이 아들인 나의 태도를 살펴서 알게 된 것인지 분간할 수 없었다고 말했다.

아내가 나였다니, 믿을 수 없었다. 아내는 나와 일치하는 것이 하나도 없었다. 꿈속에서라도 서로가 서로를 대치할 이유는 전혀 없었다. 아버지는 왜 내가 아닌 아내를 찾아온 것일까.

"외할아버지도 죽은 뒤에 날 찾아왔었어요. 꿈속에서도 그분이 죽은 걸 알 수 있었어. 아직 흙이 묻어 있었거든. 돌아가시고 나서 얼마

안 됐을 때니까. 엄마도 오빠도 비슷한 시기에 외할아버지를 봤대요. 죽은 뒤에도 집집마다 인사를 다니셨나봐."

아내는 자기 할아버지를 만난 이야기를 했다.

"내가 아버지에게 뭘 했지?"

"아, 당신이 아버지를 껴안더라고. 생전 그런 거 안 하는 사람이."

나는 죽은 지 십 년도 넘은 아버지를 아내의 꿈속에서 껴안았다. 아버지는 죽은 뒤에도 아직 살아 있는 것이 분명하다. 사후의 삶. 차라리 없는 게 낫겠지만 그동안 망자들이 해온 짓거리를 보면 그런 게 있을 것도 같다. 그들은 가끔 여기 남은 자들을 만나기 위해 느닷없이 출몰한다. 사라진 것들이 귀환할 때 인간은 두려움에 떤다. 망자들은 왜 돌아오는 것일까. 아버지는 내게 무엇을 말하려는 것일까.

"죽은 어른들을 보면 좋은 일이 생긴대요. 설마 그분들이 재앙을 주려고 후손들에게 나타나시는 건 아닐 거 아냐."

"그래 당신 말대로라면 아주 대박이야."

나도 아내의 말에 맞장구를 쳤다. 아내는 별일 없다니 다행이라며 아버지 산소라도 다녀오는 게 어떻겠냐며 전화를 끊었다. 아내와 결혼 후 아버지 산소를 다녀왔던 게 생각났다. 아들 녀석이 세 살쯤 됐을 때도 함께 갔었다. 그때 아버지는 아내를 눈여겨 본 모양이었다. 그래서 이제 며느리의 꿈속에 당신의 모습을 드러낸 것이다. 아내에게 아버지가 미남이었는지 물어볼 걸 그랬다는 생각이 들었다. 나는 아버지의 청년 때 모습을 좋아했다. 검은 뿔테 안경을 낀 학교 선생 같기도 하고 경찰이나 법조인 같기도 한 광대뼈와 턱 선이 도두라진 날카로운 인상이었다. 나는 늘 청년으로서의 아버지만을 기억하고 있었다. 병과 노쇠가 아버지를 죽음으로 몰고갔다는 것을 인정하고 싶지 않았다. 그래서 아버지가 죽자 내건 슬픔이 아니라 분노뿐이었다. 모든 아들이 아버지를 너무 일찍 여읜다. 그래서 분노한다. 병이나 사고, 늙음 따위에게 빼앗기지 않고 자기 손으로 아버지를 처리할 기회를 얻지 못한 채 아버지를 잃는 것이다.

*

어머니와 병원을 찾았다. 목사는 암병동인 17층에 누워 있었다. 췌장암이었다. 발견하면 벌써 말기라는 급성종양이었다. 나는 지방으로 내려가기 전 인사를 하려고 목사를 만난 적이 있었다. 그는 내 손을 잡더니 다짜고짜 아버지의 자리를 자신이 물려받았으니 내가 자기 뒤를 잇는 것이 좋겠다고 말했다. 나는 속으로 웃었다. 나 같은 놈이 성직자가 된다면 성경 말씀대로 소경이 소경을 인도해 모두 죽게 될 거라고 중얼거렸다. 목사는 그때 겨우 으십대 중반이었다. 나에겐 세속적인 길이 있었다. 나는 속된 인생이 좋았다. 거룩한 것은 적성에 맞지 않았다. 강도가 변해서 전도사가 됐다는 식의 레퍼토리는 딱 질색이었다. 과연 그들이 진정으로 참회했는지 묻고 싶었다. 나는 목사를 만나는 것이 마음에 걸렸다. 또다시 나에게 이런저런 말도 안 되는 요구를 늘어놓지나 않을까 걱정이 앞섰다. 멀쩡하던 분이 다 죽게 됐으니 또 후계자 타령을 할 것이 뻔했다.

목사 부부는 조용히 앉아 성경을 읽고 있었다. 어머니와 내가 인사를 하고 병세를 물어도 그저 검사 결과가 나와봐야 안다는 식이었다. 어찌 보면 모든 것을 하나님께 맡긴 듯한 표정이었고 다르게 보면 암이라는 병에 대해서 도무지 무지한 사람들처럼 보이기도 했다. 둘 중 어느 것이든 상황을 바꿀 수도 없고 더 이상 이러쿵저러쿵 할 말도 없으리라.

어머니와 나는 30분쯤 이야기를 나누다가 자리에서 일어섰다. 목사는 내게 아무런 말도 없었다. 아직 쉽게 죽지는 않을 모양이었다. 아니면 내게 뒤를 이으라고 말했던 사실을 잊었는지도 모른다. 아니면 당장 자기 목숨을 걱정해야 하는 판에 죽은 뒤까지 생각할 여유가 없었으리라. 아무튼 나로서는 아무런 계시도 듣지 못했으니 정말 다행이었다. 나와 같은 나일론 신자는 목사가 무슨 말만 해도 가슴이 덜컥 내려앉는 게 사실이다. 아무리 부정하려 해도 목사가 하는 말은 신의 계시처럼 들렸다. 자기 신앙이라고는 눈곱만큼도 없는 탓이리라. 잘 믿지 못하니 역으로 모든 것이 신의 뜻처럼 생각되어 내가 원하는 것과 반대의 결과가 나오지나 않을까 늘 전전긍긍하는 것이다. 그것이 신의 뜻대로 살지 않는 자의 불안한 운명이었다.

*

목사를 문병하고 와서 며칠이 지났을까. 지방에서 가끔 만나던 Y에게서 전화가 왔다.

"아버지가 돌아가셨어. 추석인데, 이게 뭐야. 가족들을 다 불러 모으시더니만 이런 꼴 보여주시려고."

나는 아버지들의 죽음보다는 이제 내 나이가 부모들의 죽음을 손쉽게 접할 만큼 되었다는 사실이 흥미로웠다. 어느덧 내 인생도 불혹을 몇 년 더 지난 것이다. 그런데도 나는 생의 유혹을 벗어나기는커녕 오히려 유혹을 쫓아다니는 형국을 벗어나지 못했다. S와 다시 만날 수만 있다면 무슨 짓이라도 할 수 있을 것 같았다. 나는 평생 그녀보다 아름다운 여자를 보지 못했다.

나는 늦은 밤 차를 몰고 S시를 향해 달렸다. Y는 지방대학 교수였다. 남편 역시 교수 노릇을 하다 벤처 사업가로 변신해 정부 출연 회사의 사장이자 선임연구원이었다. Y는 여성적 매력이라고는 찾아볼수 없었지만 지적 능력만큼은 탁월했다. 그녀가 유창하게 스페인어를 읊조릴 때는 에로틱한 영화 속에 빠져드는 듯한 느낌이었다. 나는 군대를 탈영한 한 젊은 사내가 딸이 넷인 집에 몰래 숨어들어 전쟁 통에 남자 구경을 한 적이 없는 자매들을 모조리 다 따먹는 〈아름다운 시절〉이란 스페인 영화를 잊지 못했다. 나에게 그런 행운이 온다면 나는 총살당하더라도 몇 번이라도 탈영을 감행할 것이다. 탈영이라는 말은 생의 이탈을 연상케 한다. 그것은 곧 죽음을 불러온다.

나는 장례식에서 건성으로 Y를 위로했다. 검은 상복을 입은 Y는 여전히 건강해보였다. 그녀에게서도 약간의 불만, 아니 분노가 내비쳤다. 그녀의 나이는 이제 서른여섯이었고, 아버지가 너무 일찍 죽었다고 생각하고 있는 게 분명했다. 딸들에게 아버지란 어떤 존재일까 궁금했다. Y는 아버지를 사랑한 것일까.

Y의 아버지 장례식은 기독교식이었다. 국화를 한 송이씩 영정 앞에 놓고 간단히 묵념을 하면 그만이었다. 기독교는 망자에 대해서는 예의를 잘 차리지 않는다. 그만큼 망자에 대해 관대한 것인지도 모른다. 기독교는 망자를 천국에서 곧 만날 사람 정도로 여기거나 산 자야말로 곧 망자가 될 존재로 본다. 애도란 모름지기 지나친 슬픔이자 망자에 대한 배신 아니었던가. 기독교는 애도에 관한 한 선두주자이다. 그들에겐 삼년상 따위는 있을 수 없고, 제사는 우상숭배일 뿐이며, 망자는 빨리 잊고 신의 소명을 다하기 위해 열심히 일해야 하는 것이다. 그들은 망자들이 이 땅에 다시 오는 것이 아니라 산 자들이 천국에서 그들을 다시 만나게 되리라는 것을 믿어 의심치 않는다. 그렇다면 아버지가 꿈속에 나타난 것은 단지 산 자들의 환영이란 말인가.

새벽이라서 조문객들은 거의 없었다. 나는 뭐라도 좀 먹으라며 Y를 접견실 뒤켠으로 끌고 갔다.

"Y, 너도 코코스에서 식사한 적 있니?"

장례식이면 으레 나오는 육개장을 먹으며 코코스에 대해 물었다.

"십 년 전쯤이나. 그 뒤론 다른 좋은 데가 많이 생겼잖아."

Y는 음식을 우물우물 씹으며 별 시덥잖은 걸 다 묻는다는 식으로 대꾸했다. 어디에서나 코코스는 별 인기가 없었다.

"아버지께서 식구들을 다 불러모을 때 알아봤어야 하는데. 수술 뒤엔 좋았거든."

Y는 계속해서 했던 말을 반복했다. 반복이야말로 그 말이 중요하다

는 걸 알리는 가장 손쉬운 방법이긴 했지만 자꾸 듣자니 정말 괴로웠다.

"그래 아버지와 좋은 식당에서 식사라도 했니?"

"자긴 왜 자꾸 식당 타령이야. 우리 아버진 패밀리 레스토랑 같은 덴 안 가. 갈비집이나 한정식집 아니면. 근데 그건 왜?"

"다들 불러 모으셨다니 식당에 가서 밥이라도 먹자고 했을 게 아냐."

"글쎄 밥이야 같이 먹었지. 그게 뭐. 아이, 씨, 유언이라도 하시지. 밥 잘 먹고 잠 잘 주무시더니 깨어나질 않으시는 거야."

나는 Y가 그냥 지껄이도록 내버려두었다. 그녀에겐 아버지가 돌아가셨다는 사실만 중요했다. 나처럼 아버지 잃은 지 12년 차인 아들이 아버지와 마지막으로 밥을 먹은 식당을 애써 기억하려는 짓 따위는 할 만한 여력이 없었다.

발인을 위해 교회에서 목사를 비롯한 여러 신도들이 찾아왔다. 목사의 기도가 끝나자 신도들이 다가와 Y에게 위로의 말을 건넸다.

"기도하세요."

누군가 큰 소리로 Y에게 말했다. 그것은 위로의 말이라기보다는 질타의 말처럼 들렸다. Y가 신앙생활을 건성으로 하고 있다는 사실을 다시금 일깨우려는 악에 받친 소리처럼 들렸다. 뭐 그렇게까지 호통을 칠 필요가 있을까. 어쩌면 Y가 나와 간음한 것을 깨우치려는 것일까. 예수도 사랑에 대한 열망이 지나쳐서 저지른 인간적인 범죄에 대해선 관대했는데 정작 사람들은 서로를 욕보이지 못해 안달인가 싶었다. 죄 없는 자가 먼저 돌로 치라! 나는 누구보다 먼저 자기 자신을 내려칠 준비가 되어 있었다.

*

　Y가 장례차를 타고 떠나자 갑자기 이 세상에 홀로 남겨진 듯한 느낌이었다. 아버지도 12년 전에 소풍 갈 때나 타는 버스에 실려 하늘로 떠났다. 천국에 오르는 사닥다리라도 있는 듯 내 발이 둥둥 떠올라 공중에 뜬 채 멈춰 있었다. 지금쯤 아버지는 아내의 꿈속에 나타났다가 다시 하늘로 승천하고 있는 중이리라. 왜 나에게 직접 나타나지 않고 아내한테 모습을 보이신 것일까. 지금은 아내도 무엇도 아닌 여자에게 나타나 무슨 뜻을 전하고 싶었던 것일까. 정말이지 알 수가 없다. 나는 이제 더 이상 아버지를 만날 수 없을 것이다. 10년이 넘도록 산소에 풀 한번 벤 적이 없고 제사를 모신 적도 없으며 특별히 아버지를 기리는 이벤트를 벌이지도 않는 아들이 꿈에서조차 뵐 수 없으니 말이다. 코코스라도 여직 문을 열고 있었으면 롯데월드 옆 석촌호숫가 촌스러운 빨간색 벽면에 기대 아버지가 오시나 발끝을 들고 멀리 바라다보기라도 할 터이건만 이제 아버지가 세상에 없듯 코코스도 사라지고 없다.

　아버지가 돌아가시고 몇 달 뒤 라디오에서 내가 쓴 시가 낭독된 적이 있었다. 팝음악 칼럼니스트 전영혁이 프로그램이 끝나는 새벽 두시쯤 시를 읽었는데 사흘 동안 내 시가 한 편씩 나왔다. 그때 내가 사

귀던 여자한테서 시를 청취했다는 전화가 걸려왔다. 그녀가 이해할
수 없었던 것은 왜 하필 많은 시 중에 DJ가 「삶. 용서」를 읽었느냐는
것이었다. 나 역시 그것이 궁금했다. 아버지가 아직 성직자였을 때,
그러니까 내가 대학을 졸업할 무렵 쓴 시였다.

　　아버지는 목사였고
　　우리의 모든 삶은 그의 직업상의 문제로
　　귀결되었다

　　우리의 삶은
　　아버지의 하나님에 의해 보호받았고
　　그러므로 완전했다
　　우리는 죄를 알지 못했다

　　그러나 생애 처음으로 유혹에 빠졌을 때
　　아무도 나를 용서하지 못할 것이다
　　아버지께 이 사실을 알려서는
　　안 된다

　　너무 자랐다

아버지는 내가 고시를 준비하기 전 문학도로서 마지막 열정을 불태

우겠노라며 야심차게 출판한 시집을 기어이 보지 못하고 세상을 떠났다. 그 때문에 내가 아버지에게 무엇을 말하고 싶어 했는지 그분은 알지 못한다. 이제는 아버지의 영정 사진보다 더 늙은 채 청춘의 나이듦에 대해 읊어야 할 것이다. 하지만 정작 나는 그저 낭만도 추억도 아닌 아버지의 이름을 잊고자 애쓸 뿐이다. 어디에도 그를 기다릴 만한 곳이 없다.

코코스, 기억의 폐허. 아버지, 내 존재의 폐허.

불혹의 서사시

강유정 문학평론가

1. 불혹의 낭패

　뒤늦게 대면하게 되는 '과거'는 불쾌하다. 부지불식간에 저질렀던 속도위반처럼 과거는 때로 예상치 못했던 대가를 요구한다. 우체통에 꽂힌 범칙금 통고서마냥 그렇게 과거는 현재에 침투한다. 문제는 대개 귀환한 과거가 대뇌피질에서 사라진 사건이라는 사실이다. 애써 지우고자 했던 실제는 끈질긴 인증작용을 거쳐 연루를 입증해낸다. 사진, 증언, 목격은 과거로부터의 이탈을 방해한다. 엄밀히 말해, 추억이란 불미스러운 과거를 봉합하기 위한 위장 전술이다. 사람들은 대개 부끄러운 과거를 은닉하고 빛나는 기억의 편린을 훈장으로 내건다. 어설픈 봉합이 덮은 과거 위에 현재는 지속된다. 그런데 간혹 이 봉합이 터져 은닉했던 과거들이 현재에 유출되기도 한다. 현재의 삶에 낮은 포복으로 숨어 있던 과거가 갑작스레 정색을 하고 덤벼드는 것이다. 언제나 뒤늦게, 사후적으로 고지되는 통지서처럼 추억은 때 아닌 책임을 강요한다.

달콤한 추억이라고? 박청호는 '달콤한'이라는 수식어를 거부한다. 아니 넌더리를 낸다. 박청호의 소설집『코코스』에는 힘 센 과거의 귀환으로 초라해진 사람들이 가득하다. 지방시청으로 좌천된 공무원은 고등학교 시절 장난삼아 윤간했던 여자를 만나게 되고(「종이집」), 이혼 직전의 남자는 시간차를 두고 기만했던 여자들을 동시에 만나게 된다(「코코스」). 한편 평범한 가정주부 "K"는 대학시절에나 읽던 문학계간지에 손대 영영 현재의 자신으로부터 유리되고 만다(「이미지의 폐허」). 이들은 모두 어떻게 해서든 "목졸라 죽이고 싶었"던 "옛 기억"때문에 곤란에 처하게 된다. 흥미로운 것은 박청호가 불온한 과거와의 조우를 불혹이 겪는 존재론적 당혹감의 실체로 보고 있다는 사실이다. 박청호는 "불혹"을 가리켜 유예된 책임의 최종 기착지라 말한다. 문제적인 것은 그 소환이 자발적 소여가 아닌 불가피한 봉착이라는 사실이다. 박청호는 "불혹"을, 책임 전가의 알리바이가 말소되는 순간으로 호명한 셈이다.

결국 나는 나의 잘못에 책임을 져야만 한다. 이러한 태도는 아버지를 부정함으로써 자기 세대의 존재 의의를 확보했던 386세대의 자기 반성을 연상케 한다. "3"이라는 규정과 결별함으로써 그들은 급기야 과거와의 연루를 인정한다. 우리가 살아가고 있는 현재가 그들의 과거, 젊음 위에 축조되어 있기 때문이다. 이제 그들은 더 이상 스스로를 이방인이거나 고발자라 부를 수 없다. 비난받아야 할 현재의 많은 부분에는 이미 자신의 과거가 투영되어 있다. 그들은 한때 부정했던

'아버지'가 사라지고 난 자리, 그 부재의 공간에 자리한 자신과 만나게 된다. 안타깝게도 그들이 비난하는 현재는 그들이 일부이다. 이제 그들은 실재와 이념, 현실과 과거와의 곤계를 드디어 스스로에게 묻기 시작한다. 박청호의 소설집 『코코스』가 사진, 건축, 소설과 같은 현실의 매개에 주목하는 까닭도 여기에 있다. 세계를 타인의 고통으로 관조할 때 매개는 무의미한 수단에 불과하다. 하지만 세계와 연루된 개인이 그것을 조형할 때 시선은 윤리적 태도와 결부된다. 이는 책임감 있는 성숙이기도 하지만 무분별하기에 매혹적이었던 충동과의 결별이기도 하다. 박청호는 이 변화를 일컬어 "불혹"이라 부른다. "불혹이란 속된 욕심으로부터의 도피가 아니었네/사랑과 시와 혁명과 숭고로부터의 추방/더 이상 꿈꿀 수 없다는 패배의 전언이었네.(p.203)"라는 토로. 몽상가가 생활인으로 바뀌는 시기, "불혹"은 충동 대신 윤리를, 관조 대신 책임을 선택해야만 하는 나이이다. 욕망이 현재에 차압당하는 불혹은 새로운 입사식이 실현되는 무대이다. 입사식은 무릇 의젓하지만 한편 쓸쓸하다. 쓸려나간 욕망의 폐허를 처연히 바라보는 불혹, 『코코스』는 불혹의 서사시이다.

2. 추억이라는 불안

박청호에게 과거는 달콤한 원본이 아니라 부패한 비밀의 누출에 불과하다. 향수의 어원이 귀환(nostos)의 고통(alos)을 의미한다면, 박청호에게는 추억이 그렇다. 이제는 사라진 과거의 이름, 기억에서 지워진 사물들이 현재의 삶에 침투하는 과정도 마찬가지이다. "코코스"는 사라졌지만 "코코스"에서 만났던 여자들 그리고 그 여자들과의 사건들은 지워지지 않는다. 공간적 조형물에 각인되었던 과거는 거주지를 잃자 내면을 파고든다. 그리고 인멸 불가능해진 추억은 죄책감으로 정박한다. 현재를 틈입한 과거가 "나"를 부를 때 불쾌할 수밖에 없는 까닭이 여기에 있다. 과거는 결국 배상을 청구한다. 「코코스」와 「종이집」은 소환된 과거가 불러온 곤혹을 잘 보여준다.

　「종이집」의 인물은 학창 시절 아무 여자아이들이나 꼬여 윤간을 일삼곤 했다. 윤간은 혼자만의 잘못이 아니었기에 그저 그런 또래의 추억으로 희석된다. 간혹 그 자리에 있던 녀석들은 어떻게 살고 있을까 궁금해하지만 그도 잠시뿐. 과거는 박제된 표본처럼 안전하게 격리되어 있다. 그런데 불미스럽게도 과거의 이름들이 하나 둘씩 이름표를 달고 현재에 등장하기 시작한다. 곤란하게 말이다.

　　나는 S고교에 다녔던 시절을 안주삼아 술을 마시고 싶은 생각도 없었다. 나는 과거를 반추하고 싶은 마음이 추호도 없었다. 내게 과거란 고해성사해야 할 죄목들의 길고 끝나지 않는 목록일 뿐이었다. 나는 결코 내 인생의 근원으로 돌아가고 싶은 생각이 없었다. 현실과 현재만 있으면 그만이었다. 과거는 이미 지나간 시간이며 미래가 온들 거기서 무슨 희망을 볼 것인가 하는 게 나의 생각이었다. 나는 과거와 다시 만나고 싶지 않았고 서둘러 미래를 꿈꾸고 싶지 않았다. 불혹이 지난 나이에 미래란 늙음과 죽음뿐이었고, 과거란 청춘에 대한 회한이나 불러올 뿐이었다. -p.191(「종이집」)

"종이집"은 그가 젊음의 에너지를 방기했던 시절의 설익은 욕망과 패륜을 은닉해둔 공간이다. 욕망은 "종이집"에 격리 보관되었을 때 추억이 될 수 있다. 하지만 종이집이 불타 발효되었던 욕망들이 공기와 만날 때, 추억은 악취나는 패악으로 전복된다. 패악은 성큼성큼 증거물을 들고 현재로 찾아와 책임 여부를 묻는다. 그는 자신의 행동이 자발적 선택이 아니었다는 점을 들어 과거와의 대면을 회피한다. 선택이 아닌 동조였다는 이유로 스스로에게 면죄부를 주려 한다. 반성이나 후회, 죄책감은 자신과 무관하다고 말이다. 그런데 이 불편한 감정들이 뒤늦게 틈입한다. 내면에서 비롯되어야 할 반성이 억지로 삽입된다. 그가 거절하고 싶은 것은, 엄밀히 말하자면, "과거"가 아니라 삽입된 죄책감이 지닌 이질감이다. "산 채로" 구운 새우 맛에 감탄하며 어린 시절 윤간했던 여자들의 몸부림을 떠올리는 그는, 여전히 윤리적이라고 보기는 힘들다. 하지만 변화는 바로 그 외설적 시선에서 시작된다. 다리를 버둥대는 새우를 보며, 십대의 공허와 그 공허의 제물이 되었던 여자들을 떠올린다. 떠올렸다는 사실은 그가 과거를 돌이켜보고 있음을 보여준다. 이미 그는 죄책감에 침윤당해 있는 것이다. 불혹이 된 그들은 윤간을 지켜보고 방관했던 것 자체가 외설적 향유였노라 고백한다. 고백에서부터 책임은 시작된다.

무책임했던 향유의 대가와 마주치는 장면은 「코코스」에서도 발견

된다. 그는 십여 년 전 헤어졌던 연인과 우연히 만나게 된다. 남자는 임신 육 개월인 여자를 파렴치하게 차지한다. 그런데 이상하게도 이런 행위들은 만족을 주기는커녕 자꾸만 자신을 초라하게 만든다. 십여 년 전에 아무렇지도 않게 저질렀던 일들이 부끄러워진다. 갑자기 나타난 과거의 여자들은 폐기 처분한 과거마저 그의 앞에 소환해버린다. 욕망이라 불렀던 한때가 추악한 포르노그래피로 판명되고 만 셈이다. 눈길을 사로잡는 것은 이 파렴치한 과거의 누설이 아버지의 부재와 연계되는 지점이다. "너무 자"라 버린 "그"에게 더 이상 도피처는 없다.

> 아버지는 목사였고
> 우리의 모든 삶은 그의 직업상의 문제로
> 귀결되었다
>
> 우리의 삶은
> 아버지의 하나님에 의해 보호받았고
> 그러므로 완전했다
> 우리는 죄를 알지 못했다
>
> 그러나 생애 처음으로 유혹에 빠졌을 때
> 아무도 나를 용서하지 못할 것이다
> 아버지께 이 사실을 알려서는

안 된다

너무 자랐다.

십 년 전의 과거에는 "코코스"도 아버지도 있었다. 이는 죄책감을 아버지 세대에게 떠넘기고, 그에게 모든 잘못을 추궁할 수 있었던 젊음을 의미한다. 박청호가 방기했던 욕망의 시절을 80년대와 연계하는 것도 이와 연관된다. 젊음은 죄책감으로부터의 자유를 준다. 내가 이룬 것, 나의 소행이 아닌 당신들의 행적으로 인해 고통받는 "우리"라는 전제는, 폭력을 정당화 해준다. 하지만 마흔쯤 되면 현재는 과거 나의 소행이 되고 만다. 대신 고해하고, 잘못을 물을 "아버지"는 존재하지 않는다. 마치 코코스가 사라졌듯이 고해소는 사라지고 만다. 죄책감을 전가하고 비난할 아버지가 사라지자 사람들은 하나 둘, 하나님 아버지를 입적한다. 아버지를 비난하며 전가했던 책임을 십일조에서 찾는 셈이다. 불혹이란 이렇듯 양심의 알리바이를 주말의 기도로 보충하는 패륜아들의 보통명사이다. "아버지의 이름"을 잊고자 해도 이제 잘못은 나의 이름 앞에 등기되어 있다. 그렇다면 아버지를 잃은 그들은 어디로 가야 하는 것일까? 불혹, 책임감과 조우한 그들의 입사식이 끝난다면 그들의 서사는 무엇이 되어야 할까? 이제 질문은 무엇에 관한 것으로 옮겨가야 할까? 그런 점에서, 박청호의 소설적 질문이 실재(real)와 현실, 매개와 본질로 확장되는 것은 주목할 만하다. 박청호는 불혹의 서사를 타인의 고통을 향유하던 자들의 변화로 구체화한다. 타인의 고통을 나의 문제로 받아들임으로써 세계를 수렴하던 색정적 태도와 결별한다. 이제 그들은 카메라 뷰파인더가 아닌 자신의 눈으로 세상을 선택하고 판단하며 재현한다.

3. 도착에서 향유로

『코코스』에 등장하는 인물들은 공모라도 한 듯이 '순간'을 포획하고자 애쓴다.「사막의 집」,「이미지의 폐허」,「폐허와 빈 곳」과 같은 제목이 암시하듯 그는 삶의 양감이 아닌 그 여백에 주목한다. 인화 전의 네거티브 필름을 들여다보듯 박청호는 가시적 현실과 실재를 뒤집어 바라본다. 그는 "존재"라는 추상어의 실체와 접촉하기 위해 유사 이미지들과 대결한다. 그런 점에서, 이미지가 뒤덮고 있는 삶의 속살, 원본을 찾는 과정이 "사진 찍기"라는 행위를 통해 은유되고 있는 것은 당연해 보인다. 작가는 돌연한 책임으로부터 시작된 불혹의 입사식이 세계와의 관계 재정립으로 끝마쳐야 한다고 말하는 듯싶다. 새로운 관계는 곧 실재를 매개하는 스스로에 대한 질문이자 세상과 마주선 주체의 의미에 관한 것이기도 하다. "사진"과 "건축", "소설"처럼 세상을 다뤄 "심연"과 "고독"을 포획하는 예술행위에 주목하는 까닭도 여기에 있다. 결국 문제는 어떻게 세계를 현현하느냐이다. 유독 자주 출몰하는 "사진"과 "사진작가"의 이미지란 현실을 대상으로 여기던 자의 전회를 담고 있다는 뜻이다.

"이미 거기 있었음", 사진은 그 자치로서 인증작용이다. 사진을 찍는 자 그러니까 현실을 '매개' 하는 자의 진정한 공포는 그들의 시선이 관음증자들의 렌즈가 될 수도 있다는 가능성이다. 박청호의 『코코스』를 관통하는 긴장 역시 여기서 멀지 않다. 그에게 있어 "사진"이란 허공을 점유하는 건축, 불완전한 언어로 심연을 흉내 내는 문학과 동의어이다. 결정적 순간을 포착하려는 사진처럼, 소설은 언어를 통해 세상의 심연을 재현하고자 한다. 또한 허공을 차지하는 건축의 불가능한 욕망처럼 소설은 불가해한 현실어 해답이 되기를 희구한다.

하지만 과연 소설의 투망에 걸린 현실은 실재(real)라 부를 수 있을까? 뷰파인더 너머 비치는 세상을 투영한 필름 위의 영상이 대상의 실체마저 흡수할 수 있을까? 순간을 획득해 박제한다는 점에서 사진은 삶의 우연성과 죽음의 필연성의 문제를 공유한다. 이는 언어를 통해 정신의 전모를 파악하고자 하는 소설의 문제이기도 하다. 아무리 완벽한 사진이라 해도 포착된 순간은 영원에서 떨어져 나온 불완전한 파편에 불과하다. 사진으로 인화된 세계는 수집물로 전락해 프레임 속에서 질식하고 만다. 잡히자마자 급속히 부패해가는 생물처럼 사물들은 렌즈에 포획되는 순간 외설로 변질된다. 포착하고 해석하고 박제하려 할수록 경험은 실재와 멀어지는 셈이다. 진정한 대상을 찾던 "수"(「사막의 집」)가 이라크에 가게 된 까닭도 여기에 있다.

사진작가인 "수"는 언제나 "결정적 사건"을 찾아 헤맨다. 그가 말하는 '결정적 순간'은 시간의 운동성과 순간의 정지가 포착된 작품이다. 물 위를 건너뛰는 남자의 생동감은 정지된 프레임과 그림자 가운데서 동결된다. 존재의 무게는 허공에 걸리고 시간은 정지 위로 흐르는 역설이 실행된다. 앙리 카르티에 브레송이 '결정적 순간'에서 보여주는 것은 삶과 죽음이 동시에 공존하고 있는, 일종의 아이러니이다. "수"가 추구하는 것 역시 여기서 멀지 않다. 수는 이 역설을 실현하기 위해 여러 명의 여자를 전전한다. 하지만 여자는 언제나 사물이자 대상으로 강등된다. 그는 뷰파인더 뒤에 숨어 그녀들을 즐긴다. 수는 여자들의 이미지를 사진에 담아둠으로써 그녀들을 전유했다고 믿는다. 수에게 사진은 실재하지 않는 시간을 소유하는 상상적 행위에 불과하다. 사진을 찍음으로써 세상은 오히려 구체성을 잃고 균일화된다. 그의 사진 찍기는 수렵과 다를 바가 없다. 당연히 그의 작업은 점점 더 결정적 순간으로부터 멀어진다. 그가 추구하는 "결정적 순간"이란 세상의 구체성에 대한 인식의 총체이기 때문이다.

그러니까 사진에는 여자들이 없었다. 그가 찍은 사진에는 모델이 없었다. 그들은 그냥 대상일 뿐이었다. 사진으로 매개된 여자들은 하나도 없었다. 그녀들은 모두 사진 이전이거나 이후였다. 그의 사진에는 사건이 없었고 아무런 변화도 없었다. 그의 사진은 텅 비어 있었다. −p.23(「사막의 집」)

이라크에 도착한 수가 스스로를 "여성"으로 인지한다는 사실은, 그런 점에서 흥미롭다. 수는 프랑스 일간지 기자 프랑수아의 애인으로 머무는 자신을 남성이 아닌 여성으로 호명한다. 그는 "사마리아"와 같은 추방지에서 "여성"으로서 자신과 만나고 대상이 아닌 타자로서의 여성과 접촉한다. 뷰파인더 뒤에 숨어 있던 그는 뷰파인더 앞의 존재로 전환된다. 이라크는 사방이 죽음으로 포위된 장소이다. "항상 시끌벅적하고 생의 열기로 가득 찬 동시에 죽음의 공포가 휩싸고 도는 극한 상황(p.12)", 그곳에서 수는 카메라를 통해 현실을 전유하는 것이 아니라 대면하게 된다. 타자의 삶을 흡입하던 공격적 포르노그래피의 시선이 자신의 내면을 응시하는 시선으로 교체된 것이다.

주목해야 할 것은 수의 진정한 "결정적 순간"이 그의 이름이 비로소 말소된 지점과 중첩된다는 사실이다. 역설적이게도 "수"는 아무 곳에도 기록되지 않는 자가 됨으로써 진정한 존재로 거듭난다. 존재로의 전회는 도착에서 향유로의 이동이라고 부를 수도 있다. "깊이를 알 수 없는 컴컴한 동공", 그 침묵을 고스란히 받아들임으로써 "수"는 여성을 전유하게 된다. 전유는 여성을 해석하는 것이 아니라 여성이 됨으로써 실현된다. 그는 이 지독한 세계에서 "나"는 무엇인가를 반문하며, 자신의 욕망을 여과한다. 이에 "여자들의 생의 장소"로서의 "사막"은 죽음이라는 환상을 횡단할 기회를 수에게 제공한다. 그는 죽음의 공포를 포획하여 전시하는 남성적 시선과 결별함으로써 도착에 종지부를 찍고 향유를 경험한다. "수"가 텅 빈 존재, 유령이 되는 이유도 여기에 있다. 그는 드디어 자유로운 존재로 풀려난다.

도착과 향유의 경계는 한편 타자의 고통을 관조하느냐 아니면 거기에 책임을 느끼느냐의 차이이기도 하다. 곽청호는 예술과 외설을 "죽음"을 보는 자와 죽음을 겪는 자로 나눈다. "전쟁이 제공하는 쾌락"에

맞설 수 있는 것은 "진짜 죽음의 공포" 뿐이다. 「이미지의 폐허」와 「폐허와 빈 곳」에는 사진작가와 건축가가 등장한다. 이들은 모두 불연속적인 시공간을 감각적 형질로 응고시킨다는 점에서 공통적이다.

「폐허와 빈 곳」의 인물 K는 건축가이다. 그는 의병 위령비를 세워달라는 발주를 받고 장소를 물색한다. 그런데 장소 섭외가 만만치 않다. 그는 스스로, 자신은 건축가에 불과하기에 염두에 둔 조감도를 현실에 그럴 듯하게 조형하기만 하면 된다고 여긴다. 그것의 역사적 의미라던가 정치적 관계 따위와는 아무런 상관이 없는 셈이다. K에게 있어 "건축"은 현실과 유리되어도 무관한 '행위'이다. 공간이 어디이든 간에 잘 만들어지기만 하면 그만인 것이다. 하지만 "위령비"라는 이름과 "의병"이라는 수식어 때문에 건축은 자꾸만 역사적 사건이 되어만 간다. K는 이런 상황 자체가 난감하고 부담스럽다. 부지가 확보되지 않았다며 투덜대지만 막상 공간 찾기를 미루는 것은 "K" 자신이다. 그가 미루는 것은 건축 자체가 아니라 위령비에 대한 자신의 입장이다. 그는 건축물을 세우는 것에만 관심이 있을 뿐이라며 구태여 "위령비"의 정치성과 자신을 분리시킨다. 그가 아무리 순수한 예술적 행위라 할지라도 이미 그의 설계도는 역사에 기입된 상태이다. 무관함이라는 포즈 자체가 선택이며 행동인 셈이다. 현실의 공기와 접촉할 때 순결한 이념은 증발하고 만다. "아무것도 없는 여기야 말로 어떤 것이 존재했다는 역설의 자리(p.112)"이기 때문이다. 이념을 매개하는 행위 자체가 선택임을 인지할 때 도착은 향유가 되고, 과거로부터의 호출은 책임과 조우한다. 조우는 불편하지만 불가피한 윤리임에 분명하다.

4. 타인의 고통

때늦은 고지서가 요구하는 것은 결국 타인의 고통을 나의 것으로 받아들이는 내면화의 과정이다. 그러니까 타인의 고통에서 타인이라는 지표를 지우고 고통을 받아들이는 것이다. 박청호가 "사진"이나 "건축"과 같은 예술행위를 통해 구하는 삶의 의미는 일찍이 플라톤과 소크라테스가 고민했던 실재와 이념 간의 문제와 닮아 있다. 「국가론」 4권을 보면 뒹굴고 있는 시체를 보며 그 혐오스러운 것들에 매혹당한 시선의 당혹이 서술되어 있다. 사람들은 육체가 분해되고 훼손되는 광경에 흥미를 느낀다. 이상하게도 말이다. 타인의 고통을 시간적, 공간적으로 먼 것으로 느낄 때 윤리는 사라진다. 윤리가 사라진 곳에 "사실감"의 강조가 자리 잡고 사실은 외설이 된다. 정서적 거리는 확장되고 허구와 환영, 사실의 차이가 희석되며 타인의 고통은 외설과 접촉한다. 타인의 고통을 간취하는 것이 아니라 내면화할 때 현재에 틈입한 과거는 윤리를 매개한다. 이는 귀환한 추억을 지불 유예된 대가로 보는 시각과는 다르다. 불혹의 입사식이란 결국 타자의 고통을 즐기던 외설적 탐아가 그것을 자신의 환상으로 각인하는 과정이라고 할 수 있다. 부재하는 이미지를 상상적으로 조작하고, 고통의 근원을 나로부터 격리시키는 것이 포르노그래피라면 에로티시즘은 중심을 횡단한다. 이를테면 차이는 「이미지의 폐허」에서 구체화된다.

1417호에 사는 여자 K는 우연히 옆집의 우편물을 챙기게 된다. 그녀는 그 안에서 옆집 남자의 것으로 추정되는 시를 읽게 되고 그의 애인이라고 말하는 여자와 만나게 된다. 시인이자 사진작가인 남자는 "죽음"을 촬영하는 데 매진하고 있다. 그가 문학계간지에 실은 시 "이미지의 폐허"는 남자의 관심사를 잘 보여준다. 남자는 "흘러가는 시간", 죽음의 실제를 포착하려 한다. 죽음이라는 상상적 사건을, 그는 타인의 고통으로 전시하고 그 이미지를 소유하고자 한다. 이를 위해 그는 죽어가는 할머니의 혈압을 두 배로 높이는 주사제를 투입한다. 박청호는 이러한 남자의 행위를 "전쟁 속에서 죽어가는 사람들을 냉정한 시선으로 찍는 종군 기자"의 행위에 비유한다. 포르노그래피가 섹스에 대한 환상의 무대라는 점에서 외설적이라면 그들이 찍는 사진은 도래하지 않은 상상을 박제한다는 점에서 도착적이다. 존재하지 않은 미래를 증명하고자 할 때 사진은 폭력이 되고 총을 쏘는 것(shoot)과 유사해진다.

건축가, 사진작가를 통해 구현되는 예술론은 무한한 실재를 유한한 매체를 통해 매개하고자 하는 예술의 폭력을 보여준다. 사진을 찍는 수나 1416호의 여자가 소설가와 유비되는 것도 마찬가지의 까닭이다. 사진작가가 뷰파인더나 줌 렌즈 뒤에 숨어 삶의 심연과 허무를 논하듯이 소설가 역시 "상상"과 허구의 뒤에 숨어 현실을 받아들인다. 주체는 타자를 통해 자기 자신으로 현현할 수 있다. "내 삶에는 타자가 없었다. 나에겐 내가 바라보는 대상이 있을 뿐 함께 있는 타자가 부재했다. 그들은 도대체 어디에 있단 말인가. 정녕 그들이 존재하기나 했던 것일까. 나는 언제나 내 곁의 타자들을 잊었다.(p.38)", "폭력이면 어떻고 윤리라면 어때요. 강박증을 투사하고 대상을 착취하는 게 사진의 매력이니까(p.151)"와 같은 진술은 언어를 통해 세계를 재현하는 소설가의 고민과 상통한다.

소설은 불가해한 현실에 형태를 제공하고자 한다. 박청호는 예술의 오래된 질문인 재현과 이념(idea)의 관계 그리고 매개와 실재와의 연관성을 추궁한다. 잔혹한 현실 앞에서 재현은 늘 현실과 이념 사이에 걸려 있곤(suspension) 했다. 작가에게 소설은 세계의 드러난 표면을 통해 보이지 않는 심연을 그리는 작업, 뷰파인더 너머 대상이 아닌 자신의 내면을 조응하는 작업이다. 박청호는 이 질문을 타인의 고통과 예술가의 윤리 문제로 확장해낸다. 타인의 고통을 매개하는 예술가의 고민은 과거와 해후한 불혹의 당혹감과 연계된다. 연민도 참혹함도 외설적 재현의 혐의로부터 자유롭지 못하다. 박청호는 누구나 질문하고 싶어 하지만 아무도 대답할 수 없었던 '언어'의 결함에 대해, 현실과 실재 그리고 그 재현 가운데 놓인 소설의 운명에 대해 질문을 한다. 이 질문은 당신의 언어는 타인의 고통을 어떻게 다루어 왔는가로 압축된다. 종군 사진기자들이 전쟁의 폭력성을 외설적 포르노그래피의 시선으로 매개하듯 당신의 언어 역시 현실을 노골화하고 있지는 않은가? 그 노골화란 소설의 현실을 대상으로 여기는 방관에서 비롯된 것은 아닐까? 그렇다면 과연 당신, 매개하는 자, 사진작가, 건축가, 마침내 소설가의 위치는 어디쯤인가? 현실의 아수라장과 뒤섞이지 않은 채 세상을 포착한다는 것이 가능할까? 당신, 소설가란 존재이기는 한가? 타인의 고통이라는 명제에서 타인을 지울 때, 그 고통과 책임을 나와 결부시킬 때, 뒤늦게 도착한 불혹의 서사는 완성된다.

어쩌면 이는 불혹의 서사가 경유할 가장 완벽한 시나리오일지도 모를 일이다. 박청호는 불혹의 입사와 예술가의 윤리를 존재의 내밀한 드라마로 각색해낸다. 과거와의 낭패스러운 조우, 『코코스』는 그 위에 있다.

1년 8개월 전부터 소문자 s시에서 눈을 뜬다. 생면부지의 s시. 나는 이곳에서 처음으로 '장소'에 대해 고민하기 시작했다. 어쩌면 모든 장소는 궁극적으로 폐허라는 생각…… 사람이 여기 살았다는 흔적…… 사람이 사는 것은 어떤 장소에 흔적을 남기는 행위…… 그러나 폐허엔 아무것도 없는…… 그래서 더 숭고한……

가을이다. 바다까지 몸을 걸치고 있는 갯벌과 갈대밭, 먼 나라에서 날아온 철새들이 s시를 빛나게 한다.

책이 나오기까지 도움을 주신 분들께 감사드린다. 모두 행복하시기를.

2007년 10월

박청호

코코스

지은이	박청호
펴낸이	양숙진

초판 1쇄 펴낸날   2007년 11월 20일

펴낸곳	㈜ **현대문학**
등록번호	제1-452호
주소	137-905 서울시 서초구 잠원동 41-10
전화	516-3770
팩스	516-5433
홈페이지	www.hdmh.co.kr

값 9,500원

ISBN 978-89-7275-400-8 03810